Mientras el tiempo se detenga

ROLANDO MORALES DURÁN

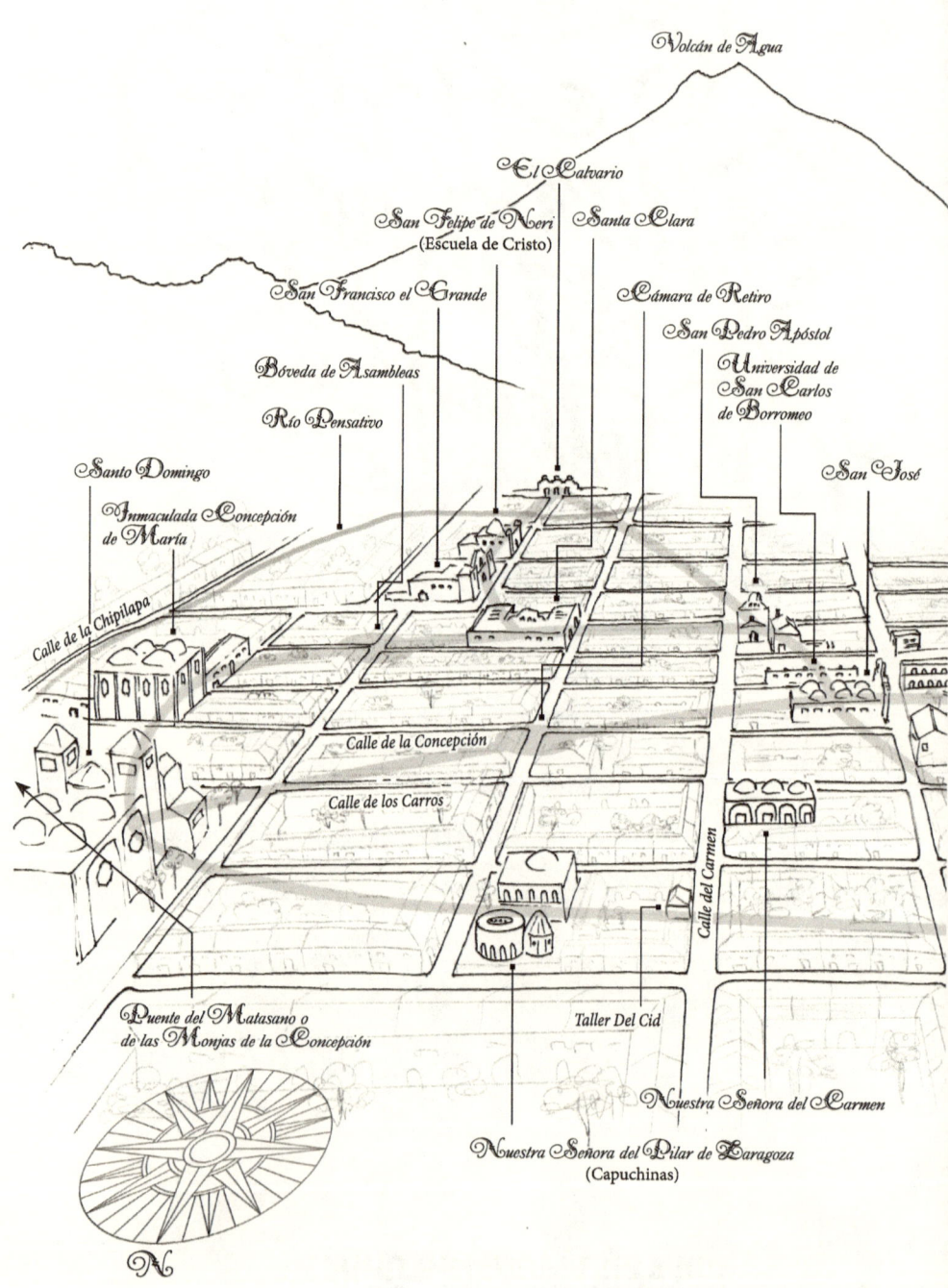

Volcán de Agua

El Calvario

San Felipe de Neri
(Escuela de Cristo)

Santa Clara

San Francisco el Grande

Cámara de Retiro

San Pedro Apóstol

Bóveda de Asambleas

Universidad de
San Carlos
de Borromeo

Río Pensativo

Santo Domingo

San José

Inmaculada Concepción
de María

Calle de la Chipilapa

Calle de la Concepción

Calle de los Carros

Calle del Carmen

Puente del Matasano o
de las Monjas de la Concepción

Taller Del Cid

Nuestra Señora del Carmen

Nuestra Señora del Pilar de Zaragoza
(Capuchinas)

N

Santiago de los Caballeros de Guatemala
(Antigua Guatemala)

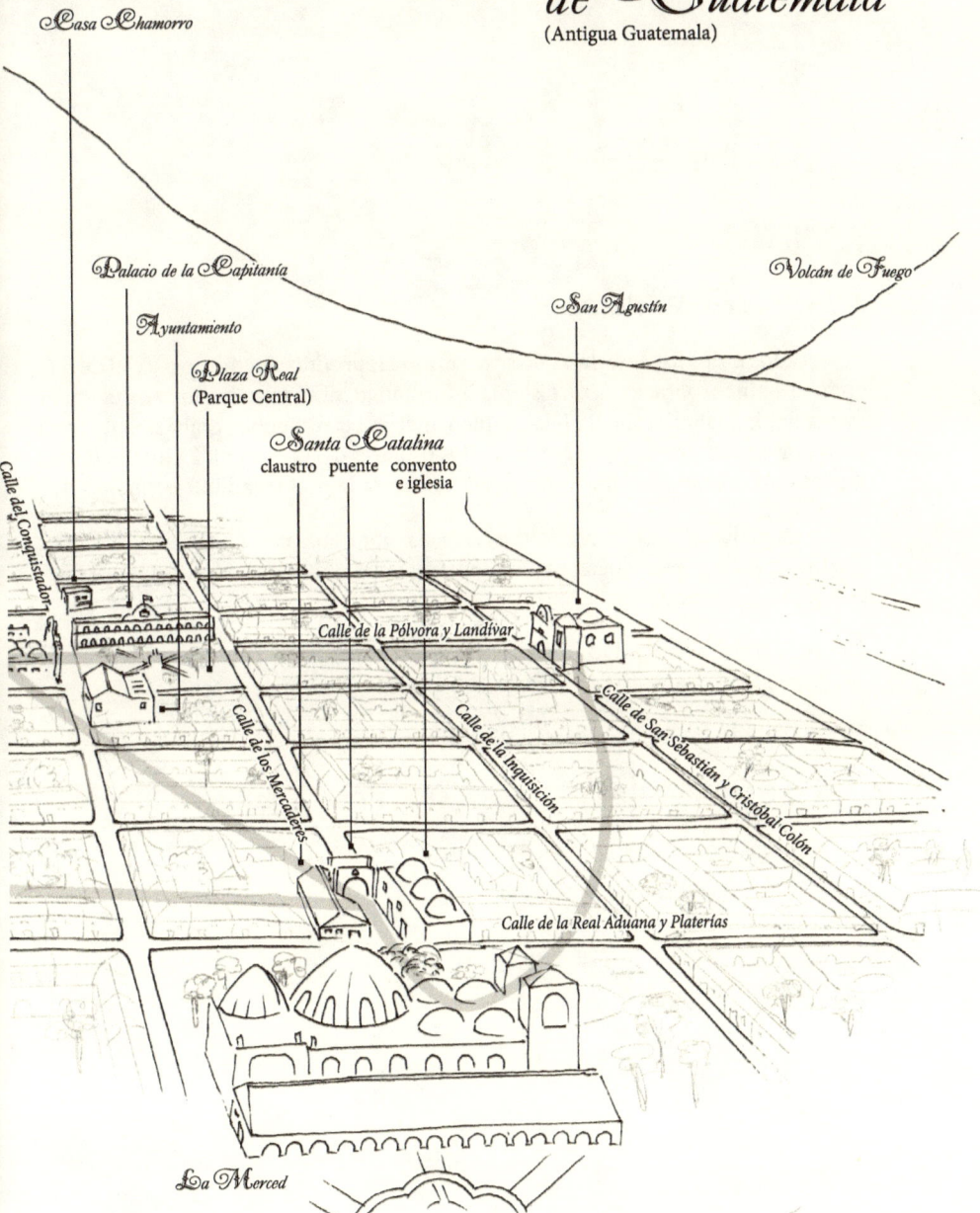

Casa Chamorro

Palacio de la Capitanía

Ayuntamiento

Plaza Real
(Parque Central)

Santa Catalina
claustro puente convento
e iglesia

San Agustín

Volcán de Fuego

Calle del Conquistador

Calle de la Pólvora y Landívar

Calle de los Mercaderes

Calle de la Inquisición

Calle de San Sebastián y Cristóbal Colón

Calle de la Real Aduana y Platerías

La Merced

Tu opinión nos intresa. Deja una reseña o un comentario de lo que más te gustó del libro en Facebook: fb.me/MientrasElTiempo

En Goodreads: https://is.gd/tSs44G

ISBN: 978-9929-778-81-8

Para mi familia, quienes siempre me han
celebrado las locuras que se me ocurren
hasta convertirlas en realidad.

Contenido

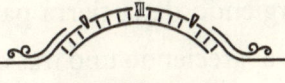

Prólogo

29 de julio, 1773. 15:50

Poco a poco, el incesante golpeteo de las paredes y las ventanas producto del rítmico vaivén, se convirtió en un estruendoso alarido que en cuestión de segundos ensordeció el murmullo cotidiano de las calles y edificios. Las lámparas y los letreros oscilaban cada vez con más violencia hasta convertirse en anárquicos aleteos que daban la impresión de querer salir volando. El suelo se convirtió en mantequilla, mientras a los comerciantes ambulantes se les hacía cada vez más difícil mantener los pies sobre el suelo.

Después del bramido, los derrumbes. Bloques grandes y pequeños, mampostería de gigantescas edificaciones religiosas y coloniales se desmoronaban como juegos de trocitos. A muchos los tomó por sorpresa, y a otros les jugó una broma, cuando al querer esconderse de los restos de techos y paredes, éstos se desplomaron sobre ellos, desapareciendo sin remedio bajo el peso de la tapia, el adobe o el ladrillo. Casi tan rápido como el desvanecerse de los gritos de pánico, el estrépito empezó a ceder. Poco a poco, hasta que se redujo a un murmullo. Y silencio.

Cuales topos emergiendo de la tierra para buscar su alimento, los sobrevivientes iban apareciendo uno tras otro: uno por aquí, otro por allá. Intrigados e incrédulos, apenas daban crédito a lo que veían sus ojos. Y como muertos vivientes resucitando del suelo, manos y brazos se lograban abrir paso entre los escombros y piedras producto de los edificios dilapidados.

Así, de un puñetazo encontró la luz la mano de Gregorio Del Cid, la cual toqueteaba las superficies tal como lo hace la mano del ciego. Buscando algún punto de apoyo para remover los escombros, intentaba comenzar con los trozos más pequeños. Uno tras otro los quitó de encima de él hasta que se reveló que estaba boca abajo, con el pelo gris por el polvo en el que estaba prácticamente sumergido. Lanzó un gemido cuando quiso incorporarse. Instintivamente oprimió su abdomen con su mano, porque efectivamente el peso de los escombros hizo mella en algunas de sus costillas. Pero pronto intentó olvidar el dolor y la incomodidad, ya que su instinto le dictaba que debía moverse.

Entrando en razón, pronto se dio cuenta que él no era el único que había logrado emerger de las montañas de piedra. Algunos que lograron salir estaban volcados a la calle, gritando rezos y oraciones. Otros confesaban sus pecados y suplicaban misericordia y compasión a las alturas.

Sin excepción, toda alma que encontró con vida, evidenciaba algún golpe o rastro de sangre en su rostro y las partes visibles de sus cuerpos. Fue aquí cuando Gregorio despertó por completo, y cual bofetada intencionada para despertar de un letargo, se incorporó e intentó correr como mejor pudo pese al intenso dolor en su abdomen, y también a los escombros mal puestos, regados a todo lo ancho de la calle. Corrió intentando no olvidar que gigantescos bocados de los edificios altos aún seguían desprendiéndose, por lo que su impetuosa caída podría aplastarlo poniendo fin a su frenética búsqueda.

Sí, Gregorio estaba enfrascado en una búsqueda, pero parecía que sabía exactamente a dónde dirigirse. De no ser por el caos que encontraba en su camino, seguramente hubiese llegado antes. Gente suplicando ayuda, ladrillos y escombros engañosos que se desmoronaban al contacto con sus pies y lo hacían tropezar. Apenas podía avanzar, pero finalmente alcanzó su destino, el arco de Santa Catalina. Lo que buscaba era el reloj, el que estaba incrustado en una de sus paredes. Normalmente el arco de medio punto soportaba un puente que unía dos claustros situados frente a frente a los extremos de la calle. Cada claustro estaba asegurado con una pesada puerta, de una de las cuales Gregorio llevaba en su mano la llave que podía abrirla. Sin embargo, notó que, aunque el arco aún estaba en pie, una de las paredes que sostenía uno de sus extremos estaba derrumbada. Dado que ya no necesitaría la llave para acceder al claustro, la dejó caer y pudo escalar el derrumbe para llegar más rápido al puente que corría sobre el arco. Todo estaba apenas sobrepuesto. Incluso el suelo del puente parecía que estaba a punto de desplomarse. Se arrastró lentamente, pero al mismo tiempo lo más rápido que pudo, sobre lo que quedaba del puente desde su extremo hacia el centro, sobre la tangente del arco. Allí estaba el reloj. Esto era lo que buscaba con tanto afán. Se aferró a él como si de una persona se tratase y vio que aún corría con normalidad. Quiso manipular las agujas del reloj, pero primero se detuvo a buscar algo a su alrededor. Una piedra funcionaría. La tomó con una mano y cuidadosamente la incrustó entre la manecilla minutera y el número diez. Esto provocó una extraña sensación en el ambiente. Todo cayó en un silencio profundo, y su entorno se sumió en una inactividad inaudita, como si el tiempo se hubiera detenido.

Pero Gregorio no reparó en esto, y se esfumó.

El reloj estaba detenido a causa de la piedra. Nada estaba sucediendo, el insólito silencio pertinaz seguía su curso y el reloj aún estaba inmóvil. Pero algo hizo que la piedra cediera, como si el reloj se hubiera enojado de no poder seguir caminando. Por fin la piedra se pulverizó entre la presión de la aguja y el número, y la aguja minutera comenzó a caminar. Justo en ese momento, en la ventana más próxima al arco del claustro opuesto a la calle, la base del asta de una de las dos banderas también se pulverizó, casi seguro debido al peso del mástil pero sobre todo por la poderosa sacudida del terremoto. Esto provocó que el asta se desmoronara, casualmente en dirección al reloj que tenía enfrente, justo en el extremo en diagonal a su ubicación. Así el pesado mástil se desplomó sobre el arco, de bruces sobre el reloj y más específicamente, sobre la aguja minutera. Posiblemente con el fuerte impacto, que sucedió precisamente en el extremo más distante del asta, ésta hizo que la aguja retrocediera frenéticamente sobre su eje dibujando varios círculos en sentido anti-horario. Aunque no se puede saber cuántas vueltas recorrió la manecilla, mientras giraba alocadamente como una hélice, el cielo cambió colores en rápida sucesión y las nubes retrocedieron su avance en una impetuosa carrera de vuelta al inicio.

Capítulo 1: El Reloj

Mucho antes que por sus calles y avenidas transitaran automóviles, motocicletas y turistas de a pie. Antes que se pasearan parejas de enamorados, aventureros con sus mochilas y que sonaran sus gorgoritos los policías de tránsito. Antes de esto, mucho antes, La Muy Leal y Muy Noble Ciudad de Santiago de los Caballeros de Guatemala era un poco más grande, pero estaba poblada de habitantes más que de comerciantes, y la gente hablaba entre sí tanto como hoy consultan sus redes sociales. Sus calles eran empedradas. No para ser el fondo perfecto para un romántico retrato, sino para acomodar los caballos, las carretas y transeúntes a toda hora del día. Curiosamente, siendo más grande de lo que es ahora, Santiago era una ciudad llena pero silenciosa. Sus hombres en sombrero se bajaban de las banquetas para que las mujeres en sus voluminosos atuendos y floreados sombreros pasaran sobre ella. Se quitaban el sombrero y se detenían para ofrecer los buenos días. Los obreros de las periferias, menos afortunados que los residentes céntricos, siempre caminaban sobre la calle, acarreando bultos, dirigiendo sus carretas u ofreciendo sus productos al público. El sonido del galopar de los caballos y de los zapatos de vestir sobre el empedrado brindaba una percusión cadenciosa que ocasionalmente era interrumpida por las campanas de una de las muchas iglesias que llamaban a sus feligreses para la celebración de la misa.

Durante la noche, la ciudad dormía dada la ausencia de electricidad. Sus candiles, antorchas ubicadas a 25 metros de distancia entre cada uno, servían de cálida iluminación para el sereno, gendarme solitario que deambulaba por las calles de la ciudad anunciando la hora redonda. Con una voz fuerte gritaba el anuncio, que iba más o menos como: "Las 11 en punto y todo sereno". La noche era tan pacífica que no hacía falta más que una voz elevada para hacerse oír a los habitantes hasta dentro de sus hogares. Probablemente de poca utilidad era conocer la hora desde la comodidad de una recámara, listo para el descanso nocturno. Pero la sensación que alguien velaba el sueño de los demás era bienvenida aún en una ciudad donde no sucedía mayor cosa, donde todos se conocían y donde todo lo extraordinario que ocurría era de conocimiento público.

La rutina de encender los candiles era una invitación no hablada para reunir a la familia dentro del hogar. El farolero hacía su primer recorrido por todas las calles con alumbrado, y se valía de una pequeña escalera de tres peldaños. No para escalar los postes de cuatro metros de altura, sino para acercarse un poco y alcanzar con su larga antorcha que llevaba encendida la candela de brea que estaba alojada en el receptáculo metálico en la cima del poste. Con una pequeña sombrilla hexagonal la lámpara se protegía de la lluvia y seis ventanas laterales ventilaban de oxígeno la flama que el farolero encendía, para continuar con todos los demás y terminar su primer recorrido. Rutina similar era su última ruta antes del amanecer, al apagar los candiles. Esta vez llevaba un largo bastón con una campana que ahogaba la flama que aún se encontraba encendida. A veces tenía que reponer algún candil cuyo material combustible se había consumido.

De modo similar, muchos servicios de la ciudad tenían un responsable a su cargo, a veces con la ayuda de una cuadrilla de trabajadores. Tareas como el abastecimiento de agua a las pilas de lavado públicas era una tarea que realizaban los aguateros, en su mayoría indígenas que llevaban dos cántaros de agua, cuyas boquillas se encontraban unidas por una cuerda larga que pasaba por sobre la cabeza del aguatero, donde se dividía en dos para abrazarla cómodamente. De allí pendían las dos mitades de la cuerda, y en sus extremos estaban los cántaros. El que llevaban a la espalda era más grande que el que llevaban al frente. Caminaban lentamente, ya que el volumen del agua que acarreaban les obligaba a tener mucho cuidado al desplazar el pesado líquido. Casi siempre trabajaban agrupados en equipos de tres o cuatro, sacando el agua del abrevadero más cercano, el cual podía ser una de las fuentes públicas o directamente desde una de las cajas de distribución de agua, para depositar el agua en un lavadero público o pileta comunal. Éstas eran más comunes y más útiles que ornamentales en los focos perimetrales de la ciudad, donde residían las familias menos acaudaladas, habitados por indígenas y plebeyos. Estos lavaderos eran un punto de convergencia de las noticias y chismes más candentes de la ciudad y del momento. Un verdadero testamento a la habilidad del ser humano gregario de diseminar noticias y rumores, independientemente del medio arcaico o moderno, a la velocidad del relámpago. Casi todos se conocían, por lo que sentir la mirada de una de las mujeres en los estanques públicos mientras hablaba con otra era granjearse un certificado de chisme asegurado. El misterio era conocer qué secreto estaban revelando a los cuatro vientos, o qué historia estaban inventándose y divulgando al mejor postor.

El aseo de las calles y aceras, el correo postal, el izado de las banderas, el dragado del río y la escolta de la guardia española, que requería por lo menos dos peones al frente de la caravana para abrir el paso del séquito del gobernador o su representante, todas era labores comunitarias que llevaban al frente un ciudadano santiagueño.

Muy pintoresca de observar desde la perspectiva de un forastero que viene al pueblo de paso era la rutina de todos los días en la antigua ciudad de Santiago. (El "Segundo Santiago" era un apodo común y despectivo hacia los santiagueños de Guatemala, en alusión al apodo de "Primer Santiago", distinción otorgada a la ciudad de Santiago de los Caballeros de la República Dominicana, fundada en una fecha aún más remota por el propio Colón. A aquellos siempre les ofendía que un extranjero arrogante les denigrara su real, muy noble y laureada ciudad por debajo de esa otra ciudad intrascendente para el vasto territorio de la Capitanía General de Guatemala)

El despertador del pueblo todas las mañanas no era el quiquiriqueo del gallo, sino el hipnótico aroma del pan apenas horneándose proveniente del humilde pero bien acondicionado local que don Gabino Carranza, panadero tradicional, había instalado al frente de su casa. Hubiera querido don Gabino que su local creciese tanto como la tahona ubicada en el otro extremo del pueblo, pero valoraba obsesivamente la calidad de su pan en contraste con los métodos de producción a gran escala que según él le restaban la perfección artesanal que a él le caracterizaba. Luego que el farolero pasara apagando la luminaria ubicada frente a su domicilio, asomaba siempre por su ventana don Emilio de Garay, prelado del Convento de Santa Catalina de Alejandría Virgen y Mártir, como para corroborar que el chispazo de su sentido de olfato era genuino. Observaba el humo del horno de don Gabino salir por una pequeña ventana añadida con funcionalidad de chimenea. Luego de esta verificación, y en el tiempo que le tomaba al dignatario dirigirse a su cocina para encender el fuego que le serviría para preparar su desayuno, comenzaban a aparecer en las calles recién bañadas del suave resplandor naranja del amanecer, comerciantes en sus carretas o mujeres de a pie llevando su bulto equilibrado sobre su cabeza. Ya a esa hora de la mañana, aunque no con la puntual precisión de muchos de sus vecinos, pasaba eso sí, antes del amanecer, don Justo y su rebaño de cabras. Una docena de ellas obedecían el rumbo trazado por el sonido de los latigazos al aire que lanzaba don Justo, quien llevaba consigo un vaso medidor para quienes le compraban su leche al pie de la cabra. A don Emilio le parecía repugnante tomar de esa leche servida aún con el calor de su temperatura corporal, por eso cada mañana negaba con la cabeza cuando doña Amanda, la costurera, salía con su pichel vacío a comprar su leche matutina, generalmente con dos macuquinas que ya traía en la mano al salir. Apostado junto a la puerta de doña Amanda estaba siempre Ignacio Vallejo, el borracho del barrio, de quien doña Amanda siempre se compadecía por las mañanas y le regalaba un vaso de leche junto con un pan desabrido. Sin falta, todas las mañanas. Don Emilio espiaba toda la transacción desde la última esquina que el cristal de su ventana le permitía ver. Y casi siempre concluía diciendo: "Derroche." Para entonces ya había terminado de batir a mano en su jarra de madera el chocolate que acompañaría su desayuno del día.

El último espectáculo típico de cada mañana era el paso de la berlina, tirada por dos caballos, y que transportaba al digno Alcalde de la ciudad de Santiago, excelentísimo señor Felipe Rubio y Morales y al alcalde segundo, don Miguel de Eguizábal, sentado a su diestra. El conductor era siempre el alférez, quien marcaba el galopar lento de los caballos, lo suficiente para que anduvieran a la par de las cuatro esquinas del carro dos peones al frente y dos lacayos en la retaguardia. Los peones abrían el paso a gritos, y todos se detenían a ver pasar el cortejo, la mayoría con la cabeza inclinada en señal de respeto al alcalde, representante oficial de su majestad el rey de España Carlos III. Al llegar la berlina frente al palacio de la Capitanía General, situado en el centro urbano de la ciudad, el alférez se bajaba de la carroza para izar la bandera de la Capitanía General de Guatemala, de color rojo y amarillo, y se bajaban los alcaldes para iniciar sus oficios del día. Esto, después del acto público protocolario frente a la Plaza Real de la ciudad. Al mismo tiempo que el alférez izaba la bandera frente al Palacio de la Capitanía, un abanderado nombrado diariamente también izaba las banderas de la Capitanía y del Vaticano, que estaban ubicadas al frente del Convento de Santa Catalina.

El relojero, Gregorio Del Cid, era el único del pueblo. Normalmente se mantenía ocupado todos los días. Sus servicios tenían regular demanda, porque además, era confiable y su labor de calidad. Trabajaba junto a su padre, don Gilberto Del Cid, herrero del pueblo. Don Gilberto siempre quiso que su hijo heredara su enorme taller y aprendiera su oficio; por eso fue una sorpresa que no objetara mayor cosa cuando Gregorio le expresó su deseo de dedicarse al minucioso detalle de los múltiples engranajes de los relojes. Al fin y al cabo, siempre estaría trabajando con metales, sólo que a una escala muy diferente. Por eso, la apariencia del taller de don Gilberto era más o menos singular, a no ser por el pequeño cubículo de Gregorio en el fondo del taller, donde guardaba todo tipo de piezas de relojería, su mesa de trabajo, su banco de patas altas y su repertorio de lentes y artilugios con los que efectuaba el afinamiento y corrección de los intrincados mecanismos que le encargaban. Interesantemente, parecía que a Gregorio no le molestaban los intensos ruidos que don Gilberto generaba con su pesado mazo golpeando contra el yunque. Todo parecía indicar que tal atención al detalle requería de mucha concentración, pero no para Gregorio. Francamente disfrutaba de la imponente presencia de su padre cerca de su estudio, especialmente desde los lejanos años grises que le siguieron a la muerte de su madre, doña Elisa Cuevas de Del Cid.

"¿Qué hay de Mariana Gil? Es una mujer muy trabajadora, recatada y reservada. Proviene de una buena familia. No entiendo qué te detiene", dijo don Gilberto, estando a la mitad de una conversación de las que terminaban irritando a Gregorio. Trabajando en una pieza muy pequeña y con la lupa en la cuenca de su ojo, respondió con una cansada sonrisa y dijo:

"No, padre. Me extraña que tenga en mente a la señorita Mariana. Usted sabe que su familia está totalmente fuera de nuestro alcance."

–"Tu obstinación me preocupa, muchacho. ¿Cómo piensas casarte si dejas pasar toda oportunidad? Deberías pensar un poco en tu futuro, si estás dispuesto a vivir con la carga de estar solo." Por su parte, don Gilberto siempre terminaba frustrado.

–"Usted habla, padre, como si me costara dormir por estar buscando mujer. No estoy buscando a nadie, padre. No veo por qué debería apresurarme. La familia humana no se va a acabar sólo porque yo no me case. El mundo seguirá su curso independientemente de mi estado civil. En cuanto al futuro de nuestra familia, no es algo que debería preocuparle porque para entonces puede que usted ya no esté presente para dar fe de mi suerte. Por cierto, me ha pasado por la mente conocer a fondo la ley de la Corona, algún día me puede servir tanto a mí como a usted. Digo, aprovechando que tenemos una universidad de tanto prestigio a pocos pasos de nosotros."

–"Eres un blasfemo, Gregorio. Tu madre presentía que carecías del espíritu, por eso quería mandarte con los franciscanos. Yo me opuse porque pensé que solo era falta de vocación lo que tenías."

–"¿Y hasta cuándo don Gilberto y Gregorio estarán hablando del mismo tema? Siempre que vengo están discutiendo sobre lo mismo. Déjeme adivinar don Gil: De algún modo esto de los franciscanos ha salido porque Gregorio se ha obstinado en no casarse. ¿Me equivoco?" Don Máximo Cubillas, el carpintero que tenía su taller al frente del de don Gilberto, visitaba con regular frecuencia. Se tenían mucha confianza porque sus familias siempre habían sido vecinas, probablemente desde el tiempo que se fundó la ciudad de Santiago de los Caballeros. Pero esta vez traía algo para don Gilberto, por lo que la interrupción vino justo a tiempo para dar fin a una conversación que de todos modos no tenía esperanza de rendir buen fruto.

"Don Max no cambia. Siempre inoportuno, y siempre entrometido. ¿Qué quiere don Max?" A don Gilberto no le cayeron en gracia las preguntas de don Máximo, quien en respuesta reaccionó impávido ante su clara descortesía.

–"Si no lo conociera me ofendería, don Gil. Pero no le daré el gusto de escuchar mi opinión sobre sus diferencias porque traigo algo que necesita atención. Esto de las ampliaciones al Convento de Santa Catalina me han dado suficiente qué hacer como para venir a tertuliar con usted, don Gil. El prelado me ha encargado trabajar en el mobiliario para diez nuevas habitaciones para el convento. Y me han entregado un lote de madera que quieren utilizar. Entre toda esa madera venía esta viga con este reloj incrustado. Quise removerlo yo mismo, pero es demasiado grande, y pensé que mi herramienta terminaría destruyéndolo. Está intrincadamente fundido a la madera, como si fuera una aleación. Es un trabajo fascinante, pero don Milo quiere que el reloj se instale en el puente que une los claustros, por eso hay que conservarlo íntegro. Que Gregorio le de un vistazo."

Gregorio ya se había acercado para ver el artefacto, y estaba más asombrado de lo que don Máximo hubiera imaginado. Puso el engranaje en el que estaba trabajando a un lado y se acomodó la lupa para examinar de cerca el preciado reloj. Don Gilberto, no obstante, tomó la palabra mientras Gregorio hacía su examen.

"¿Más monjas? ¿No les bastó con comprarle a don Juan de Alarcón la propiedad frente a la iglesia para acomodar a todas esas internas?", refunfuñaba don Gilberto, que a pesar de ser religioso, habían muchas interioridades de la iglesia que no compartía. Y aunque era franco para exponer su opinión, sabía a quién expresársela. "Gracias a las hurañas y al terror que sienten al ver gente, tenemos ese adefesio atravesado en la calle. Pésimo sentido de la estética para mi gusto. ¿Y qué se traen con eso de ser tan ermitañas?"

Don Máximo soltó una carcajada y trató de corregir a don Gilberto. "Esa es toda la idea de la reclusión, don Gil. Pureza espiritual. ¡Imagínese a cualquiera de esas novicias tratando de lidiar con un plebeyo de su nivel! Caminar sobre el puente totalmente ocultas de presencias como la suya estoy seguro que les es de mucha ventaja. Además, el puente no se ve tan mal. Hay rumores que el propio Diego de Porres ha propuesto instalar una torrecilla sobre el puente. Usted sabe, para mejorar su estética, como usted dice."

–"*Usted* no sabe." Don Gilberto no había terminado de contradecir a don Máximo. "Ya se equivocaron una vez al pensar que un arco le daría mejor vista a esa monstruosidad. ¿Qué tanto puede mejorar con una torre?" Y terminó murmurando: "…Plebeyo". Luego dijo en voz alta: "Y a todo esto, ¿cómo lo ves Gregorio? ¿Podremos despedirnos ya de don Máxima Molestia aquí?"

–"Lamy Amp Lacroix, francés. Un ejemplar bellísimo, y un mecanismo como jamás había visto. Dos tambores detrás del muelle, y la banda definitivamente no es de acero templado. Además, solo la llave para remontuar está conectada a *cuatro* engranajes. Y ni siquiera he abierto el calibre para ver su mecanismo, no tengo idea cómo funciona el oscilador. ¿De dónde vino el reloj, don Máximo?" Gregorio ignoró intencionalmente a don Máximo y a don Gilberto, fascinado por su nuevo juguete: el reloj recién arribado era de cuatro pies de diámetro, y hasta el más mínimo tornillo estaba incrustado a la jácena de cedro que simplemente había sido arrancada del resto de quién sabe qué estructura. Alguien, afortunadamente, había notado el valor de esta fina joya, tanto como para destruir su armazón, pero dejando intacto su engaste. Sin embargo, la carátula aparentaba tener un origen más humilde, porque lo más destacado eran sus alongados números romanos de un sencillo hierro labrado. Las manecillas combinaban perfectamente con los números, por lo que aparentemente todo el mecanismo, junto con la carátula, tenían posiblemente la misma edad, pero de diferentes orígenes.

–"Te equivocas, Goyito. No soy el prelado. Tendrás que preguntárselo a él." Dejando la viga de cedro sobre el mostrador, don Máximo comenzó a caminar lentamente de regreso a su taller al otro lado de la calle, mientras le recomendó a Gregorio: "Eso sí, antes de instalarlo tendrás que ajustarle la hora. Pensé que era asunto de simplemente mover las agujas, pero están atoradas. No quise forzarlas, por supuesto, así que te lo menciono porque don Milo fue muy específico con eso. ¡Te lo encargo!"

–"¡Pero no puedo instalarlo, hay que incrustarlo de forma parecida a como venía, pero en el enlucido del puente, y no tengo la herramienta!" dijo Gregorio casi a gritos porque don Máximo ya se había retirado hasta casi la mitad de la calle empedrada. También a gritos, don Máximo le respondió:

"Le haré un boquete al puente en el centro, donde don Milo quiere. Ya tengo la medida, sólo necesito la circunferencia. No lo vamos a incrustar como venía, tiene que caber en un boquete cilíndrico. Yo me ocupo de eso, muchacho. Pero asegúrate de desmontarlo con cuidado, no queremos terminar con un volcancito de hierros franceses. ¡Y no olvides ajustarlo!"

–"¿Por qué no me encargó personalmente don Emilio el reloj?" preguntó extrañado Gregorio a su padre, después que don Máximo desapareció de su vista.

–"Porque este reloj no tiene nada que ver con la remodelación del convento. Para don Milo lo más importante es que don Max le trabaje su mobiliario. El reloj simplemente apareció como tarea secundaria" respondió don Gilberto usando simple sentido común.

–"Pero es un reloj que necesita mantenimiento regular, es una pieza fina. También hay que remontuarlo probablemente cada semana, o cada mes, aún no lo sé" insistió Gregorio.

–"Tendrás que proponerle a don Milo darle ese servicio. Eso sí: no esperes que te pague" concluyó don Gilberto.

Habiéndose ido don Gilberto, todavía dijo algo más Gregorio, audible pero completamente al aire: "Es cierto, las manecillas están atoradas."

Capítulo 2: Celina

La lluvia siempre traía un molesto contratiempo para quienes transitaran en las calles de Santiago. No solo los lodazales, sino las correntadas que se convertían en ríos en miniatura (a veces a escala casi natural) hacían casi imposible el movimiento de un carruaje tirado por caballos, y un peligro a la integridad física para los transeúntes. Por eso, hacía varias décadas se planificó el empedrado de las calles utilizando un sistema inverso a la calzada romana, porque en lugar de desaguar la precipitación pluvial hacia los lados de la calle, se adoptó el método del canalizado central, a lo largo de la calle. En las intersecciones se encontraban con el canal subterráneo que las pasaba recolectando para verterlas en el río Pensativo en el oriente o hasta el río Guacalate en el sur-occidente.

El empedrado de la ciudad siempre fue bienvenido por todos casi sin excepción, ya que fue un gran avance por sobre las calles de terracería. También fue una añadidura al paisaje que fue acumulando créditos a favor de la muy Noble ciudad. Las piedras eran la delicada membrana del tambor que produce melodía cuando cae la baqueta sobre él. Tal como la herradura en la pata del caballo, el contacto de la rueda de la carreta y el tacón duro del zapato del peatón producían un nuevo sonido a las viejas calles de Santiago.

Traían las piedras de las faldas de los volcanes que se imponen desde el sur-occidente, donde abundaban en tamaños, formas, consistencia y cantidad. Era necesario tallarlas con un procedimiento simple, cortándoles un tercio del domo superior para dejar los restantes dos tercios de la piedra con su forma redonda, que eran los que se enterraban dejando al descubierto la cara plana de la piedra. Venían las caravanas con el pedregal necesario hasta que toda la ciudad estuvo empedrada. Uno de los éxitos de los que más se jactaron las autoridades del Ayuntamiento.

Fueron precisamente estas calles las que tocaron las ruedas de la carreta de don Cristóbal Zamora y Obregón, arquitecto, quien conducía solitario su vehículo halado por un solo caballo. De alta estatura, barba espesa, mentón pronunciado y grave timbre de voz, se presentó en la oficina del Ayuntamiento por la mañana y bajó de su carro un pesado maletín, además de una pequeña caja fuerte. Los atavíos vistosos de don Cristóbal le daban ese temple cortesano: su impecable jubón de terciopelo azul índigo, ajustado hasta la cintura para revelar un prominente pectoral. Sin gorguera, pero con un greguesco negro que revelaba sus brillantes botas de punta de metal. El escribano de cámara del Ayuntamiento lo recibió, y resultó claramente impresionado por su presencia. De inmediato le prestó toda su atención cuando se anunció: "Cristóbal Zamora y Obregón, de Comayagua. Tengo audiencia con el excelentísimo señor alcalde don Felipe Rubio y Morales y don Miguel de Eguizábal. Tenga la bondad de anunciarme."

Prestamente dio orden el escribano para que se anunciara la llegada de don Cristóbal, y efectivamente fue recibido en el despacho del alcalde. Don Cristóbal había hecho el viaje hacia la capital de la

Capitanía General, atraído por las referencias positivas del magnífico empedrado que la engalanaba. Con toda la firmeza y caballerosidad que pudo exudar, le presentó su propuesta para favorecer el adoquín europeo, utilizado según él en las ciudades españolas más pintorescas: Madrid, Toledo, Sevilla y Segovia. Consistía en adoquines prefabricados, siempre utilizando piedra como materia prima, pero labrado mecánicamente para otorgarle una forma semicircular. La instalación de una serie de adoquines en el suelo formaba un patrón semi-helicoidal, como un abanico, brindando mayor estabilidad y consistencia al subsuelo debido a la mínima absorción del impacto. Como consecuencia, el sistema resultaba prácticamente garantizado libre de mantenimiento, cosa que por lo menos llamó la atención del alcalde. Este reconoció que uno de los tropiezos más notables de su actual sistema era el desprendimiento de piezas individuales, lo cual traía consigo la necesidad de la contratación de mano de obra con una regularidad casi permanente. También tuvo que reconocer el peligro de accidentes, tanto por parte de carretas como de peatones que tropezaban continuamente. Pero dos factores motivaron al alcalde a declinar la oferta del arquitecto: el costo elevadísimo del sistema, el cual debía multiplicar por todas las calles de la ciudad para que la inversión fuera cuando menos, consistente. Y segundo, se dejó llevar por el infundado rumor que los adoquines eran traídos como lastre en los barcos desde España. Por más que don Cristóbal quiso desmentir este rumor, la decisión ya estaba tomada: Santiago de los Caballeros conservaría su sistema de empedrado manual. Cortésmente, el gentil aceptó la negativa y se despidió de los funcionarios. De paso, solicitó una recomendación: "Si el señor me lo permite, quisiera que tuviese la bondad de indicarme de alguna pensión donde pueda pernoctar por un par de meses, ya que mis negocios en la ciudad de Santiago exceden un poco de lo que traía como muestra para vosotros dignos caballeros."

–"Por supuesto, buen hombre" respondió don Miguel, devolviéndole la cortesía con una sincera sonrisa. "La pensión de doña Marta Laparte. ¿La ha conocido ya? Está a una cuadra hacia el norte y luego vuelta al oriente unas cuatro propiedades, sobre la Calle de los Carros. Allí la encontrará. Es un lugar muy cómodo y de muy buena reputación. Estoy seguro que le darán una calurosa bienvenida."

–"Ah, y una cosa más. He deambulado por este hermoso barrio, pero no he encontrado el taller de un buen relojero. ¿Tiene en mente alguno que me recomiende?" inquirió finalmente don Cristóbal.

Don Miguel no titubeó en responderle: "Gregorio Del Cid. Es un relojero muy joven, pero apasionado. De paso, es el único en la ciudad. Lo encontrará si continúa en dirección nororiente. Cien yardas sobre la Calle del Carmen después de pasar el convento de la Encarnación y templo de Nuestra Señora del Carmen, antes de convertirse en la Calle de las Ánimas. ¿Además de la arquitectura, siente pasión por las joyas el arquitecto Zamora?"

Tras una breve, pero sincera sonrisa don Cristóbal respondió: "Efectivamente mi señor. Es justamente otro de los negocios que deseo concretar antes de mi regreso a Comayagua. Y positivamente es una de mis más grandes pasiones, aunque específicamente es la relojería lo que cautiva mi atención" concluyó don Cristóbal. Su despedida fue muy cordial en la misma medida de ilustrada. Inclinando ligeramente la cabeza, dijo: "Buena ventura, mi señor". Probablemente fue una pequeña prueba de sus buenas intenciones, o de la calidad humana del alcalde, pero realmente don Cristóbal ya tenía dónde hospedarse: en la posada de Micaela Medrano, frente a la iglesia de Nuestra Señora del Carmen, dos propiedades abajo.

También, sabía de un relojero de larga tradición que esperaba conocer en esta visita. Le pareció extraño enterarse que ahora era un total desconocido a quien le propondría sus negocios dentro de pocos minutos.

Sin más, se dirigió a buscar a Gregorio y su relojería. De camino, se topó con Ignacio Vallejo, el borracho, quien desde el suelo le pidió una limosna. Don Cristóbal volteó a ver en todas direcciones para asegurarse que nadie lo estaba observando, y lo abofeteó.

"No me parece buena idea, don Max. Se supone que el convento está protegido tan celosamente porque es de monjas de *reclusión*. Darle una llave de la puerta del claustro donde *viven* las monjas me parece descabellado. ¿Tanto tiempo piensa invertir en el mobiliario?" Don Emilio estaba preocupado por la propuesta de don Máximo. Pero este tenía buenas razones, de naturaleza práctica, para pedirle esto que no imaginó fuera a despertar tan fuerte negativa.

–"No es por el tiempo invertido en la fabricación de las piezas, don Milo. Es su instalación, la cual debo efectuar obviamente dentro de las habitaciones recién construidas. Pero yo comprendo la misión del convento. Tiene mi palabra que no voy a interactuar con nadie más que con usted."

–"Y con la madre superiora Dávalos. Tiene autorización para inquirir directamente de ella también. De hecho, ella es quien dará su visto bueno de sus labores, don Max. ¿Qué hay del muchacho, el relojero? ¿Vendrán juntos?" preguntó don Emilio, recordando que Gregorio también tenía a su cargo la instalación del reloj en el puente.

Don Máximo explicó: "Sí, me temo que su trabajo también es

presencial. La pieza resultó demasiado compleja de desmontar. Acudí a él también para solicitarle que la instalara, después que yo realice el desgaste del puente en el punto donde usted requirió que se instale. No soy precisamente de manos finas, y no quiero estropear su máquina, don Milo. También, dice Gregorio que tendría que darle mantenimiento y darle cuerda periódicamente."

–"¡Magnífico!" objetó con sarcasmo don Emilio. "Además tendré un varón adolescente deambulando por un convento de monjas de reclusión cada semana. ¿No se trata sólo de hacer girar una manivela para darle cuerda al reloj? No parece ser nada del otro mundo. Además, no puedo pagar por esos servicios, Max. No estaban contemplados. ¿Con cuánta frecuencia vendrá?"

–"Aún no lo sé, don Milo, y por favor sepa que yo mismo le informaré al muchacho que esto no será un servicio remunerado. Pero está fascinado por el artefacto. Y para su tranquilidad, también asumo la responsabilidad del joven. Es… un tanto recluso él mismo. Nunca le he conocido un interés amoroso. Es de confiar" fue el intento de don Máximo de paliar la desconfianza de don Emilio.

–"Sólo si usted lo dice, don Max. La responsabilidad será toda suya. No sé por qué siento que esto no acabará bien" se resignó don Emilio.

–"Buen día caballero. Mi nombre es Cristóbal Zamora. Busco a Gregorio Del Cid, pero aparentemente me he equivocado con la dirección. ¿Sabe dónde queda su relojería?"

–"¡GREGORIO!" Gritó hacia adentro de su local don Gilberto. Luego, volteando hacia don Cristóbal con una cordial sonrisa, le informó: "Es mi hijo, lo atenderá pronto. Y la relojería es aquí, no hay por qué buscar más, tome asiento" y así lo dejó plantado por unos segundos en el mostrador para continuar con sus quehaceres mientras Gregorio venía. La invitación de don Gilberto a sentarse fue una pésima segunda impresión, ya que no había a la vista ninguna pieza de mobiliario, ni una silla, ni un banco, salvo un yunque oxidado que fue precisamente lo que don Gilberto señaló con el dedo antes de marcharse. A solas, el gesto de don Cristóbal se volvió desdeñoso cuando recorrió todos los rincones a la vista con sus ojos, y se le reveló lo que obviamente era un taller de herrería. También, una hermosa melodía procedía de la parte trasera del taller.

Gregorio practicaba con la guitarra. Tenía afición por la música, y un talento natural, a todas luces heredado de doña Elisa. Su dulce voz lo calmaba por las noches antes de dormir, y su tarareo a la media luz del amanecer mientras preparaba el desayuno de la familia eran impresiones mentales que jamás se borrarían de su mente. La guitarra era su instrumento predilecto, y la que tocaba en momentos de ocio era la misma que su madre tocaba mientras cantaba por las noches.

−"Gregorio Del Cid, mi señor. Y estoy a su servicio" dijo Gregorio grácilmente, extendiéndole la mano para saludarlo. Sólo que la mirada de don Cristóbal estaba aún examinando el techo mohoso arriba del mostrador, así que no le correspondió el saludo. En su lugar, simplemente le dijo con cierta arrogancia:

"Cuando pregunté por la relojería, pensé que me referirían al muy afamado relojero don Andrés Peñalver. ¿Sabe dónde lo puedo encontrar?" Respondió tajantemente don Cristóbal. Guardando su saludo frustrado en una toalla aceitosa que traía en las manos para limpiarse un poco antes de saludar, pero aún conservando la entereza, Gregorio le respondió:

"Don Andrés Peñalver falleció en el terremoto de San Casimiro hace..."

–"22 años" interrumpió bruscamente don Cristóbal. "El terremoto que describió el laureado poeta Rafael Landívar, conozco la historia," sentenció don Cristóbal. Molesto por minimizar el evento responsable de la pérdida de su mentor, Gregorio miró fijamente a don Cristóbal con el ceño ya un tanto fruncido y añadió sin valerse de gestos corporales:

"Don Andrés es más que una historia, mi señor. Es el final de la vida de un hombre que me dejó un legado de atención al detalle y una fascinación sobrenatural por un noble arte que combinado con la ciencia de la exactitud ha dado como resultado uno de los productos más incipientes pero modestos del diario vivir del hombre de hoy, además de un profundo sentido del altruismo en cada capítulo de su vida," fue la inspirada respuesta que Gregorio ofreció a don Cristóbal. Impresionado, este reconoció:

"Admirable respuesta muchacho, pero eso te convierte... ¿en un niñito en el regazo de don Andrés?"

–"Don Andrés dejó su herencia a su hijo, Eusebio, quien desinteresadamente me compartió la experiencia y conocimientos que se transmitieron por generaciones, los cuales pienso defender con pasión hasta mi muerte, si eso se requiere, y si en caso no llego a engendrar prole."

Resultó que había un silencio absoluto en el taller, el cual de un vistazo investigó don Cristóbal sólo para encontrarse con la efigie de don Gilberto, boquiabierto, inmóvil y estupefacto ante la convicción de su hijo que jamás había oído antes. Al verse descubierto, don Gilberto recogió la saliva que aún quedaba en sus labios con su lengua y siguió martillando. De vuelta a Gregorio, don Cristóbal dijo:

"Acertadamente me informó don Miguel de Eguizábal de tu pasión, y tienes mi respeto." Sin añadir más, don Cristóbal sacó una llave del bolsillo de su jubón azul, para luego levantar su cajilla fuerte y la colocó sobre el mostrador. Acto seguido, abrió la caja y reveló una exquisita colección de relojes franceses y suizos: Girard-Perregaux, Dubois & Fils, Rayville, y Vacheron & Constantin entre los más notables. Todos los ejemplares relucientes, esmeradamente pulidos, en un estado de impecable nitidez incluido su funcionamiento, como si hubieran salido ayer de la sala del fabricante.

–"Sólo vendo el lote completo, mas no los ejemplares individuales" asentó don Cristóbal con su voz fuerte y grave. "¿Te interesa?" Por supuesto, don Cristóbal no hizo ningún esfuerzo en buscar frase persuasiva alguna, ya que fácilmente anticipó la respuesta de Gregorio. De hecho, empezó a cerrar su caja cuando Gregorio empezó a hablar:

"Me temo, mi señor, que no me es posible hacer negocios con usted. Mi situación…"

–"Buena ventura" se despidió don Cristóbal dándole la espalda a Gregorio sin permitir que este terminara de explicar el origen de sus modestos ingresos. Tal vez dándose cuenta de la magnitud de su insolencia, volteó por última vez para dirigirse a Gregorio: "¿Qué ocurrió con Eusebio, hijo de don Andrés?"

Indignado y con ambas manos sobre el mostrador, Gregorio no tuvo más remedio que explicar: "Su mujer enfermó del tabardillo y se mudó a la capital del Virreinato. Aquí, tiene ante sus ojos lo que queda en Santiago del legado Peñalver, mi señor."

–"Dicen que es una ciudad más pintoresca que esta. ¡Salud!", terminó su penosa intervención don Cristóbal, ignorando la inspirada conclusión de Gregorio. Este y don Gilberto quedaron detrás del mostrador observándolo marcharse. Don Gilberto aún soltó a gritos una defensa de su ciudad:

"¡TODAVÍA SE NOS CONSIDERA LA MÁS AGRACIADA DE LAS INDIAS ESPAÑOLAS!" A Gregorio, le dijo: "¿Quién se cree este mojigato? ¿Cómo se atreve a hablarnos como si fuéramos jornaleros? …aunque efectivamente fui jornalero cuando abrimos brecha en las faldas del Junajpú."

–"Volcán de Agua, padre. Desde que Santiago es ciudad se le conoce como Volcán de Agua," le corrigió Gregorio y finalmente dio media vuelta para perderse en su cubículo, dejando a don Gilberto hablando solo y viendo al vacío por donde don Cristóbal desapareció.

"¡PFFFT!" escupió hasta la última gota de la bebida don Gilberto ante la sonora carcajada de don Máximo. "¿Qué, en el nombre de Cristo, es esto don Max? ¿Acaso usted quiere envenenarme? ¿Qué clase de bruja prepara este brebaje?" Aún recuperándose de su risa, don Máximo le respondió:

"Le llaman 'café' y es la bebida que están promoviendo los dominicos. Ellos mismos cultivan la planta de donde proviene en sus jardines y la someten a un largo y complejo proceso para llegar a la taza que tiene usted en sus manos, don Gil."

Aún asqueado, don Gilberto agregó: "He probado mejores purgantes. ¿No deberían dedicarse a la teología y la reflexión en lugar de experimentar con estas travesuras? Llévese esto, don Max. Está repugnante." Y recibiéndole la taza, don Máximo continuó explicando:

"La usan como estimulante, y como remedio para dolencias del espíritu. Es un gusto más bien, adquirido, don Gil."

–"No me interesa. Como dije, es horrible. Dieron con esto por accidente, no me cabe la menor duda. Y todavía parece que se están recuperando. Necesitarán generaciones para desarrollar esto en algo bebible." seguía discutiendo don Gilberto. Don Máximo, por su parte, siguió explicando con la esperanza de inculcar su propia fascinación en don Gilberto:

"La han traído de África. Los etíopes son los que descubrieron la planta y el proceso, en el transcurso de generaciones, precisamente. Los dominicos quieren agregarle su sello particular para diferenciarlo del que producen en Cartagena de Indias."

–"Jamás se compara con otras bebidas calientes como el cacao local o incluso el té de los orientales." El antagonismo de don Gilberto terminó cansando a don Máximo, quien optó por presionar un poco a Gregorio, gritando:

"¡Nos debemos ir, Gregorio! ¡Tráetelo, así como está!"

Y asomó Gregorio con unas pocas herramientas en la mano, e introduciéndolas en un pequeño morral que lo llevaría al hombro, le pidió a don Máximo: "Necesito ayuda para llevar el reloj. Es un tanto pesado y la maquinaria es delicada. Eeh... ¿Debemos irnos ya, don Máximo? Es que no me ha sido posible ajustar la hora. El reloj está funcionando perfectamente sin inexactitudes desde que lo eché a andar. Pero extrañamente las manecillas no pueden ajustarse manualmente, y no tiene un mecanismo externo a la vista. Hice un esfuerzo considerable sin olvidar la delicadeza de sus componentes, pero me fue imposible moverlas. Si me permite otros minutos puedo hacer otro intento para ajustar la hora."

–"No, Goyito. Estamos atrasados ya. El tiempo no nos ayuda mucho. No quiero que coincidamos con la hora en que las novicias estén de regreso de la iglesia, y obviamente no queremos estar en el puente en el momento en que pasen al claustro. Debemos instalarlo y luego lo puedes ajustar si es necesario. Pero yo te ayudaré, no te preocupes de eso. Nos tomará menos tiempo si lo hacemos juntos. ¿Cómo te fue al desmontarlo de la pieza de madera? ¿Problemas?" agregó don Máximo, genuinamente interesado en el desarrollo inocuo de la tarea que se le encomendó.

–"Ninguno, don Máximo. Todo en orden. Tenía seis pernos exteriores que estaban ajustando toda la pieza a la viga. Como recuerda, estaban fundidos a la madera. Los removí exitosamente, pero no creo que sean necesarios ahora que el reloj estará adherido a otra superficie. Pero los llevo aquí en el morral por si los necesito durante el montaje." dijo Gregorio.

–"Buen trabajo, muchacho. En marcha" finalizó don Máximo. Don Gilberto no pasó por alto que no se despidió ninguno de los dos, por que le gritó a don Máximo:

"¡Tráigame chocolate la próxima vez!" A don Máximo sólo le dio risa.

Gregorio y don Máximo llegaron sudando al convento. El sol estaba particularmente intenso ese día, y el peso del aparato les cansaba las extremidades. Adicionalmente, debido a la delicadeza de las piezas, no pudieron descansar durante el recorrido de dos cuadras desde el taller de los Del Cid hasta el convento de Santa Catalina, tomando la ruta del recién estrenado Oratorio de La Merced.

Ya en las puertas del convento, decidieron acurrucarse para hacer descansar el reloj sobre sus muslos mientras don Máximo manipulaba la llave al abrir la puerta del complejo que después de todo le cedió don Emilio. Faltaba el recorrido dentro del claustro, el cual había cegado temporalmente tanto a Gregorio como a don Máximo, ya que por la repentina oscuridad de la bóveda en contraste con la intensa luz del día les dificultó adaptarse a la nueva luz escasa. Para este tiempo, el peso del morral que llevaba Gregorio le incrustaba el cincho en su carne, por lo que trataba de oscilar su hombro para intentar acomodárselo.

Poco había contemplado don Máximo que debía tomar en cuenta que las monjas estaban terminando de almorzar, por lo que tenían que cruzar el puente para dirigirse a sus rutinas al lado opuesto de la calle. Fue terminando de subir las gradas que conducen al puente cuando se encontraron con el grupo de monjas que venían subiendo. Sobresaltado por la escena de las monjas prohibidas, el morral terminó por escurrirse del hombro de Gregorio y el cincho cayó a su antebrazo. Pero los pernos que acomodó Gregorio dentro del morral se cayeron, y rodaron por las gradas. Siendo piezas grandes hicieron un estruendo, tanto al caer como al rodar. Gracias a eso, algunas de las monjas se hicieron a un lado, pero una de ellas no se percató que se paró sobre uno de los pernos y perdió el balance al tropezarse con la orilla de su hábito. Lanzó un grito agudo al caer lo mismo que sus compañeras. Pero haciendo uso de sus reflejos, Gregorio se acurrucó en una fracción de segundo, descansó el reloj sobre sus muslos y extendió la mano izquierda para intentar amortiguar la caída de la mujer. Asió la mano de ella, lo cual la salvó de rodar por las gradas. Arrodillada, inmediatamente soltó la mano de Gregorio y se acomodó el velo de su rostro por el instintivo reflejo de ver quién la había ayudado. Así se vieron por primera vez, en una ínfima fracción de segundo cuando una gigantesca y tosca mano le asestó una palmada en la mano a Gregorio, tras lo cual la retrajo de inmediato. Era de la madre superiora Dávalos, quien ocultó la novicia de Gregorio con su cuerpo y le gritó: "¡Celina!" y a Gregorio le gritó: "¡Quítele sus manos de encima!" Ella misma terminó de ayudar a la muchacha a incorporarse, y del brazo se la llevó por el puente junto a las demás, quienes se acomodaron el velo para ocultar sus rostros.

Gregorio estaba aún estupefacto por el encuentro, y observaba con su mirada el recorrido de las monjas a lo largo del puente. No se había percatado que el otro extremo del reloj estaba ya en el suelo. Don Máximo lo había acomodado allí y estaba furioso ya frente a él. Con ambas manos lo tomó del cuello de su camisa y le gritó: "¡Qué pasa contigo! Mírame a mí, muchacho. ¿Acaso te les quieres unir?" Gregorio no respondió.

Don Máximo aún lo tenía del cuello, y le dijo tan cerca como para oler su aliento: "¡Escúchame bien! Llego a tu taller y me oyes comentar y bromear con tu padre sobre tu decisión de seguir soltero. Pero francamente me importa un caño lo que hagas con tu vida. Por mí, puedes cortejar a una de estas novicias, si quieres. Es problema tuyo. Pero no mientras estés bajo mi responsabilidad. ¿Entiendes? Soy responsable ante el prelado, a quien dije que tú eras de confiar. No toleraré que tras esto se te ocurran ideas, muchacho."

Parsimoniosamente, Gregorio tomó los puños de don Máximo con su mano derecha para retirarlos lentamente de su cuello, y le dijo en suave tono: "No tiene por qué ofuscarse, don Máximo. No tengo ningún interés en ellas, por supuesto. ¿Acaso fue un crimen evitar un accidente lamentable? Sólo quise asegurarme que estaba bien tras la caída." Tras pausa de unos pocos segundos que parecieron demasiado largos, concluyó: "Lamento si transmití la idea equivocada. Y también lamento el accidente." Don Máximo entró en razón, suspiró y se puso de pie. Con las manos en la cintura, volteó a ver en la dirección a donde se perdieron de vista las monjas, suspiró y dijo:

"Levántate. Olvidemos esto. Ya tienes una idea de lo que está en juego." Dicho esto, levantó otra vez el reloj y llegaron finalmente a la dovela central del arco, justo sobre su clave.

La instalación concluyó exitosamente, pero en toda la tarde no pronunciaron palabra. De paso, nunca se usaron los pernos. Pero nadie hizo mención de esto. Finalmente, don Máximo dijo: "Listo, muchacho. Guarda las herramientas y larguémonos."

Gregorio vio a don Máximo y dijo: "Pero todavía tengo que ajustarlo. Está media hora atrasado."

–"Gregorio, tengo que regresar para informar al prelado. Ya casi es hora que salgan las monjas. Es imposible que estemos aquí para entonces. ¿Cuánto te tomará?"

–"Pocos minutos. Si no puedo en este intento, puedo volver otro día," puntualizó Gregorio sin problemas. Pero don Máximo no estaba cómodo con la propuesta y se lamentó:

"Otro día..." Suspiró, se secó el sudor de su frente y añadió: "No puedo acompañarte. Debo ir donde don Emilio. Haz una prueba y asegúrate de haber desparecido en media hora. Pero Gregorio…"

–"Entiendo, don Máximo. No tiene nada de qué preocuparse.

Entiendo perfectamente." Se vieron con una seriedad sepulcral, y con el dedo índice señalando hacia arriba, don Máximo se despidió:

"No quiero sorpresas. Y… no me quedes mal." Y se fue.

Gregorio ya estaba solo, y guardó en su morral algunas herramientas que ya no usaría. Pero permaneció inmóvil por varios segundos, tal vez minutos. Extendió su mano izquierda, la vio y susurró para sí mismo en una voz sumamente baja: "Celina."

Capítulo 3: El Evento

Don Emilio dijo, molesto: "¿Qué ha pasado hoy en el convento, don Max? Ha corrido un reguero de pólvora en materia de rumores por lo sucedido hoy, que lamentablemente han llegado a oídos del arzobispo Cortés. Realmente me preocupa que una tarea tan sencilla no haya sido atendida con el profesionalismo que esperaba de usted. ¿Qué es esto de que hay monjas heridas? ¿Qué libertades se ha tomado de lo que tenga que enterarme de usted personalmente?" Estaba justificadamente exaltado el prelado don Emilio de Garay, ya que respondía personalmente al arzobispo Pedro Cortés y Larraz, hombre extremadamente recio y de poca paciencia. Todo esto era de su consternación porque hubiese preferido que entre la ciudad y la iglesia no hubiese incidentes para cuando llegara el nuevo gobernador para su toma de posesión, el capitán general Martín de Mayorga y Ferrer. Eso estaba previsto que ocurriría el 12 de junio próximo, a solo dos meses de distancia. Ya su majestad el rey Carlos III estaba buscando recuperar un poco de autoridad que la iglesia había logrado acumular tras años de olvido por parte de la corona. Así se devolvería a la población la impresión de que la corona estaba realmente a cargo de los asuntos administrativos de la ciudad y de la

Capitanía General en conjunto. Sucesos como este no ayudaban en nada a disuadir al nuevo gobernador que el ciudadano común aún tenía en alta estima a las autoridades eclesiásticas.

–"Don Milo, todo se ha sobredimensionado. Puedo jurarle que no hay monjas heridas. Una de ellas tropezó justo frente a nosotros, pero no hemos hecho ningún drama del incidente. Eso fue todo, puedo asegurárselo." Así intentó don Máximo paliar la consternación de don Emilio ante los eventos que sorprendentemente en pocas horas habían trascendido con adornos añadidos hasta los oídos del arzobispo.

–"Debemos recuperar el respeto que muchos ciudadanos le han perdido a la iglesia. Gracias a individuos como usted muchos ni siquiera se refieren a mí usando mi título eclesiástico. Eventos como el de hoy no deben trascender más allá. Necesito más discreción de parte suya, don Max." Don Emilio fue bastante claro en expresar su preocupación.

–"Tiene toda mi discreción… ¿padre Garay?" Se aventuró don Máximo.

–"No se haga el gracioso, don Max. Esto es un asunto serio. No haga comentarios de lo sucedido hoy, ya han ocurrido demasiados incidentes como para agregarle más leña al fuego. ¿Y qué pasó con Gregorio el relojero? El reloj está desajustado aún." Observó don Emilio.

–"¿Cómo sabe que está desajustado? No ha ido a ver la instalación, por cierto. De allí vine directo con usted y no he hablado aún con la madre superiora Dávalos", inquirió sorprendido don Máximo al reconocer la velocidad de las noticias del día.

–"Vino a mi despacho un forastero comayagüense ofreciéndome una verdadera fortuna en relojes europeos. No pasó por alto el reloj que ustedes estaban instalando en el puente, y observó que está retrasado media hora. Le creí. Parece conocer su negocio. ¿Debo dudar de él?" Explicó don Emilio.

–"En absoluto," continuó don Máximo. "Dejé a Gregorio trabajando en ello. El mecanismo era tan singular que la labor de ajustar las manecillas resultó ser toda una empresa. Le dejé dicho que si no terminaba… como a esta hora, que saliera del convento al instante," concluyó don Máximo.

Incorporándose de su silla con un sobresalto, don Emilio casi gritó: "¿Dejó al muchacho *A SOLAS* en el convento? ¿Ha entendido algo de lo que le he estado explicando?"

Cansado, don Máximo extendió la mano y dijo con firmeza: "Don Emilio, por favor. Usted me conoce. Yo sé lo que está implicado. Gregorio lo sabe. Es más, recuerde que Gregorio estará dándole mantenimiento al aparato, y lo estará haciendo gratuitamente. Lo que ocurrió hoy no fue más que un leve accidente que envolvió a una sola novicia, debido a un error en el cálculo de mi hora de llegada. Pero no se violaron los votos de nadie, y el trabajo encargado fue concluido con éxito. Lo que usted percibe es el resultado de una acumulación de rumores que estoy desmintiendo porque yo estuve allí, soy testigo de lo ocurrido, al igual que todas las monjas del claustro y la madre Dávalos. ¡Vamos, don Emilio! Relájese. Justo ahora Gregorio debe estar rumbo a casa."

Gregorio batallaba con un engranaje que probablemente había acumulado demasiada corrosión. Todavía no se explicaba cómo el reloj seguía corriendo inmaculadamente, pero era imposible ajustarle la hora. De hecho, no había podido remover ni una sola pieza del calibre, ya que ni siquiera había descubierto alguna forma de mover las manecillas externamente. Usó sus llaves, pero resultaban muy pequeñas para el masivo mecanismo. Quiso usar las herramientas de don Máximo, pero eran demasiado toscas para manipular este metal. A pesar que cada pieza estaba firmemente unida a las demás, el acabado del metal pulido era impecable y definitivamente no estaba corroído. Era criminal martillarle un cincel como si se tratara de una burda piedra.

Pensó por un momento y recordó el cincel de don Máximo. Tomó el cincel con una mano y con la otra tomó el mazo. Pero se quedó inmóvil al meditar en el potencial desastre que ocurriría si comenzara a golpear a martillazos esta refinada maquinaria. Pero algo estaba pensando que dejó el martillo por un lado. Si no era posible mover las manecillas, tal vez podía obligar al mecanismo a detenerse. Pensó tan solo insertar el cincel en medio de los dos engranajes del oscilador. De ese modo pensó que podría detenerlo digamos, 23 horas y media. Al día siguiente solo vendría a liberarlo para que automáticamente se ajustase a la hora precisa. Nada ortodoxo, pero decidió hacer una breve prueba para saber si era viable detener el mecanismo, para empezar.

Tomó el cincel y sencillamente, lo insertó justo en medio de los dos engranajes principales del oscilador. Hecho esto, los dientes del engranaje se clavaron al cincel, y efectivamente el mecanismo se detuvo. Sintió que instantáneamente perdió las fuerzas. Algo estaba pasando. Gregorio estaba flotando, como si se tratara de una pluma sin peso alguno impelida por el suave viento. Cuando quiso ponerse firmemente de pie, lo que ocurrió es que al tocar el suelo del puente con su pie, se impulsó ligeramente hacia arriba y comenzó a elevarse por los aires sin que la gravedad tuviera ningún efecto sobre su cuerpo. Desesperado, gritó y comenzó a patalear y notó en su desesperación que sus pies ya no estaban plantados sobre el suelo. De hecho, ninguna parte de su cuerpo estaba en contacto con superficie alguna, y comenzó a lanzar coces y manotazos por los aires pero sus esfuerzos resultaron totalmente inútiles: seguía levitando sin remedio. Apenas logró sentir que su mano tocó el borde superior de la pared del puente, se aferró a ella con todas sus energías y cerró los ojos apretadamente. Apenas notó que sus pies seguían levitando, aunque afortunadamente tenía más o menos bajo control el avance descontrolado hacia arriba. Intentó gritar por ayuda: "¡Alguien, por favor! ¡Necesito ayuda! ¡Algo está pasando que no puedo controlarme! ¡AUXILIO!" Sin embargo, no obtuvo respuesta. De hecho, el silencio que le rodeaba era profundo y espeluznante. Nadie le contestaba. Hizo un pequeño intento en volver a soltarse, pero nuevamente comenzó a flotar. Esta vez su mano lo impulsó horizontalmente, en dirección a la iglesia y otra vez no podía detenerse. Su inercia lo impelía descontroladamente. En un momento soltó el mazo de don Máximo que tenía en su mano y vio cómo éste se le escapó en línea recta y avanzaba sin control hacia arriba como si estuviera hecho de nubes en lugar de precipitarse al suelo.

"¡YA BASTA! ¡Quiero que esto se detenga ya, por favor!" Gritaba sin saber siquiera a quién dirigirle sus súplicas. De repente, sintió un golpe en su cabeza. Se detuvo su avance, pero seguía flotando. Había llegado a la iglesia, y estaba en el umbral de la puerta, pero desde la parte superior del marco de la puerta, colgando como un murciélago. Otra vez quiso aferrarse, pero no logró asirse de nada. Volvió a gritar desesperadamente y a lo lejos vio a las monjas. Venían de regreso al claustro. Ni siquiera recordó que a esta hora ya debía haberse ido, por lo que podría encontrarse de nuevo con ellas. Nada de eso le importó por el momento. Solo necesitaba traer de vuelta sus pies a tierra y acabar con esta locura. Gritó con todas sus fuerzas:

"¡Madre Dávalos, ayúdeme por favor!", pero no obtuvo respuesta, aunque la tenía claramente a la vista. De hecho, logró concentrarse un poco para notar que ella no se movió. Nadie de todo el grupo de monjas se movía. Se encontraban completamente inmóviles como si fueran estatuas. Las miró fijamente y efectivamente, estaban tan inmóviles que hasta sus hábitos y sus ropas estaban suspendidos como si estuvieran esculpidos en mármol.

"¡Dios mío, esto no tiene sentido! Por favor, ayúdame a entender qué me está pasando. Esto tiene que ser una pesadilla" oraba en voz alta Gregorio, víctima de la desesperación. Sin embargo, aunque estaba completamente cabeza abajo y pies arriba, estaba detenido. Flotando, pero detenido. Sólo su cabeza asomaba por el marco superior de la puerta. Siguió contemplando, y vio a su alrededor. Se impulsó ligeramente con su mano, y esta vez el avance no lo asustó. Estaba empezando a controlar sus movimientos. Así nuevamente se aferró de la pared y se asomó por la parte de arriba del puente. Vio hacia abajo. Ahí iba toda la gente, caminando por debajo del puente, sobre la calle. Pero todos inmóviles. Ahí estaba el farolero con alcuza en mano, con el aceite a la mitad de camino hasta mojar el paño de su antorcha. Iban dos carretas tiradas por caballos, pero todos estaban detenidos. Hasta los caballos estaban suspendidos ligeramente sobre el suelo, inmovilizados a la mitad de su paso. Volteó a ver, se empujó ligeramente y se aferró de la otra pared del puente. Ahora tenía a la vista la avenida en dirección sur. El Volcán de Agua estaba de frente, pero las nubes estaban estáticas. Hasta las aves estaban suspendidas sin movimiento alguno. Vio hacia la calle y habían otras carretas, peatones y algunos de sus vecinos que reconoció, como doña Amanda con un bulto de prendas en su hombro. Pero estaba congelada a la mitad de su paso. Lo mismo que las carretas y todos los demás. No había viento, ni había sonido. No había calor ni frío. Lo único que se movía era él. Para este momento había caído presa de tal pánico que sus mandíbulas temblaban como castañuelas, porque no podía explicar qué estaba pasando. Quiso regresar a su área de trabajo, pero esta vez se impulsó demasiado y su inercia lo impelió demasiado rápido que pasó por sobre la pared del puente. Ahora estaba flotando sobre la calle, ninguno de sus esfuerzos para regresar al puente rindió fruto: la inercia lo impelió por sobre la calle y avanzaba en dirección norte. Cuando llegó al atrio del Oratorio de la Merced, se estrelló contra uno de los árboles plantados en el frente. Hojas y ramas salieron volando, pero no cayendo: levitando en todas direcciones. Curiosamente, sin ruido. Gregorio se convenció que esto era una pesadilla, y que lo mejor para salir de ella era llevarle la corriente. Por lo tanto, usó el tronco del árbol para impulsarse hacia el oriente, como buscando su taller. Si esto era una pesadilla, su padre y su taller también tendrían que ser parte de él.

Pronto se dio cuenta que ese viaje no sería tan sencillo. Tropezaba con todo, objetos y gente por igual, pero cuidaba no flotar demasiado alto porque en tales alturas no tenía de dónde aferrarse para controlar sus movimientos. No obstante, se estaba acostumbrando a ver a todo el mundo congelado e incapaz de reaccionar ante cualquier estímulo. Apenas estaba terminando de comprender la mecánica de su sueño y sus movimientos, cuando oyó finalmente algo distinto a sus propios sonidos. Le pareció obvio que fueron los tics de una segundera, aunque el intervalo entre cada uno de ellos era mucho mayor. De dónde procedía el sonido, nunca supo, pero pronto aprendería qué significaban. Gregorio flotaba por encima de don Gabino Carranza, quien guiaba a pie una carretilla tirada por un asno. Llevaba los insumos para la producción del pan del siguiente día, pero por supuesto, no daba indicios de despertar del encanto, como todos los demás. Pero el último tic fue sonoro, como con una especie de eco, tras lo cual todo, y todos… cobraron vida. El viento, el sonido, las aves, las carretas, los caballos y los peatones. Todos en el mismo instante reanudaron su movimiento y Gregorio se liberó de la suspensión y la inercia desplomándose frente al asno que dirigía don Gabino.

"¡Muchacho!" –le gritó don Gabino. "¿Qué andas haciendo arriba en el tejado? ¿No estás ya un poco grande para travesuras de niño, Goyito? Ven acá. Te ayudo a levantarte." Don Gabino se inclinó para ayudarlo, y un intenso dolor en el costado le impidió levantarse rápidamente, aún con la ayuda de don Gabino. Habría sido por la caída, pero pronto olvidó el dolor cuando vio con gusto que estaba interactuando con un ser humano de nuevo.

"Don Gabino, ¡qué gusto me da verlo!" –le dijo a don Gabino con un tono de voz cálido y sincero.

–"Me hablas como si no me hubieras visto en años. ¿Te sientes bien, hijo?" Le preguntó cariñosamente don Gabino.

–"¿No vio lo que me pasó, don Gabino?" preguntó Gregorio

–"¡Por supuesto que vi qué te pasó! Caíste del tejado justo enfrente de mí, muchacho."

Gregorio no se refería a lo que pasó en el momento de caer, sino lo que le estuvo ocurriendo por tantos inexplicables minutos, lo que pasaba es que don Gabino todavía lo veía como un niño. "No, don Gabino, antes. Yo estaba…"

–"Paseándote por los tejados, me imagino. ¿Qué hacías arriba? La próxima vez te puedes lastimar en serio. Ten cuidado muchacho, ya no estás para esos tanes. Dile por favor a don Gilberto que mañana saldrá el pan una hora más tarde, ¿quieres?" Don Gabino no dio importancia al hecho de que cayera delante de él. Ya había ocurrido antes, pero cuando Gregorio era aún niño. Se subía a los tejados para ir a jugar con los otros niños vecinos sin tener que molestarse en llamar a la puerta. Desde el tejado, podía ver hacia el interior de la casa con sólo asomarse al patio central que todas las casas tenían. Más de una vez se cayó, obligando a doña Elisa a salir corriendo presa del pánico en su auxilio, pero propinándole un severo jalón de orejas después. Sin más, don Gabino siguió su camino, lo mismo que los demás peatones. Y allí estaba Gregorio. A mitad de la calle, abrazándose el vientre porque la caída le había dejado resentido el abdomen, pero feliz de poder volver a tener los pies plantados en el suelo. Eso sí: consternado e intrigado al no poder ni explicarse a sí mismo lo que había experimentado, mucho menos a nadie más.

–"Extraño mi melodía nocturna, Goyito. ¿Estás enfermo?" Don Gilberto era un hombre de rutina. Estaba acostumbrado a cerrar su taller al caer el sol, y se sentaba en su silla de metal extendiendo los pies encima de su yunque de trabajo. Encendía un par de velas para poder dedicarle tiempo a su pasatiempo cómodamente. Don Gilberto tallaba figurillas de metal con retazos de láminas que sobraban del día. Tenía montones de laminillas, las cuales doblaba entre sí para darles formas de animales. El más común era la rana, la cual regalaba a los pocos niños que llegaban a pedírsela para jugar. Su juego consistía en lanzar fichas de metal tratando de acertar en la boca abierta de la rana. Las fichas también las proporcionaba don

Gilberto; éstas las tallaba de pie sobre su mostrador y también las regalaba a los niños para sus juegos. Muy lejos habían quedado los días en que Gregorio jugaba con los hijos de don Máximo y otros que vivían cerca. El juego de la rana era uno de ellos, y cuando llovía, el más popular eran las carreras de cáscaras de sandía. Las ponían a flotar en el atardecer sobre las acequias, a lo largo del acueducto, o bien calle abajo, cuando estaba menos concurrida, para ver cuál llegaba primero. Aún resonaban en su memoria las vocecillas que gritaban que alguien había hecho trampa, o cuando cantaban juntos mientras jugaban tejo:

Zapato negro
bola de lana.
Ya gruñe el suegro
a la tía Juana.

Doña Elisa saldría secándose las manos después de ver al farolero encender la luminaria cerca del frente de su casa para recolectar a Gregorio y enviar a los demás a sus casas.

Luego de la muerte de doña Elisa y que los demás niños crecieran y se fueran ya sea a los confines del Virreinato de Nueva España o a España, don Gilberto y Gregorio aprendieron a consolarse de su soledad. Don Gilberto aprendió que la forma más efectiva de hallar consuelo era sumergirse en su pasatiempo con la armoniosa melodía de la guitarra de Gregorio al fondo, desde su habitación, atrás de su cubículo.

–"Eeeh… un poco, padre. Dispénseme que hoy no estoy tocando, tengo una leve indigestión, es todo" mintió Gregorio. Estaba sentado sobre su canapé, recto con los codos sobre las rodillas y el mentón descansando sobre sus puños. Hizo un recorrido mental de lo ocurrido en el día para tratar de encontrarle sentido a su experiencia. ¿Habría sido uno sueño, y qué clase de sueño era este del cual parecía que aún no había despertado? Celina. Sus ojos le contaron toda una historia durante el segundo que cruzaron miradas, pero temía que fuese sólo una fracción de ese enorme sueño. La gente detenida, el viento no soplaba ni escuchaba sonido alguno. Pero él flotaba por los aires como una nube. ¿De qué se trataba? ¿Cómo dio inicio ese evento? De un salto, se incorporó para decir audiblemente:

"¡El reloj! ¡Cuando incrusté el cincel!" Gregorio echó a correr. Aunque era de noche, tenía que ver el reloj. Por eso llevó uno de bolsillo consigo para comparar la hora. Alguna pista habría de obtener probablemente con tan solo ver la hora, o algo. Aún no sabía qué buscar. Pero al pasar por la entrada del taller, estaban don Gilberto y don Máximo jugando paró con los naipes de don Gilberto. A veces llegaba don Máximo a distraerse al taller cuando se sentía emocionalmente agitado, y hoy coincidían ambos en ese sentimiento.

"¡Goyito!" exclamó don Máximo cuando lo vio. "Vaya susto el de hoy, ¿eh?"

–"¿Cuál susto? ¿Hoy?" Inquirió don Gilberto ante el saludo de don Máximo.

"Nos encontramos de frente con las monjas del convento, y por si fuera poco este pelmazo suyo hizo tropezar a una de ellas. Ya se imagina usted a la madre superiora Dávalos: ¡lanzaba relámpagos por los ojos!" y ambos echaron a reír. "¿Y cuándo vas a terminar de ajustar el reloj, Goyito? Sólo te dio tiempo de moverlo cinco minutos antes que aparecieran las monjas, me imagino. Eh, y te cuento que encontré mi mazo tres calles abajo. Ten cuidado con mis herramientas, hijo, que no me las regalan."

–"¿Cómo cinco minutos?" Inquirió Gregorio. Según él, el reloj ya sea tendría incrustado aún el cincel, o por lo menos estaría atrasado por varias horas.

–"Si mis matemáticas aún no me fallan, treinta menos cinco minutos siguen siendo veinticinco," concluyó don Máximo.

Según don Máximo, el reloj estaba atrasado veinticinco minutos ahora. Eso implicaría que el evento duró solamente cinco minutos, pero según todo lo que experimentó, duró mucho más que eso. Pensó que probablemente estuvo suspendido unos veinte minutos, o tal vez más. La duración no encajaba. ¿Qué fue de todos mientras duró el evento? ¿Y qué habrá sido del cincel? ¿Habrá sido lo suficientemente fuerte como para aguantar…

–"¡Gregorio! ¡Estás ido, muchacho!" Le gritó don Gilberto para despertarlo de su momentáneo letargo.

–"Perdón, perdón. Es que… estaba…" tartamudeó Gregorio. Don Máximo quiso tranquilizarlo:

"No te preocupes, muchacho. Ve mañana a terminar el ajuste cuidando de que no te vean. Ya domestiqué a don Emilio como a un gatito, tanto que ha acordado que tengas la llave del claustro, pero quiero que tengas claro que eso no significa que puedes entrar y salir cuando te dé la gana. Me he comprometido a que trabajarás lo que tengas que hacer sólo en el receso del mediodía. Y me tienes que informar con cuánta frecuencia irás: Una vez cada semana, cada mes, cada trimestre… no tengo idea. Depende de ti, pero necesito saberlo. ¿De acuerdo?" Don Máximo había logrado tranquilizar a don Emilio, y aparentemente liberarlo de la pena que los rumores habían generado. Claro está, siempre que no ocurriesen incidentes inesperados y escandalosos como el que quiso ocurrir hoy.

–"Muy bien, don Máximo." El reloj tendría que esperar irremediablemente hasta mañana.

Capítulo 4: El Claustro

"Es como si sus ojos me hubieran contado toda una historia. Dime lo que esto significa, Beatriz," dijo Celina con una mirada perdida en el firmamento, con un encanto que no se le había visto desde el día en que arribó al convento. Celina era respetuosa, altruista y solía decir mucho con pocas palabras. El resto lo comunicaban sus gestos y su mirada. Su matrícula en el convento había ocurrido hace poco tiempo; era de las novicias más recientes. Desde ese primer día, se había expresado con timidez y generalmente cabizbaja. Es la reacción usual de alguien nuevo en cualquier lugar, pero Celina había demorado en este estado hasta el día de hoy. El encuentro con Gregorio activó el chispazo que le haría levantar su cabeza para esbozar su hermosa sonrisa una vez más.

Disfrutaba de la escritura. Su pasión más notable era derramar sus pensamientos más profundos en íntimas endechas y poemas tan profundos que acariciaban el corazón. Se pronunciaba ferviente admiradora del trabajo artístico, musical y literario de Juana de Maldonado y Paz, la célebre "Juana de la Concepción", monja escritora que logró detonar por sus propios medios el sismo eclesiástico, pero que le valió una acusación ante la Inquisición Española.

Beatriz de la Rosa era la confidente de Celina en esta conversación. Era también su compañera de habitación, y en muchos casos, la voz de la razón: "Celina, no te hagas más daño. Todo esto fue producto de un accidente, y no hay forma de saber qué pasaba por su cabeza. Dices que te 'habló' en ese instante, pero no sabes qué palabras tenía en su mente para referirse a ti. En segundo lugar, es prohibido tener contacto con personas de afuera, ¡mucho menos tener un pretendiente! ¿Puedes imaginarte a la madre superiora sabiendo de un cortejo dentro de este claustro? Y en tercer lugar, no podemos salir de aquí ni él puede entrar. ¿Cómo piensas encontrarte con él de nuevo? No hay forma de saber quién es, cómo se llama ni dónde vive. Yo te aconsejaría que te despidas de esa idea, y de él del todo."

Aplastada por el peso de la razón, Celina parpadeó despertando de su sueño lúcido, pero no dijo nada, y solamente se limitó a inclinar la cabeza y ver hacia el suelo. Beatriz sintió genuina lástima por Celina e intentó traerla de nuevo a la realidad: "Entrégate a la meditación y a la comunión con Dios. Por ahora, él es todo para ti, lo mismo que para nosotras quienes hicimos este mismo voto." Y una lágrima saltó de uno de sus almendrados ojos. "¿Qué he hecho para merecer esto, Beatriz? Nunca pensé que aguantaría el sufrimiento de ver morir a mi madre, pero lejos estaba de terminar mi agonía cuando ocurrió el deceso de mi hermano, el mismo día del accidente en que cayó de su caballo. Y más recientemente ver a mi padre intentar rescatar de las profundidades los últimos recuerdos de mamá cuando a nuestra casa se la llevó la crecida del río me ha dejado mi corazón dolido, agonizante y lleno de dudas. ¿Por qué, Beatriz? ¿Habré pecado tanto en mi vida para estar pagando con creces con estas adversidades? ¿Me está castigando Dios?" Celina estaba verdaderamente abatida. Sólo pedía conocer, aunque sea una vez en su vida el sabor dulce del amor, que fuera un destello de esperanza en la oscuridad del túnel que le había tocado recorrer.

–"Probablemente es la voluntad de Dios, Celina. Tal vez sea tan sencillo como eso…" fue el intento de consuelo de Beatriz, a lo cual Celina respondió:

"O tal vez es lo que nos enseñaron a creer." Tras esto, abandonó su habitación, la conversación y a su compañera, para meditar en el patio a la luz de las estrellas y dejar caer la lágrima que aún tenía atorada en su ojo que aún permanecía seco.

Poco después que el farolero apagara la última luminaria de su recorrido, pero antes que comenzara a sentirse el aroma del pan matutino de don Gabino, hoy retrasado por una hora, Gregorio ya iba a paso ligero en dirección al convento. A lo largo de su insomne noche había llegado a la conclusión de que el tiempo se había detenido, que el reloj jugó un papel definitivo en tal evento, y que tenía que encontrar alguna forma de comunicarse con Celina sin que: 1) se espantara al encontrarlo de repente dentro de su habitación 2) fuera visto por la madre superiora Dávalos o cualquiera de las otras monjas del convento y 3) que don Máximo comprendiese que su presencia en el puente obedecía a la conclusión de su trabajo, a saber, el ajuste definitivo del reloj en el puente. Cómo iba a concretar su triple misión, aún no tenía idea, pero confiaba que en el transcurso de los sucesos se resolvería un plan de acción.

Ningún contratiempo detuvo a Gregorio, quien ya se encontraba en la puerta del claustro. Dio un vistazo al reloj desde abajo, y comprobó que estaba veinticinco minutos atrasado. Esto le confirmó que lo que fuera que haya durado el evento, el reloj inexplicablemente se adelantó cinco minutos. Probablemente se trataba de un patrón, por lo que grabaría mentalmente este momento para compararlo con algún otro incidente, de darse.

Introdujo cuidadosamente la llave en la puerta del claustro y empujó suavemente la puerta. No había necesidad de esta delicadeza, porque de todos modos las bisagras de la puerta producían tal fuerte rechinido que probablemente hubiese sido más sencillo abrir la puerta de golpe para que el ruido durara menos tiempo, pero eso no era lo importante. Entró a hurtadillas y asomó la cabeza por la primera columna para ver ligeramente el primer corredor. Luego, revisó los pasos que había dejado atrás. Aún no se veían almas alrededor. Pero sí escuchaba las voces en conjunto, casi seguro por el rezo matutino que acostumbraban hacer antes del desayuno, por lo que seguramente las monjas estarían en el comedor. Eso le garantizaría que tendría la vía libre hasta el puente. Apresuró los pasos, pasó el umbral de la entrada del puente, subió las gradas y recordó al final del recorrido que fue justamente allí donde cruzó miradas con Celina. Gregorio estaba positivamente seguro que se transmitieron sentimientos profundos en ese instante a la velocidad del relámpago. Lo suficiente para adelantarse a especular que ella era la única persona que había despertado esa lucidez primordial, ese hechizo que lo mantuvo despierto toda la noche, junto con la fuerte impresión del evento.

Una rápida sacudida de su cabeza lo trajo de vuelta a la realidad, de la cual estaba peligrosamente corto de tiempo. Pronto averiguaría si sería posible replicar el evento, posibilidad que le permitiría concretar un sinnúmero de fantasías que también se sumaron a las ideas y recuerdos que le quitaron el sueño durante toda la noche. Llegó finalmente al reloj y se arrodilló para examinar esta repentina, inesperada y singular fuente de inconmensurable poder. Un detalle logró apreciar de primera mano: el cincel había desaparecido, el que usó para detener el mecanismo ayer, ya no estaba. Resonaron en su mente las palabras de don Máximo ayer cuando le habló del mazo que se le escapó de las manos hacia las tinieblas de la inercia: "Ten cuidado con mis herramientas, hijo, que no me las regalan". Lo mismo había ocurrido con el cincel. Si alguna monja lo divisó en el piso o mal puesto en otro lugar y se lo llevó para guardarlo o quién sabe qué... no sabía decir con certeza.

Gregorio estaba tan decidido a replicar el evento que ni siquiera se molestó a traer su herramental de rigor como relojero, con la excepción de varias llaves que le servirían para volver a detener el avance de la aguja minutera. Sin pensárselo más, lo hizo. Insertó una de sus llaves en el mecanismo del calibre principal a modo que la llave quedara atorada entre los engranajes. Pensó que esto permitiría que el evento durara un poco más de tiempo de lo que duró la primera vez. De cualquier modo, el evento sucedió.

Todo encajaba como había sucedido antes. El silencio, la inactividad y la singular pérdida del peso. Otra vez estaba flotando, pero esta vez no le asustó: estaba contando con ello. De modo que la fascinación de la primera vez en que descubrió estos eventos había pasado, y era momento de brindarle uso a esta magnífica experiencia. Por supuesto, donde mejor podría aprovechar su invisibilidad, era en el lugar prohibido: el interior del claustro. Y hacia allá fue, levitando suavemente por la atmósfera sin aire, entró al claustro, pasó el corredor y llegó al patio central. No había reparado nunca, debido a su aislamiento, que la fuente que tenían instalada al centro de la pequeña plaza era una exquisita obra de arte. Estaba rodeada de una pileta con agua cristalina y la forma de la fuente era la de un lirio de seis pétalos. Le pareció fascinante el orden, limpieza y pulcritud de todo el complejo. La fosa alrededor de la fuente hasta tenía varios peces de colores, gordos y grandes, y los jardines que la adornaban estaban hermosamente diseñados, mostrando un intrincado patrón de colores y texturas, los cuales inequívocamente se debían a la magistral intervención de una genialidad en arquitectura de interiores. Haciendo uso de su niño interior, Gregorio no pudo evitar intentar extender su mano hacia uno de los peces inmóviles dentro de la pileta, ya que tal faena era imposible cuando estaban nadando. Dos cosas capturaron su fascinación: una, su textura lisa y resbalosa, suave al tacto y grácil a la vista, los peces eran gordos como salchichones, y los jugaba entre la mano como si fueran de barro maleable. Pero el otro detalle que cautivó su curiosidad fue que tras sacar de la pileta su mano con el pez, ésta no estaba mojada. El efecto al palmotear el agua era como el de una gelatina espesa, pero sin dejar rastro de contacto. Se dejaba moldear con facilidad como arcilla húmeda, y las gotas que se desprendían se dispersaban por su inercia sin caer, como un cielo estrellado en plena superficie. Puso Gregorio de nuevo el pez en el agua, y su fascinación le enseñó que estos eventos de tiempo brindaban una oportunidad única de examinar todos los objetos desde una perspectiva que ningún mortal había logrado tener al darlos simplemente por sentados. Pudo tomar entre su mano los colibríes que llegaban a picar las flores del jardín y examinar sus minúsculos detalles, cada pluma y cada una de las ínfimas uñas en sus patitas. Con solo soltarlos quedaban suspendidos en el aire, para emprender su vuelo más tarde en cualquier otro lugar en que Gregorio los hubiese soltado. También podía ver el sol directamente sin que se le lastimara la vista, desplazarse por donde quisiera sin dejar una sola huella y pellizcar entre sus uñas un mosquito en pleno vuelo. Esta maravilla era un acto mágico de incalculables proporciones, y seguramente no tendría palabras para explicárselo a nadie que no lo viviese a su lado. Lo cual lo llevó a enfocar su atención en su búsqueda de Celina. No le costó absolutamente nada, porque reparó que un grupo como de veinte monjas venía caminando saliendo de una de las habitaciones de mayor tamaño. Todas ellas inmóviles como estatuas, siguiendo a la madre Dávalos al frente. Pobre mujer, pensó Gregorio, no era capaz de eliminar la amargura de la expresión de su rostro ni siquiera en la inmovilidad del tiempo estático.

Buscó a Celina entre las monjas una por una con solo mover un poco el velo de sus rostros. Para cuando llegó a ver a Celina, fue inconfundible. La reconoció en el instante. Tomó entre sus manos su velo y lo hizo ligeramente hacia atrás. Pasó su mano por su mejilla y admiró la profundidad de su mirada, almendrada gracias al ocre intenso de sus ojos. Admiró la delicadeza de la textura de su tez, el blanco cálido de su color, y el castaño de sus cabellos, de los cuales apenas asomaban como media docena en su frente. Movió suavemente la toca que los cubría hacia atrás y reveló un hermoso cabello ondulado, sedoso al tacto y dorado al contacto con la luz. Pero sintió que estaba violando su privacidad al observar, invadir y manipular algo que no le pertenecía, por lo que delicadamente puso la toca y el velo de nuevo en su lugar, y acomodó los mechones de cabello dentro de la toca para que su rostro quedara limpio y radiante de nuevo. Era una criatura delicadamente hermosa sin duda. Admirándola como pieza de museo, se preguntó cómo podría comunicarse con ella. La única idea, y probablemente la mejor, era a través de una nota. Flotó dirigiéndose a las habitaciones del oscuro claustro, y no dejaba de admirar la pulcritud de este edificio normalmente sellado a los ojos de los transeúntes afuera. Una de las habitaciones era definitivamente el despacho de Ileana Dávalos. Un amplio escritorio coronado con dos candelabros y una magnífica librera en el fondo demostraban que la doña Ileana tenía buen gusto por su mobiliario. También era apreciativa del buen arte, ya que en la pared opuesta a su escritorio había un gigantesco cuadro firmado por el célebre artista Tomás de Merlo, aunque no pudo precisar de quién era el retrato. De su escritorio tomó un pedazo de papel y un carboncillo, que utilizó para escribir una simple nota. Una vez terminado, ahora su desafío era identificar en cuál de las recámaras dormía Celina.

Estaba consciente que no tenía mucho más tiempo, por lo que pasó de una habitación a otra buscando algún indicio que le permitiese descubrir los aposentos de Celina. Cada recámara acomodaba a dos mujeres, y cada espacio contenía muy pocas pertenencias: un sencillo catre, todas las frazadas del mismo color café oscuro, una silla, una mesa, todas ellas con una sola veladora y un ropero con cuatro peldaños. Gregorio asumió que cada monja utilizaba dos de esos peldaños. Como norma del convento, cada monja debía mantener su espacio limpio e inmaculado en todo el transcurso del día, por lo que la pulcritud de cada habitación le pareció toda una atracción.

Pero hasta ahora, no había encontrado nada que llamara su atención de entre todos los peldaños que revisó. Pero le llamó la atención que sobre uno de los catres había una hermosa guitarra, impecablemente pulida y exquisitamente ornamentada. Como buen músico casual que era, no pudo resistir la tentación ni la distracción en que se convertiría, pero la tomó entre sus manos e intentó sacar una melodía, pero para su decepción constató que no podía emanar sonido alguno del instrumento, probablemente por el efecto del tiempo inerte, así que la devolvió al mismo lugar donde la encontró. Justo en ese momento le asustó un fuerte sonido, y reconoció que era la segundera que avisaba que el evento estaba por terminar. Ya antes había pasado por su mente que, de no dar con la recámara de Celina y con el fin de que inequívocamente Celina encontrara su nota, se vería obligado a depositar su nota *dentro* de su hábito. Esto implicaría desnudarla por lo menos de su prenda de vestir exterior, pero Gregorio despidió de inmediato semejante abuso, ni hablar de la extensa explicación que le adeudaría en el momento en que la encontrase. Pero en vista del paso inclemente del tiempo (estático por fuera, pero activo en su perspectiva), dicha opción parecía cada instante menos descabellada que en aquel momento. Desesperado y sin éxito alguno en encontrar la habitación de Celina, empezó a movilizarse hacia la salida, pero en la mesa que pertenecía al espacio del catre con la guitarra, había una colección de dibujos y escritos. Junto a ellos, una tiza y una pluma fuente. Las notas estaban escritas con una hermosa caligrafía, y los dibujos hechos con la tiza estaban firmados al pie con el nombre:

CelinaZ

¡La había encontrado! ¡Esta era la habitación de Celina! Tanta fue su emoción que había pasado completamente por alto que habían sonado ya una media docena de golpes más de la segundera, por lo que dejó su nota sobre las de Celina y las aseguró debajo del tintero. Este flotaba ligeramente, pero dentro de poco, cuando el tiempo retomara su curso, el tintero caería el milímetro que levitaba sobre la mesa para asegurar su nota. Después de otros golpes de la segundera Gregorio aún estaba como a diez metros de la puerta del claustro, y para cuando sonó el último fuerte golpe, el tiempo retomó su curso y sorprendió a Gregorio mal ubicado. Iba en buena dirección y a una altura de unos pocos centímetros del suelo, pero al volver la gravedad, tropezó y cayó. No se percató si alguien lo notó, pero todos los sonidos volvieron a escucharse, los pájaros del jardín, el agua que había manipulado, y los murmullos de las novicias acercándose. Se incorporó deprisa y llegó a la puerta corriendo en silencio y logró salir. Cerró suavemente la puerta para evitar hacer ruido alguno con ella (con la excepción del chirrido de las bisagras, claro está), y al fin estaba a salvo, afuera del claustro y sin haber sido detectado. Exhalando tranquilidad, dio media vuelta para retirarse del convento, pero sólo para encontrarse con don Cristóbal, el comayagüense corpulento que se tropezó con él de frente. El imponente extranjero le dijo:

"¿Tú de nuevo? ¿Qué andas haciendo a esta hora aquí en este convento? ¿Acaso es tu costumbre espiar a las monjas enclaustradas aquí mientras desayunan?"

Gregorio se ofendió por la acusación, y frunció el ceño para responderle al hombre: "¿Quién es usted para acusarme de semejante perversión? ¡No estoy espiando a nadie! Tengo acceso autorizado para… para dar mantenimiento al reloj del puente" dijo Gregorio apuntando al reloj instalado en el arco. Buena salida, porque logró desviar la atención de la acusación de don Cristóbal, para enfocarse en el reloj que acababa de mencionar.

"Pues, aún está atrasado veinte minutos" dijo don Cristóbal consultando su reloj de faltriquera que sacó de su bolsillo. Viendo fascinado en dirección al reloj del puente, Gregorio dijo distraído: "Es cierto, ahora son veinte minutos".

–"Lo dices como si hubieras logrado gran cosa. Aún está desajustado, muchacho" le dijo don Cristóbal. Despertando de su fascinación, Gregorio le respondió otra vez con el ceño fruncido:

"Yo sé que está desajustado. Y precisamente voy a mi taller para traer herramienta más adecuada porque el mecanismo es muy intrincado y... un momento: ¿qué hago discutiendo con usted? ¡Hágase a un lado!" dijo molesto Gregorio, y bordeó a don Cristóbal para continuar su camino.

El comayagüense exclamó para sí: "Muchacho insolente".

Capítulo 5: La Nota

"*Hola Celina,*

Probablemente no me recuerdes. Alcancé a escuchar tu nombre de parte de doña Ileana Dávalos, por eso te dirijo esta nota con tu nombre al frente. Necesitaba decirte que no me ha sido posible apartar de mi mente el momento en que cruzamos miradas. Perdóname si por escribirte, o por recordarte lo que ocurrió en el puente te estoy importunando. Siéntete con la libertad de ignorarme si te estoy ofendiendo o metiéndote en problemas.

Dicho esto, quiero decirte quién soy. Me conociste el día que fuimos a instalar con don Máximo el reloj en el puente. Yo evité que te cayeras, pero tu mirada quedó dibujada en mi mente con tinta indeleble. Sé que esa mirada pertenece a una persona fascinante. Pero mi deseo es descubrirla con el tiempo para maravillarme con saber que dentro de ese claustro existe alguien infinitamente más que simplemente fascinante.

Por favor, hazme saber si soy digno de recibir tu respuesta.

Respóndeme con una nota y escóndela en el reloj. Dentro de una semana regresaré a remontuar el reloj. Buscaré tu respuesta allí. Si no la encuentro, sabré que no deseas saber más de mi. Gracias por leer hasta aquí.

Gregorio.

Lo primero que leía Celina de una carta siempre era el remitente, en la firma al pie de la carta. Por eso, toda la nota de Gregorio la leyó con una sonrisa desde el principio, como si de antemano supiera que el muchacho del puente se llamaba Gregorio. Un alud de pensamientos le perturbaron su sueño esa noche. ¿Quién es Gregorio? ¿Cómo es? ¿Cuál es su apellido? ¿Qué hace en esta gran ciudad? ¿Ha vivido aquí toda su vida? ¿Qué hace con su tiempo? ¿Quién me puede informar de él sin levantar sospechas ni murmullos? Y lo más intrigante: ¿cómo apareció su nota sobre mis apuntes? De allí en adelante, Celina miraría con sospecha a todos por la posibilidad de que alguien estuviera en contacto con Gregorio, con acceso al claustro y hasta su recámara. Sería la persona indicada para que le informase sobre los pormenores del misterioso hombre.

De paso, estas eran las preguntas que con más probabilidad le habría planteado su madre de continuar con vida y a su lado. Se llamaba Carmen Muralles y Elizondo, y guardaba hermosos recuerdos de sus enseñanzas, siempre acompañadas de una cita textual de alguna de las obras que estuviese leyendo en el momento. Casi con la misma frecuencia con la que visitaba a los campesinos ambulantes que balanceaban en su cabeza sus canastos con frutas y hortalizas para la venta en las calles de su pueblo natal, doña Carmen visitaba la biblioteca de la casa local de estudios. Con pocos ejemplares para escoger, no le importaba llevarse a casa alguno de los muchos que ya había leído. De todos modos, terminaría leyéndoselo a Celina en su lecho antes de dormir. De muchos de ellos Celina pronunciaba de memoria párrafos enteros.

Fue durante una noche rutinaria mientras le leía a Celina cuando doña Carmen frunció el ceño en agonía, detuvo repentinamente su lectura y se llevó la mano al pecho sin responder a las preguntas de Celina sobre qué le ocurría. Al no obtener respuesta alguna, corrió la niña a llamar a su padre. Cuando regresaron, doña Carmen estaba tendida junto al catre de Celina, y él la tomó entre sus brazos para intentar reavivarla. La acostó en el catre para salir a buscar ayuda, pero aún antes de abandonar la habitación, doña Carmen ya había fallecido.

Celina recordaba exactamente en qué línea de cuál poema de Rafael Landívar su madre le estaba leyendo cuando ocurrió el fatal percance. Por eso nunca dejó de alimentar su pasión por las letras y las artes. Era su manera de mantenerse en contacto con el recuerdo de su madre, doña Carmen Muralles y Elizondo.

Celina tomó la nota de Gregorio entre sus manos y la llevó a su pecho. Cerró los ojos para imaginarse lo que podría ser el encuentro de su vida. Conocer a un hombre que pudiese darle una vida con un rumbo y una persona con quien recorrerlo. Pero sabía que no podría simplemente abrirle su corazón a cualquiera que se cruzara frente a su camino. Celina tenía una madurez emocional fuera de lo común, y en vista de que tenía claro que uno de los principales objetivos del cortejo es conocerse mejor, decidió que tendría que hacer algo para que, mediante futuras notas, supiera si entre ambos existía algún tipo de atracción justificable, algún chispazo compatible que le permitiese saber si Gregorio habría de ser el hombre por quien atreverse a romper el importante voto que había proferido no hacía mucho tiempo atrás.

Con esto, pensó que sí podría ser posible el conocer y evaluar al futuro dueño de sus sueños e ilusiones. Esto, sin tener que recurrir al intermediario que según Celina era el responsable por poner la nota de Gregorio entre sus pertenencias, sin ponerse a riesgo de verse en la oscuridad de la noche, o a escondidas del mundo exterior e interior. Aunque, de hecho, la finalidad de su idea habría de ser eventualmente conocerse cara a cara con Gregorio. Después de todo, ¿qué relación podría formalizarse a base de notas? Como beneficio adicional, le garantizaría que las notas mismas estarían perfectamente escondidas de ojos curiosos y lenguas hiperactivas. Abrió los ojos y esbozó una sonrisa: era la señal que había encontrado una idea perfecta. Y no había tiempo que perder. Probablemente lo que tenía en mente duraría poco tiempo, así que tomó una pluma y un papel, y comenzó a escribir.

"Celina, ¡basta! ¿Qué te has propuesto? ¿Quieres que te expulsen de la orden, o que te azote la madre Dávalos? Esto es escandalosamente arriesgado, por no decir estúpido." La preocupación de Beatriz por la cordura de Celina la empujó a hablar tan directo como una lanza descansando en la punta del esternón. Celina tenía la nota de Gregorio entre sus manos, pero Beatriz ya había lanzado su asalto de preguntas aún antes de terminar de leer la nota. "¿Cómo llegó esta nota hasta tu mesa? ¿Es de él? ¿Es que acaso piensas contestarle? ¿Acaso tienes pensado llevarlo a…?" Beatriz no se había percatado que Celina, en su típica comunicación gesticular, no había respondido a ni una sola de sus preguntas. Simplemente escogió la última de ellas y respondió asintiendo con la cabeza y una sonrisa. "Has enloquecido. Esto debe saberlo la madre superiora" fue la amenaza de Beatriz para intentar hacer entrar en razón a Celina.

"¡No Beatriz, por favor! Sí, sé que esto es una locura" respondió Celina tomándola del brazo. Después que Beatriz se lo sacudió y Celina la soltó, prosiguió: "Siempre has sido mi confidente, no hay sentimiento que haya ocultado de ti. Desde el día en que vine me has escuchado y me has reconfortado en los días más difíciles cuando apenas estaba despertando a mi nueva realidad en este recinto. Por favor, recuerda que estoy aquí por razones circunstanciales. Amo a Dios y a Cristo, pero mi idea de acercarme a él no es alienándome del mundo aquí, sino interactuando con él y buscando cómo hacerle el bien. Por favor, solamente permíteme averiguar quién es él, darle un vistazo a su corazón para saber si es la persona indicada para acercarme a Dios de la mano con alguien." Después de una pausa con un silencio algo prolongado, preguntó: "Beatriz, ¿me has escuchado?"

"Nunca has hablado como hoy." Se sacudió los pensamientos y su congelada expresión de asombro y prosiguió: "Realmente quiero entenderte, y lo que dices tiene mucho sentido, pero debes reconocer que esto, fuera de lo que ya te he señalado, es peligroso precisamente porque no sabes quién es él, o qué pretenda ser con tal de verte, conocerte, o… ¡Oh Dios mío! ¡¿Quién sabe qué mas?!" Beatriz se tapó la boca con la mano y demostró su actual estado de terror abriendo los ojos en su redondez completa. Celina la quiso tranquilizar poniéndole su mano en el hombro, y con su inquisitiva y expresiva mirada respondió:

"No te preocupes, Beatriz. Tengo pensado hacer algo que me ayudará a averiguar qué clase de persona es aún antes de mostrarle tan solo uno de mis cabellos. Confía en mí. Pero por favor, mientras ese tiempo llega, te suplico que no menciones nada de esto a nadie. Yo sabré en qué momento dar un siguiente paso, o cuándo abstenerme de hacerlo." Celina a veces demostraba una madurez y rigor excepcional para alguien de su juventud, por lo que Beatriz optó por confiar en ella, pero le advirtió:

"Está bien, Celina. Como tú quieras. Eres un ave de alas grandes encerrada en una jaula que apenas te contiene. Creo que nunca sabré si eso es una virtud o una sentencia, pero también quiero que sepas que si me alarmo, o te advierto de algo, es sólo porque te quiero mucho. Y también porque tal vez estoy viendo las cosas sin el grueso velo de quien se ciega por el amor. Al menos, escúchame si algún día te muestro algo que no puedes ver, y dime que al menos lo pensarás y no me ignorarás. ¿Podrías hacer eso por mí, Celina?" le preguntó dulcemente Beatriz, a lo cual Celina le respondió con una centelleante sonrisa:

"Lo haré, Beatriz. Y yo también te quiero mucho. Siempre valoraré tu interés por mí. Gracias."

"Usted es un extranjero despreciable. Los soldados españoles son más humanos que usted. Desde el primer día que lo vi, me dieron ganas de vomitarle la cara, porque usted me abofeteó." Ignacio Vallejo estaba frente a don Cristóbal, tambaleándose frente a él apenas conservando el equilibrio. Estaban dentro de uno de los bares de la ciudad; don Cristóbal sentado en la barra tomándose un trago en solitario. Si algo abundaba en la ciudad de Santiago, eran bares y cantinas. Y no había ningún horario en particular para entrar a beber un vaso o una botella de aguardiente. Usualmente no había distinción de clases en las cantinas, a diferencia de la mayoría de comedores y hospedajes, donde se zanjaba una marcada distinción de raza y clase social. Muchos eran los que frecuentaban los bares, algunos más de la cuenta, e Ignacio Vallejo era uno de los clientes frecuentes. También era frecuente que comentarios como este hicieran hervir la sangre de quienes le escuchaban; por eso tenía varias cicatrices en el rostro, pero ignoraba cómo habían aparecido. Tenía la facilidad de amenizar reyertas de múltiples combatientes, donde al final terminaba en un absoluto caos, llamando la atención de los soldados de las compañías de pardos, quienes llegaban prestos a imponer el orden a fuerza de más golpes y armas de liviano calibre. No obstante, fuera del bar, Ignacio era un borrachito de los simpáticos que saludan a medio mundo y se bajan de la acera para ceder el paso de la banqueta.

"Estás borracho, miserable plebeyo. Ve a fastidiar a otro" le respondió más o menos sin perder la paciencia don Cristóbal, pero sí con su usual aire de superioridad.

–"Pero sí me abofeteó. Soy borracho, no idiota" continuó acusándolo Ignacio, señalándolo con el dedo. Don Cristóbal finalmente volteó a verlo, y pareció reconocerlo:

–"Yo te conozco, borracho desvalido. Siempre amaneces tendido frente a la casa de la costurera. ¿No sabes cómo ganarte tan siquiera la primera comida del día, vagabundo blandengue?" Ignacio ignoró el insulto y optó por insistir:

–"¡Usted me abofeteó! ¿Qué le hice para que me abofeteara? Es hora de pagar por su arrogancia." Ignacio lanzó un desequilibrado puñetazo anunciándolo con todo el brazo, por lo que no le costó ningún esfuerzo a don Cristóbal esquivarlo. Tan borracho estaba Ignacio que eso fue todo lo que bastó para perder el equilibrio y terminar en el suelo. Don Cristóbal se empinó el vaso que estaba tomando para terminarse el trago de un solo y lo remató sobre el mostrador. Justo estaba preparándose para darle una golpiza al borracho tendido en el suelo cuando entró corriendo desde la calle don Gilberto, gritando:

–"¡Alto! Por favor, señor. No lo haga." Don Gilberto se inclinó, levantó a Ignacio y lo levantó rodeando su brazo por lo alto de sus hombros.

Salió con el borracho del bar y don Cristóbal le gritó a don Gilberto con voz muy fuerte, mofándose desde la puerta: "¡El herrero del pueblo! Ese es el problema de esta ciudad: aquí a los indeseables los tratan como flores de pradera, pero a la gente trabajadora y de sociedad nos tratan como villanos. ¿Quién empezó a insultarme? ¿Quién lanzó el primer puñetazo? Aquí hace falta quién imponga el orden y ponga a todos estos plebeyos en su lugar." Esta última frase la dijo enérgicamente golpeando la puerta del bar. Sin decir mucho, don Gilberto dijo pacíficamente, pero volteando para ver a don Cristóbal a los ojos:

–"El borracho es Ignacio. Usted está sobrio, pero óigase." Sin decir más, don Gilberto continuó su marcha junto con Ignacio. No hizo falta que dijera más, don Cristóbal había entendido la reprensión y se quedó sin decir nada más. Pronto se dio cuenta que el recinto estaba en silencio absoluto y las miradas de los pocos clientes que había a esa hora del día estaban sobre él. Intimidado porque se había descubierto su falta de buen juicio, puso unas monedas en el mostrador, tomó su ya icónica maleta y salió del bar. Se detuvo en la puerta del lugar, y haciendo un recorrido visual de todos los clientes, dijo antes de salir:

"Debe ser esta ciudad, su gente, no sé. Algo que saca lo peor de mí."

"¿Qué ha pasado, padre?" Gregorio ya estaba acostumbrado a ver a Ignacio Vallejo tendido en estado de coma por sus borracheras. Pero vio algo en la expresión de don Gilberto que le hizo reconocer que algo le había golpeado su dignidad. Don Gilberto, sin embargo, no entró en detalles:

"¿Qué, no ves? Le dieron atol en lugar de aguardiente al Grillo este."

–"Pero no está golpeado esta vez" observó Gregorio. Ante esto don Gilberto explicó un poco más los detalles:

"Eso es porque casualmente yo iba pasando frente al bar justo antes que tu amigo lo mal matara a golpes."

–"¿Mi amigo?" preguntó Gregorio.

–"Sólo un decir, hijo. Ya sabes de quién hablo. Ve a traerle algo del caldo de hoy, y un poco del chocolate amargo que tenemos. Vamos a dejar que recupere un poco la conciencia aquí." Don Gilberto lo había sentado en el yunque que usualmente servía de asiento para sus clientes y visitantes. Los caldos que don Gilberto había aprendido a cocinar funcionaban muy bien para acabar con las resacas, especialmente si después de tomarlo se comía unos trozos de chocolate amargo. Pronto el cuerpo recuperaba su hidratación y en pocos minutos se sentía como nuevo. Muy atrás habían quedado los días en que doña Elisa tenía que batallar con las borracheras que don Gilberto y don Máximo se propinaban en la cantina ubicada contiguo al hospedaje de Micaela Medrano, quien en aquel tiempo apenas ostentaba una simple posada pero que le ponía algo de pan en la mesa. Eventualmente la cantina desapareció conforme la ciudad continuaba creciendo. Pero sobre todo, entraron en razón a instancias de doña Elisa y su habla perspicaz, capaz de reducir a silencio a dos hombres adultos, recios y formados. El que don Gilberto nunca hubiese podido agradecerle a doña Elisa por ayudarle a conservar su sobriedad y a valorar como debía la amistad que tenía con don Máximo, era uno de los tormentos que arrastraba hasta el día de hoy. Lo menos que podía hacer para honrar su memoria era darle continuidad a su ejemplo de simpatía y altruismo, lo cual siguió cultivando por los años por venir.

Gregorio pronto regresó con los insumos que su padre le había ordenado traer, y al entregárselos le preguntó: "¿Quién se cree este hombre? ¿Hasta cuándo estaremos aguantando sus arrogancias? ¿No es tiempo ya que se largue de esta ciudad?" Estaba visiblemente irritado por la presencia de don Cristóbal, la cual parecía extenderse mucho más de lo que cualquier extranjero hubiese permanecido.

–"¿Y qué piensas hacer para deportarlo? Deshazte de ese resentimiento, Gregorio. Porque a como van las cosas, tendremos don Cristóbal para rato" respondió don Gilberto mientras pacientemente alimentaba a Ignacio, dándole de comer directamente en la boca.

–"¿Cómo que para rato?"

—"Sí sabes qué está haciendo don Cristóbal aquí en Santiago, ¿no Gregorio?" preguntó puntualmente don Gilberto.

–"Ha venido a vender su colección de relojes. Hasta donde yo sé, eso es todo" respondió Gregorio ingenuamente, usando no más que su memoria y un poco de sentido común.

–"Lamento decepcionarte, muchacho, pero apenas conoces una fina cáscara. Don Cristóbal no está buscando un comprador simplemente, sino un socio para levantar negocios en esta ciudad. Claro, comenzó con mal pie al abocarse a los candidatos equivocados: don Miguel de Eguizábal, don Felipe Rubio, don Emilio de Garay, tú…"

una tímida sonrisa esbozó Gregorio para reconocer la ridiculez de la idea de convertirse en un socio capitalista, risible para alguien con el poder económico de Gregorio y don Gilberto.

Después de lanzar un par de risas, Gregorio aclaró: "Nunca lo invité a proponerme nada. Simplemente vino. Pero ni siquiera don Andrés en toda su gloria como afamado relojero hubiese mostrado interés alguno en la propuesta de don Cristóbal. Pero no entiendo, ¿cómo piensa conseguir un socio con sus dichosos relojitos?"

–"Eres bueno para conocer en detalle cada una de las tripas de los aparatos que trabajas, pero ignoras cuál es su valor. Es culpa mía. Debo dedicarte tiempo aún para enseñarte algo de finanzas e inversiones," reconoció don Gilberto, y continuó: "Don Emilio, como te repito, uno de sus frustrados candidatos, en algún momento estuvo interesado en la propuesta de don Cristóbal. Estaba dispuesto a solicitar ayuda financiera a la iglesia para multiplicar sus bienes (tanto los suyos como los de la misma iglesia) por medio de las inversiones que don Cristóbal estaba proponiéndole. Para matar dos pájaros de un tiro, don Emilio encargó a don Fausto, el joyero, a que valorara el contenido de esa colección."

Refiriéndose a un castillo ubicado estratégicamente en la desembocadura del Río Dulce en el Océano Atlántico al nororiente de la provincia (fortaleza que fue testigo de diversos combates entre buques mercantes y piratas frente a las costas de Guatemala, y procuraba la defensa del comercio de la región con España), don Gilberto continuó: "Para ponerte ese valor en perspectiva, imagina encontrar al pie del Castillo de don Antonio de Lara un cofre de tesoros de esos que resguardan celosamente dentro de un galeón español. De esos por los cuales los bucaneros están dispuestos a hacerse pedazos con la marina española. No es casualidad que don Cristóbal lleve escondida inconspicuamente un arma todos los días, porque él sí sabe el valor de lo que anda acarreando de arriba para abajo.

"Así que cuando don Fausto le refirió a don Emilio el resultado de la evaluación de la colección, primero confirmó que la colección consta de piezas genuinas, y además descubrió que ni él ni la iglesia a nivel local eran capaces de aceptar la propuesta de don Cristóbal. Aunque eso suena a buenas noticias por el hecho que don Cristóbal no encontró un socio allí, pronto descubrió que el conjunto de terratenientes españoles sí podrían convertirse en una mina de oro. Don Cristóbal nos odia, eso lo puedes ver claramente" dijo don Gilberto dándole la última cucharada de caldo a Ignacio, "especialmente ahora que se ha conseguido nuevos amigos, con quienes ha empezado a codearse. Lamentablemente, sus negocios tienen futuro en Santiago. Aunque si quieres verlo desde el lado positivo, lo más probable es que cuando su riqueza se dispare como pólvora, ya no lo veremos tan seguido en estos círculos inferiores. Por eso, mientras siga regresando de sus citas en las calles norteñas de la ciudad a su hospedaje donde Micaela, seguirá gruñéndonos y fastidiándonos."

– "¿Por qué están hablando de ese miserable? Ya tuve suficiente de ese hombre" dijo finalmente Ignacio incorporándose para sentarse en el yunque sobre el cual se encontraba parcialmente acostado.

– "Miren quién comenzó a grillar otra vez" bromeó don Gilberto refiriéndose a Ignacio.

– "Gracias don Gilberto por el caldo. No quiero seguir molestándolo" dijo respetuosamente Ignacio a don Gilberto, notablemente repuesto. No era la primera vez que recibía de él sus atenciones y cuidados.

– "Llévate este chocolate para terminar de reponerte. Pero hazte un favor, Ignacio" dijo don Gilberto antes de despedirlo. "No vuelvas a hablarle al comayagüense. Es un tipo peligroso y poderoso. Y menos aún después que hubieses bebido, como hoy. Podrías no contar la historia la próxima vez."

–"Gracias don Gil. Pero un día le quemaré su dichosa colección. O mejor aún, se la robaré. Así me aseguraré que se largue de esta ciudad por la puerta de atrás" fue la última sentencia de Ignacio antes de irse.

Gregorio absorbió esa frase y se quedó pensativo viendo al suelo. Luego que Ignacio se fue, preguntó: "¿Por qué le dicen 'Grillo'?"

–"Porque de niño comía grillos" respondió don Gilberto. "Dicen que por las noches, alrededor de la casa de don David, el padre de Ignacio, había un inusual y macabro silencio. Tardaron algunos años en descubrir que Ignacio se comió todos los grillos de la propiedad, y pues, por eso el silencio…"

Capítulo 6: El Acertijo

Puntualmente después de la semana que Gregorio había prometido regresar, estaba en el puente para remontuar el reloj. Era un miércoles 26 de mayo.

No podía esconder ni su asombro ni su sonrisa: Había una pequeña nota escondida entre los números de la carátula. La tomó, la olió y la desdobló rápidamente:

Hola. Soy Celina, pero ya sabías eso.

Por supuesto que recuerdo el momento en que nos encontramos. Me has dejado intrigada, no sólo por ese momento, sino por las muchas preguntas que me has dejado sin responder. Entre todas ellas, por el momento sólo hay una que quiero que me respondas: ¿quién eres?

Yo sé que tomará tiempo el responderla. Como puedes entender, no puedo salir de este claustro. Tampoco puedes verme. En realidad, ni siquiera debería procurar conocerte, pero estoy tomando ese riesgo.

La próxima semana me hablarás un poco de ti, y yo te diré

un poco sobre mí. Escribirás otra nota, y yo también escribiré una más para contarte un fragmento de mi vida. Como es imposible que yo pueda volver a salir al puente para intercambiar notas como esta vez, deberás buscarme para que te lea.

Flores blancas de castaño aroma,
al pie del humilde esquisúchil
que germinó del venerable tinerfeño.
Junto a ellas inconspicuamente asoma
una nota para alguien por ahora extraño.

Un beso.

Tras no menos de dos minutos de congelamiento absoluto, Gregorio se tomó una pausa para resucitar de su letargo y dar un vistazo sobre los muros del puente y verificar si había alguien observando. Examinó las dos puertas, las ventanas del claustro por un lado y de la iglesia en el otro extremo, pero nadie asomaba. No podía deshacerse de dos cosas: una, su amplísima sonrisa visible desde los cuatro puntos cardinales, y la otra, su expresión de desconcierto por tratar de descifrar lo que Celina realmente quiso decirle.

Pero no importaba eso. "Un beso." Esa fue la mejor parte. Lo demás lo sometió a análisis, pero no en ese momento. Cada palabra debía tener un significado. Gregorio terminó de remontuar el reloj y comenzó a caminar lentamente hacia la salida del claustro. Le parecía tan inverosímil que estuviera tan cerca de Celina, en el mismo edificio, pero materialmente imposible de contactar y simplemente hablarle cara a cara. Esta nota era lo más a lo que podía aspirar. Pero primero había que descifrarla.

Gregorio salió del claustro y caminó lentamente por la Calle de la Real Aduana y Platerías, que corre al final de la Calle de los Mercaderes, contiguo al Oratorio de La Merced en dirección oriente, hacia el taller de don Máximo para reportarse con él. Mientras tanto, iba releyendo la nota de Celina línea por línea, intentando imaginar su tono de voz, o el reflejo de su rostro entre las palabras. Y hasta cierto punto estaba logrando formarse una imagen que iba ganando claridad. Su carácter frontal y directo, su perspicacia y cautela y, sobre todo, su pulcritud moral y fascinación por las letras ya se evidenciaba aún con las pocas piezas del rompecabezas. El último párrafo, no obstante, lo dejaba en profunda inquietud. ¿Qué significaba realmente?

> *Flores blancas de castaño aroma,*
> *al pie del humilde esquisúchil*
> *que germinó del venerable tinerfeño.*
> *Junto a ellas inconspicuamente asoma*
> *una nota para alguien por ahora extraño.*

Las últimas dos líneas aludían sin duda al hecho de que Celina le dejaría una nota, escondida, dirigida a él, quien era por ahora un completo extraño. Razonable. Que terminara su nota con "un beso" pese a tratarse de un extraño no estaba mal para una primera impresión, así que por de pronto se resolvió a aceptarlo anuentemente y sin reclamos. Ya era un gran paso en la dirección correcta.

Las tres primeras líneas, sin embargo, las dejaría para más tarde. También tenía que pensar lo que Celina le había pedido: ¿Qué podría contarle sobre él para responder a su curiosidad? ¿Qué preguntas le surgieron, especialmente dado que él no planteó ninguna en su nota? Por otro lado, quedaba claro que Celina estaba dispuesta a considerar violar su voto de reclusión al comunicarse con Gregorio. El por qué de esa decisión también era, por su parte, una pregunta que le inquietaba y nunca había surgido como tal, así que en cierto sentido estaban a mano.

———————————— ❦ ————————————

"¿Cómo andas de trabajo, Goyito?" preguntó don Máximo luego que Gregorio se presentó en su taller para reportar su visita al convento para remontuar el reloj.

–"No muy bien, la verdad" respondió Gregorio. Ya hacía algún tiempo que no recibía encargos de revisiones o arreglos. Los mejores trabajos que le reportaban ganancias eran los de mantenimiento o revisión de relojes de gran tamaño dentro de iglesias o de residencias de los ciudadanos acomodados. Y el trabajo que había hecho apenas alcanzaba a cubrir sus gastos básicos. Don Gilberto no tenía mayores reparos en cubrir algunas de las necesidades de ambos, pero el hecho que continuamente sacara a luz el tema de la búsqueda de pareja, probablemente era un indicativo que estuviera sintiendo ya el peso de la carga.

–"Me han encargado un trabajo especial, ya que el 12 de junio la corona enviará al próximo Capitán General, y el Ayuntamiento tiene prevista la organización de diversos eventos para ese día. Vendrá la banda marcial desde la Ciudad de México y la presencia de la totalidad de batallones de la Capitanía. Eso, además de las actividades artísticas y hasta un baile en la mismísima Plaza Central. Me han contratado para construir una tarima para acomodar los actos protocolarios, y ya he comenzado con la planificación. Necesitaré tu ayuda para ponerlo todo en marcha para el 10 de junio. Aún falta tiempo, pero quiero saber si cuento con tu apoyo." Evidentemente Gregorio había recuperado la confianza de don Máximo, quien pronto había olvidado el percance de las monjas en el puente.

–"Por supuesto, don Máximo. Cuente conmigo." La relación con el viejo amigo de su padre iba bien. Le caerían muy bien algunos ingresos adicionales para emparejarse un poco de la crisis económica que estaba afrontando recientemente. Sin embargo, aprovechó la nueva y ganada confianza para consultarle: "Don Máximo, solamente por curiosidad: ¿sabe usted qué es un esquisúchil? ¿O un tinerfeño?"

–"Qué extraña pregunta, Goyito. ¿De dónde sale esa curiosidad?

–"Nada importante, don Máximo" balbuceó Gregorio para inventarse de inmediato alguna mentira: "Es sólo un libro que estoy leyendo."

–"Un esquisúchil es un árbol, tengo entendido. No tengo mucha más información que esa, muchacho. Pero te puedo decir que no produce madera labrable, de otro modo la estaría usando o por lo menos tendría conocimiento de su existencia. De hecho, creo que ese árbol tiene alguna conexión religiosa, por eso no es un árbol conocido. Perdona, hijo. No puedo ser de más ayuda que eso. Y… no tengo idea qué es un tinerfeño"

–"No, no hay problema, don Máximo. Como le decía era sólo por curiosidad."

–"Un tinerfeño es un gentilicio. Con ese nombre se le conoce a la gente que proviene de Tenerife, en las islas Canarias." Tal era la curiosidad de Gregorio que apenas salió del taller de don Máximo, se dirigió de inmediato a buscar al religioso que mejor conocía: don Emilio de Garay. Parecía que don Emilio estaba allí para resolver todas sus preguntas. "Y para la iglesia católica no hay tinerfeño más sobresaliente que el hermano Pedro de Betancur"

–"¿El venerable tinerfeño entonces sería…?" inquirió Gregorio.

–"El hermano Pedro, no hay duda. Clemente XIV lo declaró 'Venerable' hace dos años." Estaba cerca de resolver el acertijo de Celina, pero había un detalle que no lograba encajar. "Hacía tiempo que no veía tanta luz irradiando de tu rostro, Gregorio. De hecho, ya ni recuerdo haberte visto por aquí últimamente. ¿Qué estás investigando?"

–"Ah, conociendo mis tradiciones, don Emilio. Pero también tengo otra pregunta: ¿tiene alguna relación Pedro de Betancur con el árbol de esquisúchil?" Gregorio sabía que esta respuesta le daría la solución al acertijo.

–"Pues, Gregorio, por supuesto que la hay. La tradición enseña que el hermano Pedro plantó un árbol de esquisúchil aquí mismo, en esta misma ciudad" respondió don Emilio para resolver la última pieza del rompecabezas.

–"¿Dará la casualidad que usted sabe dónde está plantado ese árbol?" era la pregunta de remate.

–"En la Ermita del Santo Calvario. Y sólo para que tengas el cuadro completo, el árbol se está granjeando una fama un tanto particular. Se dice que tiene el poder de curar milagrosamente algunas enfermedades. Pero supongo que ya sabes qué parte del árbol se usa para este propósito…"

–"¡Sus flores blancas de castaño aroma…!"

Don Emilio asintió suavemente con la cabeza: "Ve a dar una vuelta por la ermita y salúdame al padre Cossio" fue su jovial despedida. Gregorio salió, como era de esperar, sonriendo, pero caminando. Sólo esperó en cerrar la puerta del despacho de don Emilio y aligeró el paso para llegar cuanto antes a la referida ermita.

Para cuando Gregorio salió del despacho de don Emilio, ya iba corriendo. La Ermita del Calvario estaba a poco más de dos kilómetros desde el convento de Santa Catalina, hacia el sureste de la ciudad. La Ermita del Calvario es una iglesia con una antefachada con tres puertas de acceso decoradas con arcos de medio punto. Al entrar a la propiedad, se encuentra el edificio en sí, relativamente de baja estatura, con una puerta de acceso grande, también con arco y dos puertas laterales que van a dar a unas capillas que utilizaban los indígenas del barrio para sus celebraciones litúrgicas. Aunque tenían su propia iglesia, los habitantes de estas regiones, particularmente de un barrio contiguo que llamaban "El Barrio de los Jabones" (debido a que la totalidad de sus habitantes se dedicaban a la fabricación del jabón) celebraban numerosas actividades litúrgicas en estas capillas. Este edificio sufría mucho debido a la proximidad del río Pensativo, el cual se crecía con frecuencia en los meses del invierno e inundaba este vecindario, incluyendo la ermita. Esta fue la razón por la que se construyó la antefachada, con tal de protegerla del paso del agua y del lodo.

Pasó Gregorio a través de la puerta poniente, entró al recinto y se dirigió al edificio principal después de pasar por un gran jardín, frondoso, bien cuidado y plantado con numerosos árboles. Luego de extenderle un saludo y referirle el saludo que le encargó don Emilio, Gregorio se presentó respetuosamente con don Juan Cossio Bustillo, clérigo de esta Ermita del Calvario, quien lo recibió amablemente.

Por supuesto, don Juan estaba dispuesto a mostrarle con gusto el árbol de esquisúchil a Gregorio, no sin antes comentarle sobre la vida, logros, tradición y hasta detalles de la vida personal y cotidiana de Pedro de Betancur. Mientras conversaban, iban caminando recorriendo el grandioso jardín, comentándole la fascinación del afamado franciscano por el cuidado de su jardín, y los paralelos que a lo largo de los años han encontrado en su interés por los menos afortunados y los desvalidos. Gregorio escuchó atentamente, y hasta con cierta fascinación, toda la historia que el hombre, ya avanzado en años, le refirió.

Finalmente llegaron al destino que Gregorio buscaba. Prácticamente habían regresado a la antefachada, ya que el árbol de esquisúchil estaba en la esquina noreste de la propiedad, a pocos pasos de la entrada. Era un árbol de mediana estatura, ricamente adornado con un fino mantel de flores blancas, un poco más grandes que las margaritas silvestres, y de un fuerte aroma con un acorde bergamota, láudano. "Castaño", según las palabras de Celina. Con don Juan de pie a su lado, Gregorio se acurrucó ante el árbol para oler y examinar las florecillas que habían caído al suelo.

–"Tienes una flor milagrosa en tu mano. Las que caen al suelo tienen propiedades curativas. Quién sabe si el hermano Pedro las bendice antes de caer. Te dejo meditar, hijo. Ve con Dios" fue la despedida de don Juan Cossio y se retiró al interior del recinto.

–"Hasta luego, padre" se despidió Gregorio con una cálida sonrisa. Ahora, estando solo y aún acurrucado, Gregorio echó un vistazo al follaje del árbol, a su tronco y su raíz. El día era cálido y húmedo, aún a esta tardía hora del día. Para esta fecha aún no habían caído las primeras lluvias. Se puso de pie y rodeó el árbol para examinarlo. No había nada. La nota estaba ausente. Pero luego razonó que francamente solo le había tomado un día para resolver el acertijo de Celina, y el acuerdo era intercambiar las notas en una semana. De todas maneras, ya había descubierto el siguiente punto de encuentro.

No obstante, un detalle le inquietaba: Se suponía que Celina era una monja de reclusión, lo que implicaba que no debía ser vista por nadie ni mucho menos andar por las calles. Esta ermita estaba a más de dos kilómetros de distancia del claustro donde residía. ¿Habría de salir para dejar su nota a esta distancia del convento? ¿Cómo se las arreglaría para no ser vista? Una probabilidad era que Celina utilizara la sombra de la noche como manto de anonimato, pero dudaba que tuviera acceso a salir del claustro a esa hora, conociendo la naturaleza carcelaria de doña Ileana Dávalos, la madre superiora. Decidió que esperaría hasta el siguiente miércoles, el 14 de abril, para regresar a la Ermita del Calvario. Estaría muy temprano por la mañana, alerta y atento con la esperanza de interceptarla en su camino a la ermita.

Capítulo 7: La Canción

ste era un día con nuevos bríos. Un reloj era todo lo que había trabajado Gregorio en todo el día. Escaseaba el trabajo, pero tenía buenos motivos para regocijarse. Podía ver al horizonte con optimismo. No era lo mismo compartir la vida con alguien que aporte significado a sus esfuerzos que deambular en solitario viendo el mundo pasar frente a sus ojos. Ciertamente extrañaba los días en que se le hacían cortas las horas del día divagando por las montañas del norte y del oriente junto a los hijos de don Máximo. Corrían a la cima sin descansar, sin más carga que un morral con un odre de agua y unas cuantas manzanas o mandarinas. Hora y media o dos les bastaba para coronar la cima, y la recompensa era gratificante: la vista del valle de Panchoy, donde estaba asentada la gran capital de la Capitanía. El espeso verdor que recubría como un manto las montañas hasta convertirse a la distancia en un celeste pálido siempre era un deleite al alma. Allá al fondo, como una magnífica corona se alzaban los tres volcanes, en medio de los cuales dormía la ciudad de Santiago de los Caballeros de Guatemala. El macizo de la derecha, es decir, el poniente, estaba compuesto por dos colosales conos. Uno de los cuales era el Volcán de Fuego, el majestuoso estratovolcán que se mantenía constantemente lanzando recordatorios de su inconmensurable poder. Muchas veces fue culpado por la continua actividad sísmica de la región, pero ahí descansaba roncando bocanadas de ceniza y escupitajos de lava. La vista más espectacular era temprano por la noche, cuando el sol descansaba detrás del coloso y se apreciaba la luz incandescente de la lava proveniente del cráter del volcán, con las venas de luz ámbar que venían montaña abajo a solidificarse en sus faldas. Al oriente, el anciano Volcán de Agua. Inerte como su edad, solamente brindaba un magnífico trasfondo a casi cualquier ángulo de la ciudad y todos sus alrededores. Era la referencia de rigor que marcaba el sur a cualquiera que buscaba orientarse. El silencioso vigilante ha sido el testigo permanente de cuanto ser humano ha recorrido cual hormiga las amplísimas dimensiones de sus faldas. El vacío que se veía más allá del valle, hacia el sur, eran las grandes planicies que terminan en el Océano Pacífico. Tener frente a sí este esplendoroso paisaje era el pasatiempo favorito de Gregorio y sus amigos. Bromear, conversar y asar conejos ante la fogata que les brindaba calor, era un recuerdo que no podría dormirse con la misma facilidad con la que los muchachos conciliaban el sueño allí tendidos en la maleza tan pronto como el manto celeste de las estrellas los cubría al caer la noche.

Hacía mucho tiempo que Gregorio no regresaba a las montañas. Los hijos de don Máximo se habían ido, cada cual persiguiendo su propio sueño. Pero al parecer el joven relojero había quedado insomne. Amaba a su padre, conversaban con regularidad y recientemente don Gilberto le había enseñado a jugar paró para acompañarlo junto a su amigo don Máximo a pasar el tiempo, frente al mostrador de la herrería viendo hacia la calle. Parecía como si disfrutaran el ser vistos por los transeúntes hasta que el farolero pasara encendiendo la luz de enfrente al caer la noche. No obstante, la soledad en que involuntariamente se encontraba había hecho mella en su estado de ánimo.

Pero hoy era un día diferente. La esperanza de un nuevo rumbo le dibujaba una sonrisa en su rostro. No era una situación ideal, cuando mínimo aceptable, pero Celina había despertado la novedad de echar a andar el ansia de sentirse amado y el deseo de hacer contacto. No importaba mucho el medio, porque Gregorio entendía que este intercambio de notas era lo único que tenía por el momento. Pero la esperanza de ver el progreso de esta relación le motivó a perder la vista en el cielo, el ocaso del día de hoy. Dio media vuelta y se dirigió a su viejo armario, donde guardaba su preciada guitarra. La tomó del mástil con una sonrisa. Esa acción le refrescó como el empaparse de agua fría en un día caluroso. Pronto se reactivaron sus recuerdos, sus talentos, sus anhelos y sus pasiones. Tomó su guitarra entre sus manos y comenzó a tocar una nueva melodía, extrayéndola de sus emociones más internas.

Instantáneamente escuchó don Gilberto la armoniosa y novedosa melodía y se perdió en su música. Estando de pie, recostó un brazo contra la pared mientras observaba a Gregorio tocar. Pero su hijo no se enteró que estaba siendo observado. Tan absorto estaba en su melodía que no vio cuando a don Gilberto le saltó una lágrima de gozo. No preguntó cuál era el motivo de su felicidad, ni de dónde estaba produciendo una nueva melodía. Todo lo que le importaba era que finalmente Gregorio había encontrado una razón para sonreír, y eso le bastaba. No quiso interrumpir su inspiración, por lo que retomó la rutina que recientemente había comenzado a perderse. Se sentó en su mostrador, sacó algunas láminas de desperdicio y reanudó su pasatiempo de labrar figurillas de animales con el fondo de la música a su espalda. Gregorio estaba de vuelta.

Aun faltaba como mínimo un mes para que comenzaran a caer las primeras lluvias de la temporada. Por eso, nadie estaba preocupado en los preparativos de rigor, tediosos y trabajosos para recibir las lluvias. La llegada del invierno era un evento de descomunal envergadura. La topografía de la ciudad la ubicaba en el fondo de un valle, y sus alrededores, particularmente las montañas de la meseta central, recibían mucha precipitación. Esto propiciaba las constantes inundaciones de la ciudad, las pérdidas materiales y frecuente y lamentablemente humanas. Hacía doscientos años atrás que la ciudad que funcionaba como capital había sido destruida por un lahar proveniente del ahora llamado Volcán de Agua, y la nueva capital seguía padeciendo del mismo mal. Parecía que la naturaleza se estaba empeñando en castigar la ubicación de la capital de la Capitanía.

Por lo tanto, cuando en el mes de abril llovió con fuerza, tomó a todos desprevenidos. La madrugada anterior todos despertaron por la extraña presencia de un fuerte ventarrón, lo cual también era muy inusual en Santiago, debido de nuevo a su topografía, porque la resguardaba de las corrientes del norte al estrellarse en sus montañas que funcionaban como muros. No obstante, el misterioso viento sureño que azotó la ciudad se llevó consigo hojas, rótulos, y hasta algunos tejados.

Después del amanecer cayó un intenso diluvio que anegó la ciudad en pocos minutos. Añadido a esto, el río Pensativo recibió un excedente de agua proveniente de la precipitación que ocurrió a una escala aún mayor en las montañas, y cerca del mediodía se salió de su cauce. Esta situación no era del todo extraña. Ocurría a menudo, y sufrían tanto ricos como pobres, porque el desborde del río impactaba primero las grandes fincas ganaderas de los terratenientes del norte y nororiente de la ciudad, arruinando siembras y aniquilando cualesquier cabezas vacunas y equinas que encontrase a su paso. Y en su recorrido hacia el sur, el agua convertía las indefensas calles de la ciudad en ríos alternos del Pensativo. Aunque la mayoría de la ciudad se encontraba a un nivel más o menos plano, existían calles a mayor altitud que de todos modos terminaban inundándose ya que los canales, acueductos, fuentes y cajas de distribución de agua estaban todos interconectados. Así, la presión de agua debido al exceso de suministro reventaba las pipas de conducción, y aunado al colapso del acueducto y sus acequias, terminaba desbordando todo el sistema. Aquellas hermosas fuentes (que en circunstancias idóneas cumplían en la práctica la normalización de la presión del agua) se convertían en incontrolables bombas de agua, lo mismo que las cajas de distribución.

En estas circunstancias, la ciudad tardaba días en recuperar su normalidad, y se tomaban medidas emergentes para favorecer su tránsito. Por ejemplo, se tendían puentes con tablones de madera entre una acera y la otra para poder cruzar la calle, ya que era imposible o hasta peligroso intentar hacerlo a pie. En esto don Máximo se mantenía ocupado yendo y viniendo del aserradero con un carretón alquilado tirado por burros y se pasaba el día entero cortando tablones que venían a traer en tropel de parte del Ayuntamiento, uno tras otro, para ayudar a paliar la metamorfosis temporal de las calles en caudalosos ríos.

Entre las medidas a mediano plazo, el Ayuntamiento obtenía del Registro Civil nombres al azar de ciudadanos varones en edad laboral para presentarse en el edificio edil para ser asignados a trabajo comunitario y dragar el lecho del río. Era un trabajo afanoso, sucio, peligroso, y por supuesto, obligatorio para quien recibía la orden. No había forma de evadir la orden, pero curiosamente no se llamaba a nadie de las familias acomodadas de la ciudad, aunque supuestamente el proceso era del todo aleatorio. Sin embargo, nadie dudaba cómo es que al mes siguiente de la primera inundación, el Alcalde o su esposa aparecían con atuendos nuevos o arreglos a las fachadas o interiores de sus residencias.

Cuatro días después de la sorpresiva inundación, luego que el río había bajado a su caudal normal apareció el alférez temprano por la mañana, después de los actos protocolarios matutinos de rigor. Montando sólo un caballo en lugar de la berlina de rutina, le seguía un séquito de soldados de la compañía de pardos también montando caballos. Su presencia era impositiva y un tanto intimidante. Solamente estaba don Gilberto en el frente de su taller a esa hora de la mañana, con la cabeza inclinada hacia abajo, en señal de respeto como todos los demás cuando pasaba el séquito encabezado por el alférez. Se detuvo frente a don Gilberto, lo que le obligó a levantar la mirada para atender al alférez.

–"¡Gregorio Del Cid!" gritó el alférez cuando don Gilberto alcanzó a verlo. No era necesario que el individuo seleccionado estuviese presente al momento del llamamiento, pero era imprescindible que se presentara al momento de su asignación formal en el Ayuntamiento. El alférez le extendió un escrito a don Gilberto y lo recibió, tras lo cual el alférez prosiguió su camino por otras calles de la ciudad repartiendo los llamados oficiales.

Nadie celebraba precisamente con alegría estas asignaciones, ya que era trabajo emergente, comunitario, obligatorio y no remunerado, y naturalmente cumplir con la labor exigía que se sacrificasen negocios e intereses personales. Por otro lado, no cumplir implicaba una cuantiosa multa o una citación al juzgado de asuntos oficiales bajo acusación de desobediencia. Despacharon un contingente de unos cincuenta hombres, todos jóvenes, a trabajar en el dragado del río, a lo largo de la cara oriental de la ciudad. Allá iba Gregorio con todo el grupo, el cual fue enviado a ubicarse desde el extremo oriental del río, a cinco kilómetros de distancia. Allí se encontraba el nacimiento de agua conocido como Las Cañas, que era el punto de partida del complejo de distribución de agua de toda la ciudad, y los ubicaron en tramos de unos setenta metros por hombre, hasta llegar cerca de las inmediaciones de la Ermita del Calvario, el punto donde Celina dejaría su nota. No obstante, a Gregorio le asignaron un tramo pasado el puente del Matasanos, a la entrada de la ciudad, acariciando por detrás el complejo del convento de la Concepción.

No había opción de negociar asignaciones. Tras cada dos o tres hombres había un soldado de la compañía de pardos vigilando que trabajaran diligentemente y dentro de su propio tramo. Gregorio había perdido casi toda esperanza de poder llegar el miércoles a ubicarse en el camino a la Ermita del Calvario para procurar interceptar a Celina. Lo más que podría hacer sería dejar su nota el martes por la noche en el punto en cuestión y esperar a que amaneciera la nota de Celina en ese lugar, o bien a lo largo del día. No habían dejado una hora específica para efectuar un intercambio.

El trabajo era casi atroz. Especialmente porque aún no era invierno, y el chaparrón de la semana anterior había sido un chubasco sorpresivo que motivó a tomar medidas inmediatas. Por eso el sol alumbraba con toda su intensidad, y la jornada era completa, de sol a sol. El río había perdido fuerza para este momento, pero el agua aún cubría hasta los muslos de los hombres. De retomar un poco de velocidad el agua, era muy fácil que se los llevara la corriente, por lo que cada hombre contaba con una simple cuerda atada a un arbusto cercano como medida de seguridad. Los pies se hundían en el barro del lecho, y el peso de la tierra húmeda multiplicaba el esfuerzo de cada uno para remover los escombros del fondo del río hasta que quedase despejado el cauce.

Durante el segundo día de trabajo, martes, mientras Gregorio luchaba contra el sol, el calor, la fuerza del agua y el peso de la tierra, sintió una mirada desde lo alto de la orilla del río. Se detuvo un momento para intentar reconocer a la figura que lo observaba acompañado de otra persona. Pensó que su padre le había visitado en compañía de don Máximo. Pero tras afinar su vista limpiándose el sudor de la frente, constató que se trataba de don Cristóbal junto a uno de los terratenientes. Ignoraba qué hacía el comayagüense justo en este punto, pero era claro que no había llegado a prestarle visita, y también con toda seguridad sus nuevas amistades le otorgaban licencia para no tener que pisar estas pantanosas tierras. De todos modos, estaba legalmente exento de estas labores al no ser ciudadano de Santiago, pero a Gregorio se le antojaba ver a don Cristóbal dejando su sudor licuarse con el agua del Pensativo. Perdido estaba en esos pensamientos cuando un desgarrador grito de auxilio le arrebató su embobamiento, sólo para descubrir que su compañero más próximo río arriba desprendió con su peso y la fuerza de la corriente el débil arbusto al cual estaba atado. No sabía nadar, a juzgar por los torpes y desesperados movimientos de sus brazos. Venía justo en dirección a Gregorio, quien no perdió tiempo en extenderle su mano para que se aferrase a él, luego de intentar aferrarse él mismo a su arbusto. Cuando lograron asirse de la mano, el hombre continuó arrastrándose, intentando llevarse consigo a Gregorio, quien con todas sus fuerzas intentó desesperadamente sostener su avance. Lo estaba logrando, especialmente porque el soldado que los vigilaba acudió en su ayuda.

Pero el arbusto que se había desprendido río arriba aún estaba atado al hombre, y aún seguía avanzando por el centro del caudal. Como Gregorio y el soldado aún estaban batallando con sostener al hombre, no repararon que la cuerda que lo unía al arbusto dio de si toda su longitud. El arbusto los rebasó con fuerza y velocidad, y con la cuerda tiró de los tres hombres que se sostenían en tierra firme, y ni aún la fuerza combinada los logró mantener a flote. Se soltaron de la orilla y la corriente se los llevó a los tres. Río abajo, el siguiente hombre había visto la emergencia e intentó otra estrategia lanzando su cuerda con todas sus fuerzas a la otra orilla. Otro hombre en esta orilla recibió la cuerda y entre los dos la tensaron lo más que pudieron, de modo que los tres hombres y el tronco fueron capturados por la cuerda. Ya con el esfuerzo aunado de cinco hombres lograron levantarse, recuperar el equilibrio y liberar el tronco suelto responsable del accidente. Los tres rescatados se dirigieron a la orilla para descansar un poco sobre el lodo endurecido que habían sacado del lecho del río y recuperar el aliento perdido en el esfuerzo.

Resultó que el hombre que originó el percance era Ignacio Vallejo, y el hombre que recibió la cuerda del compañero de la orilla opuesta para tensarla era nada menos que don Cristóbal. ¡Vaya casualidad! No dio mayor importancia a la expresión de asombro que dejó perplejo a Ignacio, ni el gesto de incredulidad de Gregorio. Sólo se limitó a decirles:

"Estamos a mano, borracho. Y tú, muchacho Del Cid: por favor vive un día más para terminar mi trabajo, ¿vale?" Dicho esto, don Cristóbal se puso de pie y se puso de nuevo su jubón que se había quitado para ponerse manos a la obra y rescatarlos. Mientras se lo ponía, dejó caer un objeto pero él no se percató. Gregorio sí lo vio y sin mediar palabra, de inmediato lo recogió y lo devolvió a don

Cristóbal. Era una llave, la cual el comayagüense tomó sin decir gracias, sino devolviendo una mirada sospechosa a Gregorio, y la depositó de nuevo en el bolsillo de su jubón. Se acomodó su vestimenta y se marchó, llevándose a su acompañante que en toda la emergencia permaneció impávido de pie en su lugar, a distancia.

—"¡Gracias princesa!" respondió supuestamente en son de agradecimiento Ignacio, a lo cual don Cristóbal sólo le devolvió una mirada mientras se retiraba y un gesto de negación con la cabeza. Ninguno de estos hombres aprendería a comportarse. El uno, arrogante e hiriente y el otro, provocador e irreverente. Ignacio ahora se dirigió a Gregorio: "¿Cuál trabajo debes terminar? ¿Éste?"

—"No creo. Realmente no tengo idea. Ya lo conoces. El hombre y su razón de estar aquí no tienen sentido" respondió Gregorio.

Al regresar Gregorio a casa, cansado, azotado y enlodado, se enteró de parte de don Gilberto que don Cristóbal había llegado a encargarle un trabajo. Una compostura de uno de sus relojes. Uno de los de la afamada colección. No lo dejó en el taller, porque don Cristóbal desconfiaba del desorden usual en el taller de don Gilberto, y no querría perder de vista ni una sola de sus apreciadas joyas, por lo que esperaría a que Gregorio regresase de su trabajo comunitario para afinar detalles personalmente. Probablemente algún tipo de formalidad para garantizarle que su pieza fuera tratada de principio a fin con la fineza que merecía.

De cualquier modo, a Gregorio no le importaba tanto el trabajo que representaría la atención a esta magnífica joya, sino que le preocupaba la nota que debía preparar esa noche para dejarla al pie del árbol de esquisúchil la mañana siguiente. Cansado y adolorido, se sentó a escribir a la luz de una vela:

Querida Celina:

Espero haber hecho mi tarea correctamente. Pero creo que es obvio que, si estás leyendo esto, significa que así fue. Gracias a tu acertijo, descubrí algunas cosas que ignoraba, por lo que lo disfruté mucho.

Probablemente no tengas idea de lo mucho que me ha emocionado ver tu nota en el puente el otro día. Tengo una nueva sonrisa, nuevas ilusiones y toda la confianza que estas letras apenas son el inicio de algo maravilloso.

Me has preguntado quién soy. Mi nombre completo es Gregorio Felipe Del Cid Cuevas. Nací en esta ciudad y vivo sólo con mi padre. No tengo hermanos, y mi madre falleció hace más de diez años. Soy relojero, me gusta tocar música con mi guitarra y desde que te conocí encontré una singular fuente de inspiración. Se me ha venido a la mente una hermosa melodía que compuse y algún día la convertiré en una canción dedicada para ti.

Estoy descubriendo que no tengo mucho más interesante qué contarte sobre mí, aún sabiendo que este es el único medio que tengo para comunicarme contigo. Pero a causa de mi torpeza para expresarme no se me ocurre más. Por eso, ahora te pregunto a ti: ¿Quién eres? ¿Qué es lo que más te gusta hacer? y ¿Qué esperas de mi?

Gracias por leer mi nota.

Gregorio.

Le hizo tres dobleces y al salir de la casa, don Gilberto lo detuvo: "¿Sales, a esta hora?"

–"Sí, padre. Es… sólo una encomienda que debo entregar. Todo está bien" y le ofreció una cálida y relajante sonrisa que dio por satisfecha la pregunta de don Gilberto.

Salió a la Calle del Carmen, la que pasa frente a su casa, y se dirigió hacia el sur hasta la Ermita del Calvario. No importaba el cansancio ni las lesiones. Recorrió los kilómetros que lo separaban de su destino como si se dirigiera al comedor de su casa.

Cuando finalmente llegó a la Ermita del Calvario, se encontró con un pequeño inconveniente: el edificio estaba cerrado. Era una obviedad que ingenuamente pasó por alto. Era poco probable que tocar la puerta lograra llamar la atención de don Juan Cossio, por no decir de lo absurdo del propósito de su llegada. ¿Cómo podría explicar que estaba allí para dejar una nota al pie del árbol de esquisúchil? Aunque sonara un tanto vandálico, era una mejor idea ingresar furtivamente dentro del templo, aprovechando la oscuridad de la noche; después de todo, su objetivo era sencillo e inocuo. Afortunadamente, para esta faena la pared no era tan alta. Aún así, tuvo que superar un considerable esfuerzo escalando una hiedra que había estado creciendo al costado del templo, tan alta como para superar la altura de la pared. Logró subirla a pesar que salió lastimado porque la hiedra tenía espinas que le rasgaron las manos, los brazos y las piernas. Pero al fin alcanzó el borde superior de la pared y de un solo salto cayó al interior del patio frontal del edificio. Se acercó al árbol y buscó alguna rendija cercana a la raíz. Allí dejó su nota. Tomó una fotografía mental de la ubicación de la nota y se dirigió a la salida, la cual estaba, pues… cerrada.

El nuevo problema ahora era que se había encerrado dentro del edificio. La hiedra no crecía de este lado, sólo por fuera. Y las plantas que adornaban el patio del templo eran meramente decorativas, ninguno de los árboles parecía lo suficientemente alto como para alcanzar lo alto del muro desde adentro. Pero había muchísimos árboles en la propiedad. Decidió revisarlos todos, lo más sigiloso posible para no alertar a don Juan Cossio o cualquier otra persona que estuviese al cuidado del recinto. Mientras iba acariciando el muro oriental de la propiedad, fue acercándose a la cabaña donde residía don Juan Cossio, en el sector sur del patio de la propiedad. Tenía una ventana grande, que por desgracia, carecía de cortina, por lo que podía verse todo lo que don Juan hacía, y viceversa, por supuesto. Gregorio se acurrucó para caminar de cuclillas, al ras de la pared, pasando bajo la ventana. De allí procedía una tenue luz amarilla que iluminaba el patio. Provenía del candelabro del interior de la habitación. Sin embargo, no lograba iluminar el umbral justo debajo de la ventana, por lo que caminaba poniendo los pies a ciegas. Apenas iba pasando media ventana, cuando pisó algo suave, y se le hundió el pie en la tierra. Durante el día, don Juan Cossio había trasplantado un pequeño arbusto, que había dejado en el suelo un profundo agujero que no se molestó en rellenar. Se le hundió casi hasta la altura de la rodilla, la cual se dobló en el sentido contrario, hacia atrás. Esto le hizo perder el equilibrio y emitió un gemido sordo por el dolor. Pronto se dio cuenta que esto en definitiva alertaría a don Juan, y se quedó pegado a la pared, bajo la ventana; inmóvil y en silencio. Vio la sombra de la cabeza de don Juan proyectarse sobre el patio mientras revisaba con curiosidad lo que le pareció un sonido extraño. Afortunadamente no tardó mucho y regresó a su habitación, lo que le permitió a Gregorio continuar. Fue hasta el extremo sur de la propiedad donde encontró un árbol del cual una de sus ramas superaba la altura de la pared y terminaba en el exterior. Escaló el árbol, se lanzó al borde superior del muro y, sin poder ver mayor cosa debido a la oscuridad de la noche, se lanzó hacia afuera.

Tras la reciente inundación, una de las acequias que bordeaba el sur de la propiedad había colapsado por la presión del agua y el excedente se había depositado detrás del templo. Dada la oscuridad casi total de la noche, Gregorio no imaginó que al caer de la pared y rodar por la pendiente de la tierra que abrazaba el muro exterior, terminaría cayendo en una pileta de lodo que el agua de la acequia había acumulado con la ayuda del soporte de la pared sur del templo. Con dificultad para moverse debido a la viscosidad de la tierra húmeda, Gregorio luchaba con ímpetu para tratar de salir del pozo movedizo. Como en esta ocasión no había nadie que pudiese ayudar, ni siquiera gritando llamaría la atención de alguien, ya que no parecía que hubiese almas en metros a la redonda. Concluyó que debería usar sus energías tratando de llegar hasta un tronco cercano que asomaba desde la tierra firme. Lentamente avanzando tanto hacia adelante como hacia abajo, Gregorio logró alcanzar el tronco justo en el momento en que el nivel del lodo ya le estaba rebasando la altura del cuello.

Terminó tendido en el suelo firme, enlodado, con la tenue luz de las estrellas sobre él, hasta que finalmente recobró el último remanente de energías que necesitaría para llegar hasta su casa. Don Gilberto lo escuchó entrar, pero no lo vio. Sin embargo, cuando salió al mostrador de su taller, vio huellas húmedas con lodo que se dirigían hasta su habitación. Comprendió que había pasado un día duro, pero no su magnitud: había sido arrastrado por el río, a punto de ahogarse dos veces: una vez en agua y otra en lodo, raspado por las piedras y las arenas, rasgado por espinas, lesionado de la rodilla, exhausto, empapado, enlodado y ahora desvelado. ¡Vaya día!

Capítulo 8: El Sombrero

Por puro instinto –ya que usando la razón no tenía ningún sentido– luego de desayunar el jueves rápidamente y tras despedirse de su padre, Gregorio se dirigió a la Ermita del Calvario. Don Gilberto no prestó importancia a las huellas húmedas que dejó la noche anterior ni por qué Gregorio salió hoy con un ímpetu muy particular. Sin importar lo cansado y lastimado que estaba físicamente por el día anterior, salió muy temprano, ya que no podía llegar tarde a su asignación del dragado del río. Sólo que antes de su jornada laboral, tenía algo en su mente que quería despejar.

Tal como el glotón que busca comida en la alacena a pesar que ya ha visto una docena de veces que ya no hay más. O como el borracho que sigue buscando en el fondo de la botella más ron cuando sabe que ya se terminó. A Gregorio le constaba que la iglesia había permanecido cerrada por la noche, pero aún así tenía la tenue esperanza que en su camino podría encontrarse con alguna figura vestida en túnicas largas y oscuras. Sabía que se trataría de Celina. Todo el camino estuvo pendiente de observar detenidamente a cada transeúnte y procurar encontrar alguna familiaridad con la Celina de sus sueños, pero nadie encajó con su esperanza. Primero llegó a las puertas de la ermita y no encontró a nadie que ni remotamente se asemejase a Celina. A punto estaba de retirarse cuando escuchó que alguien, desde dentro de la iglesia, comenzó a abrir las puertas. Era don Juan Cossio.

No tenía idea que a esta hora de la mañana estarían abriendo las puertas del templo. Don Juan terminó de abrir las puertas y allí estaba parado Gregorio frente a la Ermita del Calvario estupefacto frente a sus puertas.

–"¡Buenos días, muchacho! ¿Estás bien? No es muy frecuente verte por estos lares, y menos a estas horas..." fue el saludo que le extendió cordialmente don Juan Cossio. Gregorio sacudió la cabeza para despertarse de su aturdimiento y le respondió:

–"Buenos días, padre. Sí, eeh... pasaba por aquí tan solo un momento antes de ir a trabajar al río, pero... ¿usted me daría permiso para...? ...quisiera ver el árbol de esquisúchil." El padre Cossio asumió que la visita de Gregorio al árbol de esquisúchil obedecía meramente a una necesidad espiritual, por lo que extendió el brazo hacia adentro del recinto haciendo un gesto hospitalario para invitarlo a pasar adelante.

Absurdo le pareció a Gregorio estar frente al árbol de esquisúchil a primera hora de la mañana, tranquilamente invitado a pasar adelante por el mismo Juan Cossio. Cuánta molestia se hubiese ahorrado con simplemente tocar la puerta. O esperar a que abriera. En fin, ahí estaba su nota, escondida en la raíz del árbol, justo donde la había dejado. Se acurrucó, sonrió ligeramente al maldecir en su mente a la hiedra y la docena de espinas que lo lastimaron al entrar y al lodazal al que se fue a sumergir. Tomó la nota, comenzó a desdoblarla, y algo había cambiado. Esta no era su carta. Sus ojos se abrieron extrañados porque tenía múltiples dobleces a diferencia de los tres que él le hizo. Perdió el aliento y su color moreno cuando al terminar de desdoblarla se dio cuenta ¡que era la nota de Celina! ¡Justo en el lugar donde dejó Gregorio la suya la noche antes!

Como un resorte se puso de pie y vio desesperado en todas direcciones, como cuando recibió la primera nota de Celina en el reloj. Como primera reacción se puso a buscar dentro del templo, pero naturalmente, no había rastros de Celina. No tenía sentido. Cuando la noche anterior se presentó al templo, sus puertas estaban cerradas. Pasó su calvario en El Calvario y todo eso, y antes que las puertas se abrieran, la nota de Celina ya estaba allí. Definitivamente no encajaba. A menos que...

–"Padre Cossio, perdón la interrupción, pero necesito preguntarle: ¿atendió usted a alguien entre ayer y hoy *después* que usted hubo cerrado las puertas de la iglesia?" preguntó Gregorio.

–"No hijo, a nadie. ¿Por qué? ¿Esperas a alguien?" respondió don Juan.

–"No, padre. Bueno, sí, pero..." titubeó Gregorio y vio extrañado en dirección al árbol y continuó: "¿Está usted seguro, padre? ¿Nadie?"

–"Desde que cerré las puertas ayer por la tarde, tú eres la primera persona que veo" dijo don Juan para hacerle las cosas más inexplicables a Gregorio.

Luego de despedirse cortésmente, Gregorio dejó atrás la Ermita del Calvario para dirigirse a su puesto de trabajo obligatorio. Era hora de comenzar su jornada en el río. A pesar que el trabajo era físico y muy extenuante, la actividad y la relativa soledad con la que efectuaba su trabajo le permitieron tratar de ordenar sus ideas y encontrarle una explicación a la extraña ocurrencia. Por el momento no tenía sentido. Con pala en mano y cuerda atada *firmemente* a un arbusto bien sembrado, meditaba en las múltiples explicaciones posibles para entender cómo había puesto Celina su nota en lugar de la suya en la raíz del árbol sin que nadie la viera. Nadie en el camino. Nadie en la iglesia. Nadie por ningún lado. Recorriendo de nuevo los hechos, Gregorio recordó que entró a hurtadillas a la iglesia tarde por la noche y tuvo que saltarse el muro para poder salir debido a que las puertas estaban cerradas. Don Juan le dijo que nadie entró a la iglesia en toda la noche (según él), y para cuando abrió las puertas temprano por la mañana, Celina ya había entrado a la iglesia e intercambiado notas al pie del árbol de esquisúchil. Sólo una explicación quedaba, pero era tan inverosímil que sacudió los pensamientos de Gregorio y al despertar de ellos, se dio cuenta que el soldado que estaba vigilándolo dormía quién sabe desde qué horas. También descubrió que todo el tramo del lecho del río que le correspondía limpiar estaba liso como una tabla, llano y profundo. Ni siquiera sintió las horas del día durante las cuales terminó todo su trabajo mientras estaba sumido en sus pensamientos. Tuvo que despertar al soldado para indicarle que había concluido su faena. El soldado pensó que había dormido por días dado lo rápido que Gregorio había avanzado en el dragado. Inspeccionó todo su tramo e incrédulamente certificó que había concluido su asignación. De modo que Gregorio se vistió, tomó su documento, se fue a presentarlo en el Ayuntamiento y partió a casa.

En su camino a casa, escogió un bordillo cualquiera a lo largo de la calle. Se sentó, se puso las manos sobre la cabeza y se dijo con voz suave: "Celina usó el reloj. ¡Celina *sabe* sobre el reloj!

¡Hola Gregorio!

¡Felicidades chiquillo! Me has encontrado y me halaga que estás dispuesto a seguir conociéndome, aunque sea por este método un tanto premioso. Me alegra saber que hay alguien con quien compartir esta aventura, la cual exige un poco de tu esfuerzo, pero nos ayudará a permanecer fuera de la vista de los ojos curiosos. Pero me encantaría poder salir de este lugar, ver el mundo, hablar con su gente, y contigo.

Es increíble lo mucho que logra un poco de esperanza. A veces salgo por las noches y me siento en la fuente del patio. Cierro los ojos y cavilo en tu mirada y en tu nota, la tormenta de emociones que inundó mi alma desde aquel día. ¡Claro que lo recuerdo! Estoy ansiosa por conocerte, así que me muero de emoción por leer tu carta.

Comparto mi habitación con mi compañera, Beatriz, quien continuamente me interroga para saber por qué a veces sonrío sin razón aparente. No me atrevo a contarle todo lo que siento porque no siempre me comprende, aunque sé que me tiene mucho cariño, tal como yo a ella. Pero me tranquiliza porque sé que al revelarme sus inquietudes respecto a mí, me confirma que nuestro método para conocernos está funcionando.

Esta vez puede que te sea un poco difícil dar con nuestro próximo punto de encuentro. Por lo tanto, si la próxima semana no encuentro tu nota, te daré una semana más para que sigas buscándome. Espero leerte pronto, chiquillo.

Sobre mi corazón estas flamas están ardiendo
porque tus ojos son flechas que me están perforando.
Más grande que la mitra que adorna una cabeza
es el libro que describe tu grandeza.

Como al báculo quieras tú firmemente asirme
para que por siempre puedas tenerme.
Pero apresúrate porque en este templo te espero
justo arriba de las borlas del sombrero.

—   *Observación con atención al detalle*
      Agustín de Hipona

Un beso.

Celina tenía la particularidad de dejar estupefacto a Gregorio con demasiada facilidad. Con su añorada mirada, la cual guardaba tatuada en su memoria y con sus palabras que memorizaba tan pronto comenzaba a releerlas. Y ahora, con esta novedad que le había asignado un cariñoso apodo: "Chiquillo"; esto derritió a Gregorio y cada vez que leía esas líneas, sonreía.

Pero también había un alud de dudas que necesitaba esclarecer. Era bastante obvio que Gregorio no tenía la misma idea que Celina en cuanto a conocerse. Tal parece que este intercambio de notas continuaría indefinidamente por algún tiempo. Y también se hizo evidente que sus lugares de encuentro variarían, ya que Celina parecía sugerir que seguirían cambiando.

También, y muy importante: Era muy posible, aunque no garantizado, que Celina estuviera haciendo uso de los eventos de tiempo que facilitaba el reloj. Después de todo, esa fue la forma que aprovechó Gregorio para esconder su primera nota en la recámara de Celina, y hasta ahora no había encontrado una explicación convincente sobre la aparición de la nota de Celina en la Ermita del Calvario. Además, el reloj estaba justo allí, al alcance de Celina y de cuanta monja y novicia que ocupaba el convento.

Pero lejos de toda conjetura estaba su nuevo enigma, el cual, a su parecer, no tenía ni pies ni cabeza. Si estaba hablando de un templo, habían mas de treinta tan solo en el casco central de la ciudad, y no había pistas sobre algún lugar específico donde en tal templo pudiese encontrar un objeto tan pequeño escondido con cautela. Cada una de estas edificaciones variaba en tamaño de grande a gigantesca a monumental. Y el resto del acertijo bien podría estar hablando ya sea de los sentimientos de Celina hacia Gregorio o revelando alguna pista.

Pero lo más sobresaliente de todo este intercambio, era que a pesar que estas cartas podrían parecer breves e impersonales, podía sentir que tras cada letra que leía, estaba conociéndola mejor. Podía decir que tras cada línea que memorizaba, superaba un nuevo nivel de intimidad con ella. Cuánto deseaba Gregorio que Celina también sintiera por él lo mismo que él progresivamente sentía conforme leía sus palabras.

El hecho es que, después de ahondar en sus más profundas emociones, lo que le quedaba era un enredado acertijo que debía resolver, entre más pronto, mejor, si quería seguir adelante con esta aventura. Y también estaba el dilema práctico: cómo se convertía Celina en un fantasma virtual, similar al cual él mismo había utilizado para irrumpir dentro del claustro del convento de Santa Catalina. Así que sin más que pensar y añadir, y sabiendo que el resto de esta semana estaría enfrascado descubriendo la próxima localidad, de una vez se puso a escribir su respuesta:

Mi querida Celina.

Estoy más que intrigado. Tú eres una mujer fascinante y quedo maravillado ante la profundidad de tus pensamientos. Así que decidí no esperar más y me puse a escribir tan pronto terminé de leer tu carta. Apenas han pasado algunas horas y ya estoy memorizándome tus palabras como si fueran mi alimento.

¡Cuántas veces repaso en mi mente el momento en que te vi! Tus ojos eran tan expresivos que me han estado gritando todas las noches desde entonces hasta este momento, y el castaño de tus cabellos y la tersura de tu rostro me siguen cautivando como sirena de alta mar.

¿Tengo alguna esperanza de verte de nuevo? La posibilidad me está matando y mi paciencia rápidamente se me agota y me asalta, aunque me da fuerzas para insistir en mi búsqueda. Siento que se acerca el día en que mientras me dirija al siguiente punto de encuentro, finalmente te veré y te tendré entre mis brazos.

Ven conmigo, por favor. Permíteme darle a mis ojos otra vez la oportunidad de contemplarte aunque sea otro momento más, porque poco a poco te vas llevando mi corazón en pequeños fragmentos.

Por último, necesito plantearte una pregunta que es, para mí, muy importante: ¿cómo hiciste para dejar tu nota en las raíces del esquisúchil? Prácticamente estuve presente desde el momento en que dejé mi nota, estando la iglesia cerrada, hasta que el padre Cossio abrió las puertas la mañana siguiente. Dímelo, por favor, porque la duda me está quitando el sueño. Te estoy escribiendo en la madrugada porque realmente me cuesta conciliar el sueño pensando en tantas posibilidades.

Ansío leerte de nuevo. Siento que es un paso más hacia verte otra vez.

Te ama,

Gregorio.

Esa conclusión había sido un tanto atrevida, pero Gregorio estaba convencido que la relación con Celina estaba progresando. Nuevamente hizo tres dobleces a su nota y la guardó en su mesa mientras pasaba el resto de la semana sumiéndose en una intrigante búsqueda hacia el corazón de Celina. Como carecía de muchas opciones y sugerencias, temprano por la mañana del viernes optó como primer intento la ruta más básica, preguntar a don Gilberto.

"Padre, ¿qué sabe usted sobre Agustín de Hipona?"

–"Es una momia petrificada en el fondo de un mausoleo en Italia. ¿Acerté?" respondió irreverentemente don Gilberto.

–"Padre, por favor. Créame que esto es importante" dijo Gregorio tratando de traer de vuelta a la formalidad a su padre.

–"¿Entonces por qué me preguntas a mí, muchacho? El religioso es don Max, o don Emilio, o cualquiera del ramillete de clérigos que deambulan esta ciudad para escoger. Pero, ya que estamos en esto, ¿de dónde sale esa pregunta? ¿Qué estás averiguando? Ya hace días que no logro descifrarte. Ayer dejaste impresas tus huellas de lodo desde aquí hasta tu habitación. No me hubiese parecido extraño porque estuviste trabajando en el río. Pero luego que entraste escuché al sereno pasar vociferando. Ahora, eso ¡sí es extraño! ¿Debo preocuparme, hijo?" razonó y finalmente preguntó don Gilberto. La presencia del sereno indicaba que la noche ya estaba adentrada, porque vigilaban las calles toda la noche anunciando la hora redonda y advirtiendo de las eventualidades.

–"Padre, sólo le pregunté por Agustín de Hipona. Por supuesto que no debe preocuparse."

–"¿No tiene ninguna relación con tus huellas?"

–"Eeh… No directamente" respondió Gregorio intentando evadir.

–"Ah, es una mujer. ¿Me equivoco?"

–"¡Padre! ¡Un soldado español hace menos preguntas!

–"No si te lo encuentras a medianoche enlodado de pies a cabeza."

Gregorio lanzó un berrido y salió rematando la puerta del mostrador. Don Gilberto lo siguió hasta la puerta de salida. Se dijo a si mismo: "Sí es una mujer" y a Gregorio le gritó desde dentro: "¡Recuerda que tienes trabajo! ¡Don Max vino a preguntar por ti para lo de la llegada del nuevo Capitán y don Cristóbal también preguntó por ti para que le trabajes su reloj!" Sin embargo, Gregorio ni siquiera volteó a ver.

Gregorio entró respetuosamente en el despacho de don Emilio de Garay y le extendió un saludo. A don Emilio le dio gusto verlo de nuevo, y lo saludó de vuelta:

"¡Hola Gregorio! ¡Vaya! Es todo un evento tenerte por aquí otra vez en tan poco tiempo. ¿Cómo te fue con tu investigación?"

–"De maravilla, don Emilio. Encontré el árbol de esquisúchil y realmente fue una magnífica experiencia. El padre Cossio también es un anfitrión muy hospitalario, y me mostró mucho más de lo que llegué a buscar. ¡Muchas gracias por su ayuda!" explicó jubiloso Gregorio, tratando de mostrar aprecio con tal de procurar su cooperación una vez más, y prosiguió: "Pero don Emilio, tengo una nueva consulta que hacerle, si no le quito mucho de su tiempo."

–"¡Claro que no, hijo! ¡Suéltalo!"

–"¿Conoce usted alguna obra de Agustín de Hipona que tenga como título 'Observación con atención al detalle'?

–"Hmmm… no, muchacho. No es un título con el que esté familiarizado. Las obras de San Agustín son básicamente religiosas todas, algunas filosóficas también. Al menos, las obras que he leído lo son. El título, para empezar, no parece tener relación con esos temas" respondió don Emilio con interés.

–"Entiendo. En ese caso, ¿dónde me recomendaría comenzar a buscar si lo hiciera yo por mi cuenta?"

–"Más importante que dónde: cuándo. Si no tienes inconveniente con el tiempo, podrías pasarte una considerable cantidad de meses o hasta años buscando esa obra si es que existe. En el mejor lugar donde podrías comenzar tu búsqueda sería en la biblioteca de la Real y Pontificia Universidad de San Carlos Borromeo, justo aquí en Santiago. Pero tu selección estaría limitada, cuando mucho, a unas veinte o treinta obras entre las que disponen aquí. El catálogo completo consta de no menos de mil obras, contando las que aún están en existencia, porque hay otro par de miles que ya están perdidas. Tu búsqueda te llevaría, digamos: a México, España, Italia, Alejandría… sería toda una empresa, muchacho. Pero percibo que ese no es el rumbo de tu enfoque" inquirió perspicazmente don Emilio.

–"Me temo que no, don Emilio." Gregorio pensó que no haría ningún daño si don Emilio le diera un vistazo directamente a los versos de Celina, quizá eso le iluminaría en algo para que lo orientase en la dirección correcta.

Sobre mi corazón estas flamas están ardiendo
porque tus ojos son flechas que me están perforando.
Más grande que la mitra que adorna una cabeza
es el libro que describe tu grandeza.

Como al báculo quieras tú firmemente asirme
para que por siempre puedas tenerme.
Pero apresúrate porque en este templo te espero
justo arriba de las borlas del sombrero.

— *Observación con atención al detalle*
Agustín de Hipona

Meditando en los versos que Gregorio le mostró, don Emilio se convenció: "Esto no lo escribió San Agustín. No es su estilo ni su temática. ¿De dónde lo sacaste?"

Gregorio titubeó un poco al responder: "Sigue siendo parte de la misma investigación, don Emilio. De vez en cuando descubro algunos fragmentos e intento encontrarles sentido."

–"No tenía idea que estuvieras interesado a ese grado en San Agustín, o el hermano Pedro. Pero quienquiera que te los envió se equivocó de autor. Pero para estar más seguro, ¿por qué no les preguntas a los agustinos? Por definición ellos son los eruditos en San Agustín. Fray José Manuel Barroeta te puede recibir y le puedes preguntar a él, aprovechando su amplio conocimiento sobre el Doctor de la Gracia. Te deseo éxitos, hijo." Don Emilio resultó ser una valiosa ayuda para tener aunque sea un punto de partida, aunque conforme profundizaba en las líneas de Celina, generalmente su senda cambiaba de rumbo conforme le iba encontrando sentido a las ideas que plasmaba con tanta gracia con su tinta.

El templo de San Agustín en la ciudad de Santiago se encontraba en la cara occidental de la ciudad, en un barrio donde abundaba la mendicidad. Era una magnífica edificación que lamentablemente sufrió a causa de los embates de sismos durante la primera mitad del siglo. Situada en una esquina, contaba con tres accesos. Sobre la calle de San Sebastián tenía dos accesos: la puerta principal y la entrada al campanario, separados entre sí por unos tres o cuatro metros. El otro acceso daba hacia la calle de la Pólvora y Landívar.

Cuando Gregorio le pidió ayuda a don José Manuel Barroeta, este probó ser no tan hospitalario como don Juan Cossio. Salió refunfuñando un tanto frustrado, probablemente porque se había acostumbrado a disfrutar de la cooperación completa de los personajes a quienes hasta ahora había solicitado la información que le facilitó descifrar el primer enigma de Celina.

Al agotársele las opciones en el templo, fue a visitar la biblioteca de la Universidad, atendiendo la sugerencia de don Emilio. Llegó a la conclusión que era casi imposible que Celina tuviese acceso a las otras obras de Agustín de Hipona que estaban esparcidas en diversas bibliotecas e iglesias en ultramar. Hacía ya varios meses que Gregorio no visitaba la biblioteca para humedecer un poco su curiosidad sobre la carrera en la que había mostrado interés: Derecho. Pero esta vez estaba allí con un único propósito: buscar las obras de Agustín de Hipona. La biblioteca contaba con un catálogo de unas cinco obras, tristemente muy por debajo de lo que anticipó. Sin embargo, seguía convencido que cualesquiera que fuesen las existencias en esta biblioteca, serían las únicas de donde Celina estaría extrayendo dichos versos.

Ninguna de las obras tenía el nombre "Observación con atención al detalle", y al terminar el día, justo después que el bibliotecario le informó que tenía que abandonar el recinto, advirtió que apenas había hojeado cuando mucho la cuarta parte de una de las obras. Y tal como don Emilio le había informado, los versos que Celina había escrito no tenían ninguna relación con el estilo y temática de Agustín de Hipona. Salió aún más frustrado, pero tal sentimiento estaba transformándose poco a poco en desesperación.

Al poner pie en la calle, cabizbajo y con las manos en los bolsillos, casualmente se encontró con don Gabino, el panadero, quien lo saludó cordialmente, pero le hizo un inquietante recordatorio: "¡Goyito! ¡Don Max te anda buscando por toda la ciudad! Ve a verlo, muchacho."

Había olvidado por completo sus compromisos laborales, especialmente porque había ignorado a su padre recordárselos dada la premura de visitar a don Emilio. Lo único que tenía en la mente mientras se dirigía al taller de don Máximo era el entendimiento que después de encontrar el árbol de esquisúchil en menos de un día, ahora tenía este segundo objetivo muy lejos, con escasas esperanzas de encontrar el siguiente punto de encuentro en esta semana.

Capítulo 9: El Capitán

"¡Ah! ¡Miren quién llegó!" fue la bienvenida que don Máximo le extendió a Gregorio. Aún cabizbajo, entró al despacho de don Máximo lentamente y sin mucho entusiasmo.

"Hijo, en una semana tenemos que tener el trabajo terminado para la toma de posesión del nuevo capitán. Me dijiste que me ibas a ayudar pero no te asomabas y se me acaba el tiempo. ¿Dónde te habías metido?"

–"Fui llamado a hacer trabajo comunitario con el dragado del río, con lo de la inundación y todo…" intentó explicar Gregorio con un tono desabrido.

–"Sí, yo sé que te llamaron. Pero terminaste cuándo… ¿hace dos días? Bueno, ya no importa eso. Debemos apresurarnos. Ven, hijo, entra rápido que tenemos mucho trabajo por hacer." Tras esto, Gregorio fue contratado a trabajar en el taller de carpintería de don Máximo preparando el montaje de la tarima y alrededores que se utilizarían en la ceremonia de investidura del nuevo capitán.

Continuaron trabajando casi sin descanso en lo que don Máximo había adelantado mientras Gregorio se encontraba haciendo trabajo comunitario. La tarima era de grandes proporciones: unos treinta metros de largo por unos diez de fondo. Debía acomodar a diversas personalidades públicas, entre ellos: los representantes del Ayuntamiento, buena parte del clero de la ciudad, el alférez y una guarnición de soldados, y por supuesto, el Capitán General.

Martín Díaz de Mayorga y Ferrer era un militar español recio, de alta estatura, tez blanca, ojos adormecidos y cejas castañas y pobladas. Su rostro alongado y hombros ligeramente caídos le daban en ocasiones una apariencia físicamente un tanto vulnerable. Verlo en acción desmentía inmediatamente este malentendido. Habría de aprender la paciencia y la compasión dados los increíbles acontecimientos que estaba por atestiguar en las próximas semanas. Gobernador de Alcántara y Brigadier de los Reales Ejércitos, en realidad prefería su estirpe militar que su nueva asignación política. No obstante, fiel a la corona, aceptó la investidura como Capitán General y Presidente de su Real Audiencia y se resolvió a viajar hasta el Reino de Guatemala. Sin embargo, diversos obstáculos le impidieron zarpar de inmediato desde el Viejo Mundo. De hecho, esperaba su autorización para partir desde hacía un año, pero en contra de su voluntad y debido a la engorrosa y tormentosa burocracia, no pudo partir sino hasta el año de 1773.

Salió de Cádiz en la fragata 'La Ventura' y se dirigió a Guatemala en marzo de 1773. Llegó al puerto de Omoa en el Océano Atlántico el 11 de mayo, y le tomaría un mes trasladarse con su séquito hasta su nuevo hogar en la Capitanía General del Reino de Guatemala. No venía acompañado de su familia, aspecto que le empañó todavía más el ejercicio de su gobierno.

Don Máximo había elaborado una hermosa silla con aspecto de

trono, forrada con terciopelo rojo y borlas labradas en la madera de los brazos y la cabecera de la silla. También elaboró sillas de menor tamaño para las autoridades locales, eclesiásticas y los representantes militares de alto rango, todo con la ayuda de Gregorio, quien se encargaba de las tareas más pesadas y mecánicas. Trabajaron intensamente, pasando por el fin de semana y siguiendo de largo toda la semana que comenzó el siete de junio. Apenas le quedaba tiempo a Gregorio para regresar a casa por la noche y leer de nuevo las líneas que Celina le había dedicado para intentar guiarlo hacia su nuevo punto de encuentro. Su progreso era nulo dada su alta concentración en las labores a las que se había comprometido con don Máximo, y sobre todo, porque el martes por la mañana se asomó don Cristóbal por el taller de don Gilberto. La presión de trabajo y su inhabilidad de salir del círculo de pensamientos en que se encontraba, le había llevado a la triste conclusión que le sería materialmente imposible acudir a la cita con Celina el día miércoles, especialmente porque a juzgar por los acontecimientos de hace una semana, parecía que Celina tenía la costumbre de madrugar para el cumplimiento de sus compromisos. Felizmente, le había concedido una semana más para resolver su acertijo, pero esperar otra semana más no tenía mucha gracia. Hubiese preferido recibir su inyección usual de endorfinas que experimentaba en el momento de descubrir una nota de Celina, pero esta vez estaba atado de manos e irremediablemente tendría que esperar.

"Mi estimado herrero. Vengo a buscar a su hijo, el relojero", se presentó don Cristóbal en el despacho de la herrería de don Gilberto temprano por la mañana. Estaba acompañado de un hombre a quien nunca había visto, bien vestido y evidentemente de alta jerarquía.

Recorriéndolos con la mirada, un poco reacio y sin sonreír le respondió don Gilberto, ya que no le apetecía abrigarle ninguna simpatía a este hombre que, a su juicio, a lo que había venido a Santiago era realmente a codearse con las familias de renombre de toda la ciudad y pasearse por encima de las castas de más baja alcurnia. Sin embargo, aquí estaba otra vez, en su despacho. Ante esto, fue a llamar a Gregorio; era temprano y aún no se había retirado al taller de don Máximo.

"Muchacho, pensé que buscabas perfeccionarte en la horología. ¿No te lo referí allá en el río?" preguntó impaciente don Cristóbal.

"Buen día, mi señor. Probablemente tenga razón: lo mencionó, pero vagamente. Don Máximo me ha llamado a ayudarle a trabajar en los preparativos de la llegada del nuevo Capitán el próximo sábado. Pero explíqueme en qué consiste su encargo. Con gusto puedo trabajar en ello por las tardes y por las noches, aunque debo confesarle que me llevará ligeramente más tiempo del ideal para entregarle su encomienda." Gregorio sabía que lo que fuese que don Cristóbal tendría para él sería algo extremadamente fino y costoso, por lo que aunque temía un poco el nivel de exigencia de este trabajo, realmente lo necesitaba para compensar los días que había permanecido sin oficio.

"Gregorio, te presento aquí al notario Francisco Zepeda y Villarrasa. No te asustes. Está aquí sólo para dar fe de mi entrega de esta pieza para que la revises. Te explicaré qué es lo que necesito, qué es lo que espero de ti, y tú me dices si estás de acuerdo con esos términos. No tienes nada qué temer. Sólo sigue mi instrucción de prestar cuidadosa atención al detalle, y te irá perfectamente bien. Nada personal para contigo, pero debes entender que tu responsabilidad al recibir esta pieza será algo serio. Ni siquiera te estoy presionando con una fecha, pero eres tú quien se compromete a entregarme en el tiempo que tú digas. No puedes reclamar ignorancia ni accidente; por eso desde el principio debes decidir si estás dispuesto a trabajar en esto o no."

Tales condiciones lo intimidaron de inmediato, y su primera reacción fue negarse. Don Cristóbal luego hizo su oferta monetaria y Gregorio se detuvo a pensarlo esta vez. Sacó de un bolso la pieza en cuestión y se la mostró: era un reloj carillón alemán de sobremesa, marca Howard Miller. La armazón externa era de madera de sándalo, amarilla con venas suaves de color café meloso. Aún conservaba el fresco olor dulce de la madera, lo que apreciaba considerablemente su valor. La carátula era de lámina de marfil con engastes y números de oro blanco. El trabajo en la marquetería era finamente ornamentado, y hasta la puerta trasera tenía un cerrojo de madera con un mecanismo muy ingenioso. El trabajo consistía en revisar el péndulo y la complicación de las campanillas que sonaban anunciando la hora redonda. No estaban sincronizadas a la perfección, por lo que demoraban un par de segundos en comenzar a reproducir la intrincada secuencia de campanadas. El acuerdo notarial que don Cristóbal pidió a Gregorio firmar, contemplaba que sólo podría acceder al péndulo y las campanas, y no tenía derecho de manipular por ningún medio el resto del mecanismo. La tarea era sencilla, pero peligrosamente específica. Aún así, Gregorio aceptó los términos y don Cristóbal los de Gregorio, que básicamente tenían que ver con el plazo de la entrega. Ésta la fijó para el jueves 17, luego de que hubiese pasado todo el barullo de la visita del Capitán.

"Yo no haría negocios con ese hombre, hijo" dijo don Gilberto por sobre el hombro de Gregorio, quien veía a don Cristóbal marcharse con el notario.

"Apenas tengo trabajo, padre. Necesito ocuparme en algo además de lo que estoy haciendo con don Máximo. Después de todo, esto es lo mío. No debería encontrarme con algo que no pueda resolver. Además, mire esta pieza. Es fascinante. Es única, compleja, y..."

–"Peligrosa" intervino don Gilberto. "Bien puede valer tu cabeza, en tanto a don Cristóbal concierne" interrumpió con justificada preocupación don Gilberto.

–"Ah, ¡vamos padre! Usted me conoce. No es primera vez que me encuentro con una pieza de este valor" razonó Gregorio.

–"Es cierto. No dudo de tu habilidad. Pero sí de la integridad de ese hombre."

La semana trascendió rápidamente dada la intensidad de los trabajos que don Máximo y Gregorio emprendieron en los preparativos de la investidura del Capitán. Para el viernes, ya casi todo estaba terminado y en su lugar en la plaza central. Don Máximo llamó a Gregorio estando de pie a cierta distancia del gigantesco estrado que habían construido. Lo apostó junto a sí y le echó el brazo sobre su hombro, invitándolo a compartir la vista que tenían al frente del orgullo de su labor. Era magnífico. Y todo justo a tiempo.

Alrededor de ellos había otras edificaciones temporales que también servirían para los actos de toma de posesión. Tiendas, pulperías, comedores, mesas de lotería, pistas de baile, la ruta de la banda marcial: todas las atracciones usualmente presentes en las fiestas patronales. Tendrían dos grandes juergas en tan solo dos meses. El próximo mes, el 25 de julio, celebrarían otro fastuoso agasajo: su fiesta patronal del Día de Santiago Apóstol. Pero aquello correspondería a otra organización. Por ahora, todos estaban concentrados en el magno evento cívico-popular para recibir al ilustrísimo Capitán Mayorga.

No obstante, algo ocurría que obligó a don Máximo y Gregorio a mirarse asustados mutuamente y luego alrededor, rompiendo el abrazo con el que don Máximo sostenía a Gregorio. La tierra estaba temblando. Cayendo en cuenta que no sólo ellos percibieron los movimientos, todos quienes aún trabajaban en los preparativos en la plaza pausaron sus labores para decidir por unos segundos qué hacer. Cuando todos apenas comenzaron a perder el equilibrio aún estando parados en el suelo, el temblor cesó. Pero permanecieron los murmullos de todos quienes comentaron amedrentados lo que sentían o vieron.

Para nada imaginaba el Capitán Mayorga, quien hace tres semanas completas había desembarcado en el puerto de Omoa, que la ciudad apenas estaba recibiendo una leve advertencia de la descomunal tragedia que estaba por ocurrir mes y medio más tarde. Tan pronto como el sismo cesó su vaivén, todos reanudaron su cotidianidad.

Al día siguiente, sábado, se encontraba toda la ciudad reunida en la plaza central disfrutando de la festividad ahora en curso. A la espera del Capitán, quien aún se encontraba en camino desde el puerto, los citadinos aprovecharon para dar comienzo al jolgorio y al festín. Juegos de tiro con ballesta, comida, danzas y gritos de lotería, todos festejaban dejando atrás el susto del temblor del día anterior. Pero nadie atraía tanta atención como los músicos del mítico nuevo instrumento encantador: la marimba. De pie, dos hombres interpretaban música detrás de una caja de madera sostenida con cuatro patas, con una hilera de tablillas de madera dura dispuestas en orden de tamaño y levitando sobre sendas cajas de resonancia, hechas con jícaras de bambú, también dispuestas en sus correspondientes tamaños. La tocaban con dos o tres baquetas llamadas "huitziles", que con su cabeza de caucho le imprimían ese sonido seductor, dulce y fluvial que procedía de la talentosa percusión de ambos músicos: uno de ellos proporcionando el ritmo y los tonos bajos, y el otro, la melodía.

Embebido hasta las babas ante el fascinante instrumento, Gregorio despertó de su encanto con el estridente llamado de la trompeta real, que provenía del acceso nor-oriental de la plaza. Luego del resonante llamado, el pregonero anunció con voz fuerte:

Ciudadanos de la Muy Noble y Muy Leal Ciudad de Santiago de los Caballeros de Guatemala. Poneos todos de pie. Su majestad, el rey Carlos III está presente a vista de vosotros por medio de su emisario, a quien se debe dar formal y cívica bienvenida. Ante vosotros, el muy ilustre Señor Martín de Mayorga, del Consejo de su Majestad, Capitán de Reales Guardias de Infantería española, Brigadier de los Reales Ejércitos, Caballero de la Orden de Alcántara, Gobernador, Capitán General y Presidente de la Real Audiencia del Reino de Guatemala.

Dicho esto, el pregonero se hizo a un lado y el silencio envolvió la plaza central, aún a pesar de sus asistentes y músicos, todos en quietud respetuosa. Pero pronto se escuchó el galopar del imponente caballo del alférez, quien asomó encabezando la comitiva de la nobleza y los enviados de la corona para formalizar la toma de posesión del Capitán. Un jinete tras otro iba entrando a la plaza y acercándose a la tarima que habían construido don Máximo y Gregorio. Por último, pero antes de los peones de plebeyos que la escoltaban, entró la berlina, adornada ese día con magníficos mantos heráldicos de terciopelo carmesí con retoques dorados. Los ángulos de la berlina estaban rematados con coronas reales y flores matizadas en hilo de seda, en terciopelo color negro, escarlata y amarillo.

Apenas se distinguía en el interior la silueta erguida del Capitán Mayorga. Todos intentaban adivinar su rostro partiendo de la singular silueta, pero no se veía más que negro hasta que la berlina arribó a la tarima instalada frente al Palacio de la Capitanía. Se detuvo frente a las escaleras de la tarima y el alférez se bajó de su caballo para abrir la puerta de la berlina. Lentamente emergió el Capitán Mayorga y, escoltado por el alférez y otro soldado, subieron las gradas a lo alto del estrado. Cuando el Capitán se apostó frente a los asistentes, todos irrumpieron en vítores y aplausos. El Capitán respondió ondeando suavemente la mano y dibujó una cansada sonrisa. El alférez le mostró su lugar, la silla más grande que había construido don Máximo, y luego buscó su lugar. El otro soldado quedó de pie a la diestra del Capitán.

Estando todos ubicados en sus puestos previamente asignados, comenzaron los actos protocolarios de bienvenida y de toma de posesión. El desfile marcial con su banda, las danzas folclóricas y los músicos, todos dieron lo mejor de sí para deleitar al Capitán recién arribado. Luego fue el turno de los discursos oficiales, los cuales estuvieron a cargo de las autoridades del Ayuntamiento y un último discurso, muy breve, por parte del mismo Capitán. Sólo un par de minutos de los aproximadamente diez que duró su discurso se pudieron escuchar, ya que el cansancio, producto del largo viaje, hizo mella en la potencia de sus pulmones. Pocos notaron que el Capitán hizo énfasis en la recuperación del poder civil y aplicación de justicia, promesa que ejecutaría con puño de hierro, valiéndose de oscuros procedimientos.

Al finalizar ese día, Gregorio estaba exhausto, ya que luego de las festividades tuvieron que desmontar el enorme estrado y transportar las piezas al taller de don Máximo, el cual quedó un tanto repleto por la cantidad de material que fue utilizado en la obra. Apenas comentó algunos detalles sobresalientes con don Gilberto durante la cena, en particular el inolvidable sonido de la marimba. Pero pronto Gregorio se excusó con su padre y se dirigió a su recámara para descansar, no sin antes tomar en sus manos la nota que había recibido de Celina, y volver a leer las líneas que lo inquietaban tanto. Ya solo tenía tres días para resolver su enigma, y se encontraba irremediablemente igual que desde el principio: en la línea de partida.

El día siguiente lo aprovechó Gregorio para trabajar en el reloj de don Cristóbal, a pesar de ser domingo. Mientras tanto, todo el día lo pasaron don Gilberto y don Máximo jugando paró en la entrada del taller mientras veían pasar el día y la gente por la calle, juzgando todo lo que hablaban, vestían y hacían, inventándose historias de cada personaje.

Gregorio recibió por la tarde el salario que tanta falta le hacía de parte de don Máximo. Y al día siguiente, lunes, también estuvo completamente absorto en la calibración de las campanillas del reloj. Esto era prácticamente todo lo que tenía por hacer, ya que al graduar su peso automáticamente se ajustarían al mecanismo del reloj, facilitando la sincronización perfecta del objeto.

Se valió de una balanza de contrapeso para medidas finas, y para calibrar las campanillas utilizó el horno del taller de su padre para derretir plomo y fundirlo al metal de las campanillas. Sólo unos cuantos miligramos de metal fundido fue lo que requirió para conseguir su objetivo. Luego desgastó y pulió los excedentes del metal para que se perdieran de vista entre el resto del metal. Antes de instalar el péndulo y las campanas, sintió curiosidad por estudiar el mecanismo del resto de la pieza. Después de todo, era muy improbable que algún otro día tuviera la oportunidad de manipular un ejemplar de esta envergadura con respecto a su valor. Abrió cuidadosamente la escotilla y escuchó un finísimo cliqueo que se activó con la apertura de la escotilla, mas no pudo constatar qué lo produjo. Lo que le llenó de asombro no fue el intrincado mecanismo del resto del reloj, sino lo que estaba oculto dentro de él. Seis finos destellos le absorbieron su mirada como si de diminutas estrellas se tratase. Eran diamantes. Las magníficas piezas de don Cristóbal eran aún más valiosas de lo que aparentaban a la vista. Pronto llegó a la conclusión que este no era un lugar donde debía estar, especialmente porque el contrato contenía una cláusula que específicamente le prohibía manipular cualquier otro apartado del reloj que no estuviera contemplado en el acuerdo. Fue cuando estaba cerrando la escotilla cuando recordó las palabras de don Cristóbal: "Sólo sigue mi instrucción de prestar cuidadosa atención al detalle." Se detuvo unos segundos para recordar dónde había escuchado esas palabras.

Como impelido por un disparo, Gregorio salió corriendo de su taller y se dirigió a su recámara, de donde tomó la nota de Celina y fue directo a la línea donde leía:

—   *Observación con atención al detalle*
     Agustín de Hipona

Esto nunca se trató del nombre de alguna obra. ¡Eran instrucciones! El hecho que apareciese el nombre de Agustín de Hipona aún lo tenía perplejo. ¿Qué más tenía Agustín de Hipona que ofrecer aparte del templo, su convento y los agustinos que allí residían? No había nada que ver, o mejor dicho: 'observar', que no fuese algo físico, necesariamente en el dominio de los agustinos.

Salió corriendo del taller y otra vez se quedó mudo y aturdido don Gilberto al ver salir a Gregorio inexplicablemente rápido como una gacela.

Se detuvo frente al templo de San Agustín y comenzó a examinarlo, ladrillo por ladrillo. Nunca había reparado en la belleza de esta edificación. Los detalles arquitectónicos de su monumental fachada de tres niveles, las esculturas que vivían permanentemente talladas en los nichos que la adornaban. No sabía a quiénes correspondían, pero quizás le facilitarían alguna pista importante para resolver el enigma. Preguntó a uno de los monjes que salían del templo, ya que sabía que probablemente no obtendría colaboración alguna de don José Manuel Barroeta. El hombre le explicó que en el nicho superior, la imagen esculpida correspondía a San Agustín sosteniendo una iglesia, un diminuto edificio en la palma de su mano. Las otras esculturas que veía en la fachada correspondían a Santa Teresa, Santa Mónica, San Felipe Neri y San Ambrosio, tutor de Agustín de Hipona. Y en la puerta lateral, en la fachada había también otra escultura, la cual era de San Nicolás. Agradeció al monje por su información y siguió examinando el templo. Ingresó por el atrio y caminó por la nave central, después de verificar el campanario y su entrada. Caminó por el centro partiendo la bóveda en dos, y se sintió pequeñísimo en comparación con la descomunal altura de las cúpulas. Quedó maravillado ante la riqueza de los detalles de los frescos que estaban pintados en el interior, a lo largo y ancho de toda la parte cóncava de la bóveda. No obstante, nada le llamaba la atención que tuviese alguna relación con las líneas que Celina había escrito, y regresó a casa.

El último día que le quedaba para resolver el enigma, martes, Gregorio salió del taller y se dirigió nuevamente al templo. Ese día examinó el altar, las imágenes, los iconos, el retablo y hasta las bancas de la iglesia para encontrar alguna conexión. Vio venir a don José Manuel Barroeta, y antes que le preguntase qué hacía allí se arrodilló en uno de los reclinatorios y fingió rezar. Al perderse de su vista sin saludar, continuó su recorrido visual por todos los rincones del templo. Se levantó y siguió caminando, examinándolo todo. Mientras buscaba, quedaba fascinado por los detalles de su arquitectura. Pero aún no encontraba nada y el día se terminaba.

Salió del templo y volvió a examinar el exterior. Estaba resuelto a revisar cada centímetro de construcción de ser posible. Incluso pensó en trepar todo el edificio, usando las casas adyacentes, con tal de revisar las cúpulas y los tejados del campanario y el convento. Después de todo, su infancia le había instruido en el fino arte de la cabra montesa. Finalmente, algo llamó su atención: el detalle, tal como Celina le instruyó observar. El entablamento, la parte de la fachada que descansaba sobre las columnas, estaba adornado en el bloque central del friso con un patrón de objetos intercalados entre cada triglifo: una flor, un disco, una flor, un disco, y así sucesivamente. Pero a la altura de la entrada principal del templo, el patrón se interrumpía por seis figuras sin aparente relación entre sí. Las examinó cuidadosamente e intentó descifrar su forma. Interpretó que de izquierda a derecha las figuras eran: un libro, un sombrero, un corazón, una mitra, un edificio y un báculo.

¡Un libro, un sombrero, un corazón, una mitra, un edificio y un báculo!

Sacó de inmediato la nota de Celina y comparó:

Sobre mi corazón estas flamas están ardiendo
porque tus ojos son flechas que me están perforando.
—(Un corazón ardiendo atravesado con flechas)
Más grande que la mitra que adorna una cabeza
—(La mitra)
es el libro que describe tu grandeza.
—(El libro)

Como al báculo quieras tú firmemente asirme
para que por siempre puedas tenerme.
—(El báculo)
Pero apresúrate porque en este templo te espero
—(El edificio, es decir: el templo)
justo arriba de las borlas del sombrero.
—(El sombrero con borlas)

¡Estaba resuelto! ¡El poema de Celina hacía referencia a estas seis figuras escondidas en plena vista! ¡Otra vez! Gregorio observó que justo sobre el corazón y la mitra había una ventana que daba a la calle. Por medio de esta ventana podría acceder fácilmente a la cornisa, la cual contaba con un amplio espacio para depositar su nota allí, lo cual, a lo sumo, una roca cualquiera serviría de peso para evitar que se la llevase el viento.

También, el poema aludía a que Celina esperaría "justo arriba de las borlas del sombrero", por lo que, viendo la ubicación del sombrero, era fácil ver en qué parte de la cornisa podría ubicarse la nota. Todo era cuestión de tiempo. Poco tiempo, por cierto, ya que apenas restaban algunas horas para que acabara este día y dar paso al día señalado por Celina. Pero esta vez, no podría fallar en encontrarse con ella. Pero necesitaría ayuda.

Capítulo 10: El Grillo

"Te propongo un negocio sencillo de una sola noche sin que tengas que trabajar nada. ¡Dinero fácil! Te pago al amanecer y te ganas tu desayuno del día" le propuso sin más rodeos ni explicaciones Gregorio al ciudadano más inverosímil que podría haber escogido: Ignacio Vallejo.

–"Todas las mañanas tengo mi desayuno asegurado" objetó Ignacio.

–"Sí, pero este tendría la satisfacción de habértelo ganado."

–"Siempre salgo satisfecho de todos modos" insistía Ignacio en objetar.

–"¡Aaah! ¿Qué tal un trago para la tarde?"

–"Siempre me las arreglo para el trago del día" sentenció Ignacio.

Irritado al ver que esta conversación no iba encauzada hacia ningún lado, Gregorio se lo pidió con un tono de voz un poco más fuerte: "¡Por favor, hombre! ¡Hazlo por mi, que te acabo de salvar la vida allá en el río!"

–"En realidad quien nos salvó a AMBOS fue el forastero que…"

–"¡OLVÍDALO! ¿quieres? Olvida que te he pedido algo, ya basta" interrumpió Gregorio, rendido.

Dándose una oportunidad, Ignacio reflexionó y terminó preguntando con curiosidad: "Nunca me dijiste de qué trata el negocio".

–"No sé si confiar en ti ahora". Gregorio estaba justificadamente escéptico considerando la bien ganada reputación de Ignacio. Pocas cosas le impulsaban a hacer un trabajo bien hecho, como la amenaza del Ayuntamiento a encerrarlo de no colaborar en el trabajo comunitario. Ignacio no accedería con facilidad a trabajar. Pero lo que Gregorio tenía en mente era tan sencillo que originalmente perdió de vista tal reputación en favor de otorgarle una oportunidad de redención. "¿En serio estás dispuesto a ayudarme con esto?"

–"Soy todo oídos" invitó Ignacio.

Aún escéptico, pero atado de manos por carecer de otras opciones, le explicó arqueando las cejas: "Lo único que necesito es que hagas guardia en la puerta lateral del templo de San Agustín. Debes avisarme en el momento que cualquiera esté por entrar al templo durante la noche. Es muy poco probable que alguien entre, si acaso uno, ya que los frailes no salen a altas horas de la noche. Pero es importante que me lances un silbido si ves a alguien asomarse a la puerta o alguna otra anomalía. Eso es todo. ¿Lo podrías hacer?"

–"Claro que puedo. Hacer guardia. Sencillo. ¿A quién deseas sorprender?" inquirió Ignacio.

–"Francamente no sé qué esperar, por eso te pido que me avises si ocurre algo inusual, o si ves a alguien acercarse. Como te repito, no es usual que alguien deambule en esa calle a esa hora de la noche, exceptuando al sereno, claro está. Eso es normal. En ese caso, hazte el dormido, para no levantar sospecha. Yo estaré haciendo guardia en las puertas frontales, así que cualquier silbido me alertará y estaré allí de un salto. ¿Entiendes?"

–"Entendido, mi capataz. ¿A qué hora nos juntamos?"

–"Nueve de la noche. ¿Cuento contigo?"

–"Cuentas conmigo. Y… gracias por rescatarme allá en el río."

En el fondo, Ignacio Vallejo era un buen hombre. Pero perdió a toda su familia en el terremoto de San Casimiro en 1751. Siendo apenas un niño, sufrió los efectos de la orfandad y el abandono. Dada su natural desconfianza en los demás, siempre escapó de los intentos de recogerlo de las calles por parte de beneficencias y hogares para huérfanos, como el Hospicio Nacional, auxiliatura del hospital nacional fundado por Pedro de Betancur. No tardó en caer presa del vicio y el alcoholismo, y por muchos años logró escapar de ser capturado por los soldados de la compañía de pardos. Nunca fue llevado a juicio por esta razón, aunque era de conocimiento público que muchos actos vandálicos de la ciudad, aunque escasos, llevaban en buena medida inscrito su nombre. Pero en tanto estuviese ebrio, su personalidad era afable y muchas veces hasta jocosa, por lo que simpatizaba y hasta se ganaba la piedad de algunas almas caritativas, como doña Amanda, quien siempre sacaba el desayuno al hombre que mañana tras mañana amanecía frente a las jambas de su puerta.

Gregorio apostaba consigo mismo si Ignacio aparecería del todo, o cuando menos a la hora acordada. Pero para su sorpresa, se reportó a las veintiuna horas en punto. Sobrio, y con un morral al hombro listo para su velada.

"¡Ignacio! Gracias por venir a tiempo" le dijo Gregorio con una sonrisa más de sorpresa que de agradecimiento.

–"Reportándome a las filas de su majestad" dijo Ignacio.

Los últimos en arribar al templo fueron dos frailes que venían del sur de la ciudad. Entraron por la puerta lateral. Esto lo aprovechó Gregorio para mostrarle a Ignacio lo que tenía que estar presto a anunciar. Tras esto, Ignacio lanzó un sonoro silbido que fácilmente podría escucharse tres bloques a la redonda. Gregorio le hizo ver que sólo era necesario que él llegase a escucharlo, por lo que estaría apostado apenas a la vuelta del edificio. Luego de esto, efectivamente no volvió a acercarse nadie más.

Pasaron las horas, y sonaron las campanadas de la medianoche. El miércoles señalado había comenzado. El templo ya estaba cerrado, pero la lección que la Ermita del Calvario le había dejado fue que simplemente tocar la puerta le ahorraría muchas penas y aventuras. Pero nuevamente Gregorio optó por la ruta difícil porque no se comparaba con aquella. Aquí, simplemente tendría que treparse cuidadosamente y en silencio una de las columnas laterales del frente del templo, las cuales no eran demasiado altas. Además, otra vez no había nadie quien le cuestionase qué hacía trepándose la fachada de la iglesia, de modo que lo hizo sin mayor dificultad. Luego, estiró su brazo para alcanzar la cornisa y continuó dando unos pasos más hacia arriba para alcanzar la parte superior. Eso era todo lo que necesitaba para tomar su nota y la piedra que llevaba en el bolso de su pantalón y depositarlos sobre la cornisa, exactamente en línea recta por encima de la figura del sombrero con borlas. Este era el punto de encuentro y Gregorio e Ignacio estaban en sus respectivos puestos, alerta. En respuesta a la sugerencia de Gregorio, se sentaron en el suelo, abrazándose las rodillas, dando la impresión que eran indigentes a las puertas de la iglesia. Nada fuera de lo común para un vecindario como este. Desde su puesto Gregorio veía cómo, al pasar la noche, iba y venía el sereno con su antorcha encendida solamente con la luz amarilla necesaria para alumbrarse el paso.

Pero conforme se adentraba la noche, crecía su frustración al darse cuenta que además del sereno, no pasaba frente al templo alma alguna. De vez en cuando asomaba por la esquina del edificio sólo para asegurarse que Ignacio aún estaba despierto, le ondeaba con la mano desde lejos e Ignacio respondía. Todo estaba en orden, pero necesariamente tendría que aparecer Celina por algún lado. ¿O quizás aparecería esta vez durante el día? Ciertamente esa era una probabilidad que complicaría un poco las cosas, ya que sería mucho más difícil controlar quién entrara y saliera del templo. Hundiéndose más en sus pensamientos, y cómodamente sentado frente al portal principal del templo de San Agustín, lentamente puso su cabeza entre sus rodillas y empezó poco a poco a perder conciencia. Estaba somnoliento. Pero un leve chasquido quién sabe de dónde le sorprendió con la novedad que había caído dormido. No podía saber si apenas hubo dormido unos segundos, minutos o quizás hasta horas. De cualquier modo, no era bueno. De un salto se levantó y vio por la esquina para ondear a Ignacio. Esta vez no respondió. Dejó su puesto y corrió hacia Ignacio.

"¡GRILLO! ¡Despierta!" gritó Gregorio.

Apenas con la pizca de lucidez necesaria para despertar levantó sus ojos aún adormecidos y rojos casi por completo para ver a Gregorio. No respondió. En lugar de eso, expelió un nauseabundo olor a licor. Lo que llevaba en su morral eran dos botellas de aguardiente, y estaban secas hasta el fondo.

"¡Estuviste bebiendo, OTRA VEZ! ¡Sólo te pedí que estuvieras alerta, Ignacio!" reclamó iracundo Gregorio.

"Tú también te dormiste. Ya no asomaste por la esquina para ondearme, por lo que fui a verte y dormías como un bebé. Entonces pensé que no sería mala idea tomar un trago o dos para no dormirme, y pues…"

–"¿Para no dormirte? ¡En qué estabas pensando, Ignacio! ¡Desde cuándo usas licor para mantenerte despierto!" Gregorio estaba furioso, y lo dejó allí medio dormido de lo borracho que estaba, y se fue a la puerta a guardar su puesto hasta que amaneció.

Ya puesta la mañana, esperó a que abrieran la iglesia y entró sin mediar palabra. De hecho, buscó las escaleras interiores laterales del templo y el fraile encargado de abrir se detuvo a seguirlo con la mirada, aturdido por el atrevimiento. Como si fuera su casa, Gregorio subió al segundo nivel y abrió la puerta de una pequeña habitación que daba a la calle a través de la ventana que asomaba por sobre las figuras del corazón y la mitra. Abrió la ventana, asomó y se estiró para alcanzar la piedra que estaba sobre la cornisa. La retiró y tomó la nota. No era la suya. De inmediato la identificó por sus múltiples dobleces, característico de Celina.

Enfadado, se dijo: "¡Por supuesto!", haciendo referencia a que en cualquier momento durante la noche, durante los segundos, minutos u horas en que estuvieron dormidos, apareció Celina y entró a dejar su nota y tomó la de Gregorio. O tal vez usó uno de los eventos de tiempo y lo detuvo para entrar cómodamente sin alertar a nadie. ¡Qué importaba ahora! Celina le había ganado otra vez a Gregorio, y esta vez el furor no le permitió siquiera sentir la curiosidad de abrir la nota y leer lo que con seguridad sería otro fatigoso enigma que resolver durante la semana.

Con el ceño fruncido, remató la ventana para cerrarla, salió de la habitación y pasó de largo al fraile que venía siguiéndolo dada la invasión, sin siquiera verlo a los ojos. Éste lo persiguió intentando en vano saludarlo, y sin ser capaz de alcanzarle el paso, le decía: "¡Oye, muchacho, Oye!"

Gregorio no contestó y bajó las gradas. Se dirigió a la puerta principal, salió y allí en medio del atrio de la iglesia se encontró con Ignacio, quien lo esperaba en la calle.

"Y ahora, ¿qué diantres quieres, Grillo?" le preguntó Gregorio de un grito, exasperado.

–"Pues, es hora de mi pago. Ya amaneció, ¿no es cierto?"

–"Te pedí que hicieras un trabajo simple, Ignacio, y no pudiste siquiera mantenerte despierto."

–"Pero tú tampoco…"

–"¡Yo SÉ que tampoco me mantuve despierto! Pero el trato era que te pagaría en tanto hicieras justamente eso: ¡MANTENERTE DESPIERTO! ¡Por supuesto que no hay pago para ti! ¡No cumpliste esta sencilla tarea!" dijo Gregorio, deteniendo a los transeúntes que temprano pasaban por allí a escuchar con curiosidad el altercado entre él e Ignacio.

–"Bueno… ¿qué hay de una parte del pago por el tiempo que sí estuve despierto? Me parece justo aunque sea una fracción" reclamó Ignacio.

–"¡No, Ignacio! El trato era que te mantuvieses alerta toda la noche haciendo guardia. ¡No cumpliste con tu parte del trato, NO

HAY PAGO!" Gregorio para este punto ya había perdido la paciencia. Si bien era cierto que Ignacio usualmente provocaba este tipo de reacciones, la frustración añadida de Gregorio le hizo invadir su espacio personal y le gritó prácticamente directo a su rostro. Ignacio tuvo que hacerse hacia atrás en gesto intuitivo de defensa, cuando Gregorio notó que todos le estaban observando, inmóviles y en silencio. Ante esto, simplemente se dio la vuelta, y se fue dejando a Ignacio atrás, quien también optó por marcharse ante la vergüenza de ser el objeto del reclamo. El fraile, aún en la puerta de entrada, apenas había levantado la mano para interrumpir la discusión. Para cuando quiso llamarles su atención diciendo: "¡Oigan!", ya no había nadie para responderle.

Esta vez, Gregorio no estaba del todo entusiasmado por leer la nota de Celina. Más o menos sabía con qué se iba a encontrar al desdoblar la carta, y le pareció particularmente grosero que Celina no hubiese tenido la gentileza de cuando menos saludarlo, despertarlo, hablarle, o lo que fuese necesario para llamar su atención. De haber pasado junto a él o de haber usado un evento del tiempo, algo era definitivo: Celina no hizo ningún esfuerzo de verlo o de hablarle, lo cual le planteó la idea que ella quizás solamente estaba jugando, sus sentimientos eran cuestionables o simplemente había perdido todo interés en llevar esta relación un paso más adelante. Todo esto pasó por su mente mientras contemplaba de pie la nota que reposaba sobre su mesa, sin desdoblar.

El día brillaba ya con intensidad. Pero una cosa no tenía sentido si acaso Celina estuviese usando los eventos de tiempo. Por eso, Gregorio salió del taller y se dirigió al convento de Santa Catalina, pasando donde don Máximo para reportarse como todos los miércoles antes de dirigirse al puente a remontuar el reloj. Allí, debajo del arco, comparó la hora del reloj instalado en el puente con otro que él llevaba: continuaba retrasado veinte minutos. Esto casi desmentía la posibilidad que Celina estuviera usando el reloj para detener el tiempo, o de que ella estaba consciente de semejante habilidad. Intrigado, entró al claustro por la puerta para la cual tenía llave, y otra vez pensó en visitar a Celina. Se detuvo en el corredor ya en el interior del claustro, congelado, en silencio. Estaba escogiendo las palabras adecuadas para Celina. Pero había olvidado que antes de hablarle tendría que pasar por doña Ileana Dávalos, y sólo su mirada inspiraba terror. Además, aunque sabía dónde dormía, entrar a su recámara sería una locura que le costaría el privilegio de entrar al claustro, su trabajo con don Máximo y quién sabe qué más. De modo que desistió. Caminó cabizbajo hacia el puente, subió, le dio cuerda al reloj, y antes de salir dijo viendo hacia el suelo: "Adiós, Celina. ¿Qué esperas de mi? Dímelo, porque estoy ardiendo de intriga".

De regreso al taller, retomó su puesto en su cubículo, donde le esperaba su mesa de trabajo y el único reloj que tenía para trabajar: el Howard Miller de don Cristóbal. De hecho, su labor había concluido. Pero no había cerrado la escotilla que daba al interior. Descubrió que la sencilla tarea de cerrarla sería imposible: el mecanismo estaba diseñado de tal manera que al abrir la escotilla se rompía automáticamente el seguro que la mantenía cerrada. Intentó varias rutas, pero sin el seguro sería imposible cerrar la escotilla. De modo que optó por pedirle a don Gilberto que le fabricara un reemplazo en su taller, y le explicó el dilema. Don Gilberto le llamó la atención por su imprudencia, pero igual le fabricó la pieza. No obstante, la apariencia de la reposición resultó no ser del todo idéntica al seguro original. Aun así, Gregorio concluyó que, a fin de cuentas, la escotilla funcionaba, y aunque el repuesto no era del mecanismo original, al menos cumplía su función. Con esto, dio por concluido su día.

Luego que el farolero iluminara la lámpara frente a su casa, Gregorio se dirigió a su habitación y se encontró con la nota de Celina en el mismo lugar donde la había dejado. Pudo percibir la pérdida de entusiasmo de su parte al no haber leído la carta aún, así que tomó la nota, la desdobló y leyó:

Hola mi chiquillo,

Siento tu tribulación, y comparto tu impaciencia. Pero por favor, no cedas ante ella. Yo también deseo verte, y sentir en mis manos el calor de tu tez. Pero no desfallezcas. Mi situación no es tan sencilla, y aunque verte ha sido tan solo un sueño que anhelo, advierto que el momento se acerca.

Tengo un secreto, que no me es lícito compartir contigo. Es casi tan celoso como los votos que he hecho en este convento. Pero te lo revelaré porque no quiero perderte. Entenderás por qué no pudiste verme al pie del esquisúchil, ni tampoco en la cornisa de San Agustín. Verte de nuevo o seguir contigo me hará revelar este secreto, pero también violará mis votos. Confío que no me defraudarás, porque percibo la pureza de tu corazón.

Ven a verme, y te lo revelaré.

Nadando entre mis cabellos
emergen a veces para cantar.
Búscalas y prepárate a escucharlas:

En la fuente de don Diego.
En la fuente de San Francisco.
En la puerta de Santa Clara.

En la cúpula de San Felipe de Neri.

En la flor más grande de la ciudad.

Ocho de ellas, una en cada pétalo.

Una de ellas observa mi recámara.

Detrás de sus alas te estoy esperando.

Un beso.

Gregorio leyó de pie, y puso la nota otra vez en su mesa. ¿Hasta cuándo continuarían así, enviándose cartas y resolviendo acertijos? ¿Qué sería de su futuro? Ciertamente anhelaba una relación que cuando menos les permitiese observarse, hablarse, abrazarse. En aquel tiempo no eran bien vistas las expresiones de afecto en público, y las relaciones dependían mucho del consentimiento de las familias, dado el celo por conservar la alcurnia y el respeto por la casta de la familia. Pero todo cuanto definía su relación con Celina era de por sí inusitado, por eso pasó por alto toda norma social para comunicarse con ella. Sin embargo, ahora todo pendía de un hilo porque podía entender que podría ser que no llegarían muy lejos. Pensó muy bien sus palabras, y escribió:

Mi querida Celina.

Me has convertido en un hombre con propósito, pero aquí me encuentro atado de manos por no poder verte, hablarte o abrazarte. Me pides que no ceda ante la desesperación, pero no veo ninguna salida. En lugar de ver el sol salir, siento que lo veo ocultarse. Por favor, déjame verte, tan solo una vez más.

Prometo conservar tu secreto y comportarme discretamente cuando me lo reveles. No deseo que nada te afecte adversamente. De hecho, procuro darte felicidad compartiendo mi vida contigo. No tengo mucho emocionante que ofrecerte, pero mi cariño lo he conservado para entregártelo en abundancia.

Por favor, si esta vez me ves buscándote, no me ignores. Procura encontrarme porque con seguridad estaré buscándote.

Te ama,

Gregorio.

Estaba muy cerca del punto de inflexión. Se propuso que esto no podría seguir así: de no ver a Celina esta vez, terminaría con todo. Emocionalmente estaba deshidratado, cansado y confundido. Ya no era un niño para seguir jugando al gato y al ratón.

Capítulo 11: La Sirena

*L*a mañana del jueves estaba don Cristóbal frente al mostrador del taller de don Gilberto preguntando por Gregorio. Venía por su encargo. Gregorio salió con el Howard Miller, envuelto delicadamente con un manto fino para cuidar la valiosa madera de su cobertura. Lo abrió ante don Cristóbal y este se puso un monóculo para examinarlo meticulosamente tan pronto como lo recibió, allí frente a Gregorio.

Tras varios minutos, puso delicadamente el reloj en el mostrador, se quitó el monóculo y vio a Gregorio a los ojos, sin decir nada. Incómodo, éste le preguntó: "¿Está satisfecho con mi trabajo... don Cristóbal?"

"No, Gregorio. No estoy satisfecho. De hecho, estoy profundamente decepcionado" respondió parcamente.

"¿Señor?" preguntó Gregorio más asustado que sorprendido.

–"Tú lo sabes, muchacho. Me estás cobrando por esta... zarramplinada... el precio de un trabajo auténtico."

–"¿zarram... plinada, señor?" inquirió Gregorio.

–"Pegote, remiendo, chapucería, como quieras llamarle a esto" y le mostró la pieza hechiza que don Gilberto le ayudó a fabricar.

–"Don Cristóbal, con el respeto que me merece: tuve que recurrir a esto porque el seguro que formaba parte del mecanismo del cerrojo se quebró al cerrar la escotilla, de modo que tuvimos que fabricar esto para lograr cerrar de nuevo la compuerta."

–"Lo sé, Gregorio. Sé como funciona el mecanismo. Su propósito es alertarme cuando alguien no autorizado abre la escotilla. Y tú te atreviste a violar nuestro acuerdo, el cual firmaste en presencia de mi notario." Don Cristóbal abrió la escotilla y se puso de nuevo el monóculo para revisar el interior. Las piedras preciosas en el interior destellaron, las mismas seis que Gregorio vio, y cerró de nuevo la escotilla. Sorprendido, Gregorio vio cómo el seguro que fabricó con don Gilberto también se quebró. Con la escotilla a medio cerrar, don Cristóbal lo puso en una cajuela portátil, y continuó: "No te preocupes. Puedo cerrar la escotilla yo mismo. Tengo una pieza original de repuesto en mi habitación. Pero fui muy claro, muchacho. Cuando te dije que pusieras atención al detalle, no sólo me refería al trabajo que te estaba encargando, sino a las condiciones con las que te estabas comprometiendo. Viendo tu trabajo, es bueno. Pero debes entender por qué me negaré a pagarte por ello."

–"Don Cristóbal, por favor. Me ha escaseado el trabajo últimamente y necesito el pago que corresponde a mi esfuerzo. Por favor, aunque sea por…"

–"Yo soy un hombre de negocios, Gregorio. Cuando miro una oportunidad, me aferro a ella y reparo poco en sentimentalismos. Te sugiero que, para negocios futuros, con quienquiera que los hagas, te aferres al mismo principio…" sentenció Don Cristóbal.

–"¡Pero eso es injusto! ¡Hay esfuerzo en mi trabajo, debe compensarme lo que me debe!" contradijo Gregorio enérgicamente.

–"Vamos, Gregorio, por favor. No finjas que esto es extraño para ti. ¿Acaso reconociste el esfuerzo del borracho en mantenerse despierto la mayor parte de la noche? ¿Acaso se lo pagaste?" Gregorio se quedó con la boca abierta y congelado mirándolo con los ojos completamente abiertos cuando don Cristóbal le recordó lo que apenas había sucedido un día antes. "Oooh, sí, Gregorio. Nos gusta reclamar nuestros derechos cuando la balanza se inclina en contra nuestra, pero callamos cuando lo hace a nuestro favor. ¿No es cierto?"

La curiosidad fue demasiado para Gregorio, por lo que no pudo evitar preguntar: "Un momento: ¿Cómo supo...?"

Con una risa mordaz, don Cristóbal respondió: "Obviamente no frecuentas los bares de la ciudad. Tienes poca idea de la cantidad de información valiosa que puedes obtener de gratis en esos antros. ¿Acaso me creías capaz de frecuentar bares debido a alguna adicción malsana, eh muchacho? Todo se reduce a negocios, a estar alerta a información que pueda usar para mi ventaja. El borracho Vallejo no dejaba de parlotear por la jugada que le hiciste en el atrio de San Agustín. Como ves: otro caso, mismo dilema." Don Cristóbal se puso su sombrero, y antes de dar media vuelta para marcharse se despidió con su característico: "¡Buena ventura!".

Desde atrás, Gregorio sintió la mano de su padre cuando se la puso en su hombro, diciendo: "Lo lamento, hijo mío. Pero otro vendrá. Era mejor no hacer negocios con ese rufián."

La solución simplista de don Gilberto no dejó satisfecho a Gregorio, pero no tenía ánimos de añadir nada, especialmente considerando que, con mucha probabilidad, detrás de su comentario su padre le recordaría el merecido: 'Te lo dije'. Aún así, desahogó un poco su frustración diciéndole a su padre:

"Ah, padre. Cómo detesto a ese individuo. Realmente me pesa haber hecho negocios con él, error que por supuesto no volveré a cometer. Y también me pesa saber que estaremos viéndolo quién sabe cuánto tiempo más, apropiándose de nuestros bienes, nuestro vecindario, nuestra ciudad y hasta nuestra dignidad."

Otra vez, don Gilberto le ofreció de nuevo su mano, para expresarle una palabra aún más simple: "Bien hecho, muchacho. Desahógate aquí, conmigo, y olvídate del hombre." No obstante, no pasó por alto un detalle importante: "Hijo, ¿qué pasó con Ignacio?"

Gregorio le contó la versión corta y sin detalles del trato que tuvieron en el templo de San Agustín, a lo cual don Gilberto le reprendió bondadosamente su falta de bondad ante un hombre inofensivo que sólo pedía un poco de dinero a cambio de lo que efectivamente hizo. La reprimenda también incluyó la observación que si tanto le repugnaba la actitud del comayagüense, debería comenzar con ser compasivo él mismo. Gregorio no lo tomó muy bien. Después de todo, la pérdida que supuso enfrentar los hechos que le expuso don Cristóbal fue muy costosa, y le enfadaba reconocer que había cometido la misma injusticia que justo ahora acababa de presenciar.

"Quiero lo que me pertenece, padre" insistió Gregorio.

"Hijo, basta. No puedes ganar. El forastero tiene razón. Un acuerdo es un acuerdo, y tiene un notario de su lado. Pero si tanto te molesta, ve y págale a Ignacio lo que le debes y vuelve aquí a lamentarte. Pero por favor, no vuelvas con don Cristóbal. Olvídalo."

Esta vez el enigma parecía ser más directo y menos confuso. ¿Qué podría estar 'nadando entre mis cabellos'? ¿Estaría citando de algún autor, o acaso se refería a ella misma y 'sus cabellos'?

La nota más reciente que Gregorio le dio a Celina era un tanto escasa de inspiración, pero en la anterior él se refirió a los cabellos de Celina. En ella dijo que sus cabellos lo cautivaban como 'sirenas'. Mitológicamente las sirenas eran figuras usualmente femeninas, mitad mujer y mitad ave o pez. Usaban su belleza física y su encantadora voz para atraer la atención de los marineros deambulantes, dirigiéndolos a una muerte segura, ya sea a manos de ellas mismas o al llevarlos a alguna amenaza oculta en los mares que igualmente les costaría la vida. A lo largo y ancho de la ciudad de Santiago existían múltiples ejemplos en que tales figuras se usaban en la ornamentación arquitectónica, talladas generalmente sobre la piedra misma. Asumiendo una conexión casi segura, tenía material para plantear su primera pregunta.

Durante el desayuno, Gregorio preguntó: "Padre, hablando de sirenas, ¿qué le viene a la mente con la frase 'la fuente de don Diego'?"

–"No estamos hablando de sirenas. De hecho, apenas estamos comenzando a hablar" contestó don Gilberto con su particular humor.

Gregorio rió brevemente y continuó: "Yo sé, padre. Pero dígame qué es lo que viene a la mente con esa frase: 'la fuente de don Diego.'"

–"No sé… ¿la Fuente de las Sirenas? ¿Como la que don Diego de Porres construyó hace como treinta años?" se aventuró don Gilberto.

–"¡Exacto, padre!" reconoció Gregorio ante la precisión de

su respuesta. Aunque aún estaba lejos de obtener una respuesta concluyente, el hacer un pequeño recorrido por la colorida ciudad le vendría bien para despejar su mente y seguir el rastro que esta vez Celina había dejado sin mayores complicaciones en su acertijo. La Fuente de las Sirenas era una obra que el arquitecto mayor, don Diego de Porres, había construido a instancias del Ayuntamiento en 1739 para que fuese instalada en la Plaza Real, la cual con el tiempo se convertiría en un icono de la ciudad y recurrente punto de encuentro. No obstante, Gregorio tenía esa instancia ya resuelta, de modo que al tener la imagen inolvidable de dicha fuente en su mente, concluyó que no valdría la pena honrarle con una visita. No así, con la siguiente: la Fuente de San Francisco.

La iglesia de San Francisco el Grande era un fastuoso edificio ubicado en el casco central de la ciudad, en su esquina sur-oriental. Sus hermosas columnas salomónicas y gigantesco campanario casi de las mismas dimensiones de su fachada, lo convertían en un ejemplar barroco de espléndida envergadura. En sus tiempos era el lugar a donde doña Elisa hubiese querido que su hijo Gregorio pasara el resto de su vida como franciscano. Como esto nunca cupo en sus planes, Gregorio entró al templo con más curiosidad que con reverencia. En lo que estaba enfocado era en encontrar algún rastro que le permitiese corroborar que Celina en realidad estaba hablando de sirenas. También, mientras hacía su recorrido por la ciudad, tendría en mente el último de los enigmas: ¿cuál podría ser 'la flor más grande de la ciudad'?

Diecisiete nichos con sus respectivas imágenes le dieron la bienvenida a Gregorio cuando ingresó a través de la fachada del templo. El interior brindaba una descomunal proporción al tamaño del coloso, con sus siete cúpulas a lo largo de su nave central que terminaba en el altar, además de las cúpulas que cubrían las múltiples capillas en sus costados. Observaba con su aprendido interés todos los detalles de su arquitectura, cuando percibió las figuras talladas en la pechina de la cúpula de una de las capillas. Justo en su vértice descansaban cuatro sirenas aladas y con cuerpo de pez, como observando el interior de la capilla. Gregorio sonrió cuando verificó la fidelidad de las señales del enigma de Celina. No sólo eso, cuando salió por el corredor principal, captó su atención el detalle del pretil de la fuente allí ubicada. Otra sirena se despidió de él, convencido que podía calificar como resuelta esta otra facción del recorrido.

Luego fue el turno de visitar el convento de Santa Clara, también en el bloque sur-oriental de la ciudad, pero más cercano al núcleo de la misma. Perteneciente a la Orden de las Clarisas, su diseño particular hacía imposible ver su hermosa fachada de columnas serlianas por encontrarse dentro del gigantesco muro que lo rodeaba. Aún más grande que su contraparte en San Francisco el Grande, no escatimaba en tamaño. Arcos de doble nivel, más la altura de las cúpulas aplastaban las dimensiones de cualquiera que recorriese sus interiores. Errando dentro de sus bóvedas se encontraba Gregorio cuando una mujer, monja clarisa, se cubrió el rostro y le increpó qué hacía allí. Sin encontrar ninguna razón válida para argumentar su presencia, lo sacaron del convento y remataron la gigantesca puerta norte, llamada Puerta de San José, anidada al muro exterior. Justo allí, al umbral de la puerta, reparó en las columnas serlianas que hacían guardia a los laterales de la puerta de ingreso. Allí, como parte del adorno de la columna, asomaba tímidamente el rostro de una mujer, no con el torso desnudo como las otras representaciones de sirenas, sino parcialmente cubierto de escamas hasta disolverse en el follaje tallado en la piedra de la columna. Cada columna tenía dos de ellas, quienes también le brindaron una despedida en tanto

Gregorio salía del recinto. Eran otras sirenas, 'en la puerta de Santa Clara', tal como Celina señaló. El camino era el correcto. Gregorio había aprendido a observar con atención al detalle.

No obstante, al dar sus primeros pasos hacia afuera, recordó un detalle de la fuente central del convento, la cual vio unos minutos antes de ser sorprendido. A juzgar por la forma que tuvo que imaginar dadas sus gigantescas dimensiones, dicha fuente tenía sin lugar a dudas una apariencia de flor de lirio. Probablemente eso le ayudaría a resolver la última parte del enigma: 'en la flor más grande de la ciudad', ya que todo cuanto había visitado era algún detalle arquitectónico, así que esta última parte no tendría por qué ser diferente.

La tercera visita fue sólo de trámite; ya sabía lo que estaba buscando. Nuevamente en el bloque sur-oriental, pero en el extremo más sureño, La Congregación del Oratorio de San Felipe de Neri, también franciscano, llegó a conocerse muchos años después como la Escuela de Cristo. Obra barroca también del afamado arquitecto Diego de Porres, era uno de los monumentos más sólidos de la ciudad dado su material de construcción: pesados bloques de piedra carentes de estuco conformaban todo el cuerpo de la obra a excepción de los componentes del campanario, los cuales eran de un contrastante blanco. Ya había identificado las columnas serlianas que se levantaban junto al portal principal, pero estos no tenían las sirenas que sí ostentaban las del convento de Santa Clara. Con tal de no caer en el mismo atrevimiento que en el edificio anterior, esta vez primero constató todo el exterior antes de aventurarse de algún modo a sus interiores. Rodeó todo el edificio, el cual no tiene mayor ornamentación donde esconder detalles, y reparó que de pie en el extremo oriental, detrás del edificio, tenía una vista clara de los detalles de sus muros y su cúpula principal. Al filo de esta, en lo más alto de la linterna de la cúpula, descansaban sobre alguna figura animal, las sirenas que buscaba. Cuatro de ellas, cada una viendo a un punto cardinal.

Todo encajaba hasta ahora, era tiempo de encontrarle sentido al detalle final. Emocionado porque había identificado el mensaje de Celina, se dirigió de nuevo hacia el despacho de don Emilio de Garay para plantearle su última interrogante. De camino, pasando por la Calle del Conquistador, aún en el sur de la ciudad, se encontró con que había dos cabras huyendo despavoridas de los caballos que tiraban de las carretas que transitaban por las calles. No podía pensar en ninguna razón por la cual estuviesen deambulando por la ciudad, más que probablemente se le hubiesen extraviado a don Justo. Lo que le hizo dudar fue el hecho de que el envejecido pastor les ataba a todas ellas una campanita alrededor del cuello, precisamente en previsión de la eventualidad que se le perdiesen. No obstante, estas chivas carecían de sus campanas, pero aún así pudo confirmar que le pertenecían a don Justo: unos metros más adelante encontró ambas campanas en el suelo, liadas entre sí. Probablemente mientras andaban con el resto del rebaño, las cabras se enredaron y en el esfuerzo de separarse terminaron extraviándose del grupo. Por un momento pensó en abandonarlas allí, sin rumbo y sin pastor; eventualmente don Justo las encontraría, dado que con seguridad para este momento él estaría en busca de ellas. Pero se compadeció de las cabras y de don Justo, para quien estos animales eran más que su medio de vida: eran casi parte de él. Dos bloques más hacia el norte encontró a don Justo, quien le ondeó un efusivo saludo:

"¡Goyito! ¡Qué gusto me da verte! Gracias por arriarme mis cabritas perdidas, muchacho. Estaba preocupado por ellas, porque ya me pasó una vez que uno de estos enormes caballos me mató una que también se me perdió, justamente en esta calle." Don Justo se refería a algunos caballos que tiraban de carretas que eran notablemente grandes y fuertes. Por eso, en señal de agradecimiento le ofreció a Gregorio un litro de leche, el cual generosamente declinó debido a la premura de sus objetivos, pero don Justo insistió, y se lo dejó.

Gregorio no había perdido de vista que estaba tomándose más tiempo de lo previsto con el asunto de las cabras; necesitaba consultarle a don Emilio su última interrogante. Por eso, se apresuró un poco más, pero reparó mientras caminaba en la magnífica mansión del Teniente Coronel Don Francisco Ignacio Chamorro de Murga y Sotomayor. Así sin más buscar, justo en la fachada de la hermosa casa, había seis hermosas, recién talladas y claras figuras de sirenas que adornaban en parejas una puerta y dos ventanas de la agraciada mansión. Afuera trabajaba un alarife, aparentemente bien informado, porque rápidamente le confirmó que la estructura había sido diseñada y construida por don Luis Díaz de Navarro, Coronel de Ingenieros del Real Ejército de Su Majestad para el Coronel Chamorro de noble alcurnia. La ciudad le estaba hablando ahora. Donde antes solamente veía domicilios, templos y parques, ahora los detalles le saltaban a la vista. Allí mismo preguntó al hombre:

"Buen señor mío, ¿qué le depara este día?" preguntó en saludo cortésmente Gregorio.

–"Ah, ¡hola Gregorio! hace rato que no te veía, ¡vaya que eres todo un hombre ahora!" respondió el alarife, recordándole al sorprendido Gregorio que doña Elisa con frecuencia acudía a él para hacer reparaciones en su domicilio, cuando en aquellos años él era apenas un niñito. Fascinado por la inusitada revelación, habló con más confianza.

–"En vista que usted conoce a fondo esta ciudad, quizás pueda sacarme de una duda: ¿sabe usted cuál es la fuente más grande de toda la ciudad?" preguntó Gregorio.

–"Oh, muchacho. No de toda la ciudad. La más grande de toda la Capitanía. Sería la fuente del Oratorio de La Merced." Aún antes que el alarife preguntara cuáles eran sus intenciones al preguntar, Gregorio le obsequió la leche que don Justo le había regalado, gesto que el alarife recibió con una amplia sonrisa de agradecimiento, y se fue corriendo en dirección al convento, a solo unos pasos hacia el norte del convento de Santa Catalina.

Al ser un convento masculino, no encontró mayores obstáculos al entrar y explorar los dominios, a no ser por algunas miradas un tanto extrañadas por su presencia. No reparó en nada más que su objetivo principal: la fuente al centro del patio principal del convento. Efectivamente, era una gigantesca estructura con tres partes. La sección exterior contenía los "pétalos" de la flor, separadas por encaminamientos que convertían los espacios entre sí en cuatro grandes estanques que regulaban la presión del agua. Cada uno de los encaminamientos apuntaban exactamente hacia el nor-oriente, nor-occidente, sur-oriente y sur-occidente. Luego, hacia el centro estaba la flor central, la cual contenía ocho pétalos más pequeños, y el módulo central, el "pistilo", regurgitaba el agua que llenaba todos los estanques de la fuente. Ciertamente era una obra formidable, dada su ingeniería y su enfoque práctico junto a su diseño y su enfoque artístico. Pero reparó minuciosamente en sus detalles ornamentales, y fácilmente dio con las figuras de las sirenas, talladas finamente hasta sus cabellos, escamas y plumas en cada uno de los pétalos de la flor central. Se trataba de ocho sirenas aladas y con cuerpo de pez. La sirena que apuntaba más o menos en dirección al claustro donde vivía Celina era la sirena que veía hacia el sur. Se acercó y se hincó para examinarla detalladamente. Detrás de sus alas había una nota. Aparentemente Celina se había adelantado un par de días para comunicarse, y Gregorio esta vez no se sintió traicionado, ya que este no era el día usualmente acordado. También había ayudado el hecho de que dar con este punto de encuentro no le tomó demasiado esfuerzo ni pasó por otros tormentos, como las veces anteriores. Depositó en el mismo lugar su nota, tomó la de ella y le pareció intrigante lo que leyó:

> *Búscame en el convento de Santo Domingo el miércoles de la próxima semana, como a las cinco de la tarde. Vístete como dominico y dirígete a los cuartos inferiores.*
>
> *Un beso.*

Capítulo 12: La Cripta

Esta semana, la última de junio, habría de ser la más larga que Gregorio jamás hubiese vivido. La carta de Celina no tenía más que dos oraciones y su usual despedida. Aún así, decidió darle rienda suelta a sus sentimientos para escribirle su más preciada ilusión: conocerla en persona. Escribió varias docenas de ensayos para presentar su mejor respuesta, especialmente porque cabían muchas posibilidades para que esta vez por fin se encontrasen en persona, ni hablar de resolver uno de los más grandes enigmas de todos los que había resuelto hasta ahora: ¿Cuál era el secreto de Celina para desplazarse sin que nadie la notase? ¿Sabría ella de la existencia del reloj mágico y sus eventos? Pensar en tantas interrogantes no ayudaba en nada para que los días avanzaran más rápido. Parecían alargarse por cuarenta horas cada uno. No obstante, tenía un trabajo importante que hacer antes de visitar el convento.

Doña Amanda Bustillo y González, costurera, ciertamente no era la única en toda la ciudad. Pero era a quien Gregorio conocía personalmente, y simplemente era la mejor en su oficio. Otrora socia de doña Elisa, con quien además tuvo una profunda amistad desde aún antes que Gregorio naciera, doña Amanda exclamó efusivamente ante el inesperado visitante a la puerta de su casa: "¡Gregorio, mucha-cho! ¡Hace tanto que no te veía por mis humildes lares!"

Él le contestó confesando la veracidad de sus palabras: "Sí, doña Amanda, probablemente desde que mi madre murió. Perdóneme por no haberle visitado desde hace tanto tiempo, pero para ser sincero, visitarla me aviva recuerdos que aún hasta el día de hoy me son muy dolorosos como para agregar a mi carga de emociones."

–"Ay, Goyito. Luchar contra estas emociones a veces dura toda una vida. Yo sé que esos recuerdos los guardas con particular cariño para ti solo. Pero, no estás aquí para hablarme de tu madre, ¿cier-to, mi niño? ¿Qué puedo hacer por ti este día, querido?" preguntó cariñosamente doña Amanda.

–"Necesito su ayuda para confeccionarme un hábito completo de dominico. No sé si le es un problema el que lo necesite dentro de cinco días. Y, si fuese usted tan generosa de permitirme pagarle la próxima semana... Estoy muy escaso de trabajo, y…" fue la solicitud de Gregorio mientras miraba hacia el suelo mientras hablaba, como cuando era niño y rogaba con carita de tristeza para evadir la disci-plina de su madre ante alguna travesura.

Doña Amanda, siendo el alma caritativa que le caracterizaba, tomó el rostro de Gregorio entre sus manos y le interrumpió casi con el mismo cariño como si se lo hubiese dicho a su propio hijo: "Goyito, ¡por supuesto! Me pones en un dilema para entregártelo en tan poco tiempo, eso sí. Pero con gusto te lo confeccionaré sin que te molestes en pagarme. Es mi regalo para ti, querido hijo."

Sus palabras le hicieron meditar en lo que don Gilberto le había recriminado concerniente a la situación de Ignacio Vallejo. Esta noble viejecita, de magnánimo corazón y espíritu generoso, disfrutaba con dar de sí todo cuanto pudiese, como los desayunos que a diario sacaba a la puerta para que este mismo vagabundo tuviese algo que comer día tras día. Su corazón no estaba en los negocios, como don Cristóbal, pero siempre tenía lo necesario para vivir y algo más para compartir. Probablemente estos gestos siempre le quitaban la preocupación de obtener el sustento del día, y correspondía caritativamente con quien ella quisiera externar su esencia altruista, quien podría ser cualquier persona, conocida o extranjera.

"¡Qué bendición que estés pensando en entregarte a la vida espiritual, Goyito!" dijo mientras invitaba a Gregorio a entrar. Éste no la quiso corregir, sino que le siguió el juego para no decepcionarla o dejarla en dudas. Aún así ella quería saber por qué había escogido la vida dominical en lugar de la franciscana, la cual era de la preferencia de doña Elisa.

Gregorio no veía la diferencia entre ambas órdenes, por lo que evitó ahondar en detalles, pero mientras doña Amanda tomaba sus medidas para confeccionar su hábito, preguntó: "Doña Amanda, ¿por qué insiste usted en alimentar al Grillo a diario? Usted sabe que aquello que no invierte en desayunos lo gasta en aguardiente."

–"Mi querido hijito," respondía doña Amanda, "eso es lo que don Emilio me recrimina constantemente, casi a diario. Pero para mí es un gesto que me sale del corazón. Me dice que hago más daño que bien, pero si puedo hacerlo en el momento, ¿por qué me retraigo? Constantemente se le señala al tal Grillo que su pecado más grande es emborracharse hasta el suelo, pero ¿hay alguien que repare en la calidez de su corazón? ¿Saben que a veces no se come el desayuno que le ofrezco, sino que lo comparte con otros mendigos que le piden de comer? ¿O acaso alguien se imagina cuánto me ha protegido de comerciantes aprovechados que quieren sacar ventaja de mi vejez?

¿Quién más velará por esta humilde anciana? Nadie sabe que viene aquí a reparar las habitaciones de esta mohosa y decrépita vivienda cada vez que surge la necesidad."

"Ahora, mírate tú: eres un alma para Dios, agradecida y bondadosa. Don Justo me contó hoy por la mañana sobre tu buena obra; le brindaste un poquito de felicidad a su vida, y eso le añade frescura a la tuya. Yo sé que tú estás consciente de lo lejos que estás de ser perfecto. Pero, ¿por qué debería enfocarme yo en las debilidades de quienes me rodean cuando puedo vivir un mundo más iluminado al descubrir sus virtudes en lugar de sus defectos?" concluyó doña Amanda.

Doña Amanda había revelado su secreto. El por qué era una alma llena de bondad, vida y generosidad tenía una explicación que bien valdría la pena llevar a la práctica y así vivir una existencia más remunerada. Aunque Gregorio meditó en sus palabras, la emoción de verse con Celina le nublaba un poco la razón, y no podía concentrarse en otra cosa que no fuera el contar las horas que le quedaban para visitar el monasterio de Santo Domingo.

El hábito lo terminó en tiempo récord, el lunes, y para cuando Gregorio se lo talló, la viejecita lo abrazó y le dio un beso. Todo estaba en orden: su hábito blanco con su escapulario blanco y capucha, también incluía una capa negra. Mientras doña Amanda le ayudaba a vestirse con las prendas sobre su vestimenta casual aún debajo, le iba explicando qué significaba cada pieza. Desde la túnica más grande hasta el rosario y el cinturón de cuero que lo contenía. Finalmente, se puso sandalias de cuero y salió de donde doña Amanda, irreconocible, a esperar el par de días que le restaban.

El monasterio de Santo Domingo era una obra arquitectónicamente majestuosa. Aunque las dimensiones de la ciudad hacían recordar al visitante que estaba frente a una ciudad satélite del inmenso reino español, este complejo de edificaciones: iglesia, convento, jardines y plazas le daban un aire de superioridad comparable a las grandes ciudades de Europa. Ubicado muy cerca del acceso oriental de la ciudad, a unos pasos apenas del puente del Matasanos, le daba la bienvenida a los visitantes que ingresaban por la calle de los Carros con una gigantesca fachada de veinticinco nichos y sus imágenes, todas observando hacia la calle. Sus dos enormes campanarios alojaban diez grandiosas campanas entre los dos: su inclemente estruendo para anunciar la hora se escuchaba a varios metros a la redonda, y dejaba perplejo al minúsculo visitante de pie frente al colosal edificio, observando irremediablemente hacia arriba las formidables proporciones del complejo.

Los dominicos no eran simplemente devotos espirituales: también eran muy laboriosos, al grado de que sus humildes orígenes los habían convertido para esta fecha en una formidable e importante economía que disfrutaba de una saludable bonanza, atraídos por los nuevos negocios y las nuevas ideas que traían de ultramar.

El interior del complejo era comparable a ver una ciudad en miniatura dentro de la ciudad: pequeñas extensiones de tierra usadas como fincas de ganadería donde criaban animales de carga y ganado vacuno. Otras eran llanos donde se dedicaban al cultivo del trigo, hortalizas, caña de azúcar y el café, la bebida de la cual don Máximo era uno de sus más fieles adeptos. Todos sus jardines estaban exquisitamente atendidos, jugando con formas, colores, especies, follajes y flora de las más espléndidas vistas y aromas. El claustro principal contaba con una fuente muy similar a la de la fuente de la Merced donde Gregorio descubrió la sirena que le informó de este encuentro. No obstante, pululaba de peces ornamentales, pero también muchas especies comestibles. Pero francamente impresionante era uno de los jardines exteriores, que incluía un estanque artificial de tal envergadura que sobre él nadaban aves acuáticas: patos, gansos, garzas y somormujos compartían la generosa laguneta que hasta contaba con un bote que a veces utilizaban los frailes para pescar durante los días en que escaseaba el alimento o bien se les antojaba el producto del agua.

El conjunto de frailes que habitaban el complejo rondaba los cien, por lo que a pesar de contar con un auténtico hábito dominico, Gregorio procedió a ingresar con prudencia en el recinto. Lo hizo después del mediodía del miércoles, aprovechando la hora de la siesta y el sol brillante que le permitiría usar justificadamente su capucha. No era raro ver a un dominico cargado de hasta docenas de libros en sus brazos, particularidad que Gregorio aprovechó para eliminar un poco la atención de sobre sí.

Ingresó por la iglesia, el edificio más vistoso de todo el complejo. Logró pasar sin ser visto, o por lo menos, sin atraer mucha atención. Todos los dominicos con quienes se encontró fueron unos cinco, y todos le ofrecían un saludo de buenas tardes, el cual él correspondió con similar tono de voz para no levantar sospechas. Luego de recorrer la gigantesca nave central de la iglesia, llegó al altar principal, tras del cual encontró una puerta que comunicaba la iglesia con el monasterio. No obstante, existía un claustro que contenía una amplia y vasta biblioteca, la cual en otros tiempos fue utilizada junto con uno de los edificios aledaños como casa de estudios, antes que se instalara la real y pontificia universidad en las cercanías de la Plaza Real. Fue aquí donde Gregorio se deshizo de los libros que llevaba, naturalmente sin el cuidado de ubicarlos en su lugar correspondiente.

Mientras deambulaba dentro del recinto no quiso dar la impresión que andaba sin trabajo ni oficio, por lo que conservó sólo uno de los libros, el cual lo llevaba con ambas manos para fingir que llevaba rumbo definido. Continuó su marcha hasta los jardines externos y pasó el resto de la tarde en el estanque, contemplando las aves nadar a la distancia. Cuando empezó a caer la noche, sintió hambre, lo que lo obligó a pasearse por uno de los huertos que estaban sembrados con melones, tomates, cebollas, duraznos, nances y membrillos. Se comió un melón entero y un par de tomates para saciarse, y mientras comía todavía no podía explicarse cómo hacía Celina para entrar a este recinto totalmente lleno de hombres sin que ninguno de ellos la viese. La mujer era todo un misterio, pero no tenía otra opción más que reservarse las preguntas para después.

El día estaba por terminar, y la hora se había acercado. Se retiró de los jardines exteriores y se adentró nuevamente hacia el complejo, esta vez buscando los cuartos inferiores, según las instrucciones de Celina. No tenía ni la más vaga idea de qué iría a encontrar, ya que, en su más reciente misiva, Celina no reparó en detalles. Estaba básicamente en blanco. La búsqueda no se le facilitó especialmente porque cada vez que encontraba de frente a un fraile, cambiaba de dirección para no ser reconocido, por lo que su inspección era un tanto desordenada. En uno de esos encuentros, ya cerca de la desesperación al ver la hora acercarse, se encontró con un grupo de frailes que venía hacia él. Retrocedió y vio que detrás también venía otro grupo que lo seguía. Ninguno había reparado en su presencia, así que giró a la derecha y continuó su marcha, para encontrarse con un muro enano como de medio metro de alto que terminaba en un graderío hacia abajo. Probablemente era el ingreso a los cuartos inferiores. Sin detenerse, Gregorio se dirigió al graderío y comenzó a bajar. La escasa luz del día gradualmente se debilitaba conforme se adentraba, y se vio sumido en una intensa negrura que casi podía palpar. Caminando exclusivamente al tacto, una luz extremadamente tenue como si de una luciérnaga proviniese, captó toda su atención. La luz estaba lejos en la distancia, por lo que caminó lentamente para no tropezar con lo que sea que estaba completamente oculto de su vista. Ni siquiera al extender los brazos podía palpar pared alguna. Simplemente caminaba guiado por fe y aquella luz que poco a poco incrementaba en intensidad y tamaño al avanzar por el inmenso pasillo.

Luego de caminar lo que parecían kilómetros, la luz reveló finalmente que se trataba de una antorcha encendida, adherida a un receptáculo en la pared. Gregorio la tomó y ahora ya podía alumbrar su camino. Sólo que estaba al final del callejón. La pared le obligó a buscar la continuación del camino a su izquierda, pero no parecía haber salida. Temía que pudiese estar buscando en círculos, por lo que cambió de dirección y regresó al punto donde encontró la antorcha. Comenzó a temblar del miedo, ya que se vio rodeado de demasiada oscuridad, demasiado espacio abierto a excepción de esta pared, y demasiado silencio a no ser por su propia respiración que comenzaba a acelerarse a medida que avanzaba el tiempo. Ni siquiera estaba consciente de la hora que era, probablemente ya había superado la hora señalada por Celina. La desesperación comenzó a abatir a Gregorio, porque le pasó por la mente regresar al graderío y volver a subir, respirar un poco de aire fresco, y volver a comenzar. Pero ya no sabía en qué dirección caminar. Estaba irremediablemente desorientado. Apabullado, recostó su espalda sobre la pared y lentamente se deslizó hasta quedar sentado en el suelo. Se encogió por completo y abrazó sus rodillas, poniendo la cabeza en medio para tratar de recuperar un poco la cordura. Intentó respirar profundamente, más pausadamente. Poco a poco logró reunirse de nuevo. Abrió los ojos, pero no había mucho más que la misma pared que tenía detrás. Sólo que, estando sentado en el suelo, la antorcha ahora alumbraba el suelo también, y reparó en que había algo allí. Pequeños puntos blancos estaban esparcidos allí abajo, y los alumbró. Eran flores blancas, pequeñas, olorosas. Indudablemente provenían del árbol de esquisúchil. Se incorporó de inmediato al concluir certeramente que tanto la antorcha como las flores las había dejado Celina para guiarlo.

No podría estar muy lejos. Las flores trazaban un camino a la derecha de la pared, región que Gregorio aún no había explorado. Con la antorcha en su mano derecha y su mano izquierda acariciando la pared, caminó guiándose por las florecitas que había a intervalos de unos treinta centímetros. El camino parecía no tener fin, hasta que la pared dejó de tener su textura lisa que tenía desde que la encontró, y descubrió que los huecos y protuberancias que había, correspondían a nichos, unos vacíos y otros ocupados, naturalmente con cadáveres. ¿Qué era este lugar tan tétrico a donde Celina lo estaba dirigiendo? No obstante, las flores seguían apareciendo en los mismos intervalos, por lo que Gregorio continuó su camino.

Luego de una larga caminata, Gregorio llegó a una especie de bóveda, perfectamente circular, con un techo que no superaba los diez centímetros sobre su cabeza. Todo el círculo estaba tapizado de nichos y tumbas. El lugar no podía ser más claustrofóbico, especialmente al descubrir que se trataba del fin del camino. Las flores terminaban aquí. ¿Qué debía hacer? ¿Esperar a Celina? ¿Regresar por donde vino y olvidarse de todo? ¿Meterse en uno de los nichos y mejor morir en esta bóveda? Nada parecía tener sentido. Pero luego recordó la frase que Celina le invitó a memorizar: "Observación con atención al detalle", de modo que comenzó a examinar su entorno. Algo debía hacer que no fuese quedarse aquí esperando.

En realidad, las flores no terminaban en esta bóveda. Terminaban señalando a uno de los nichos sobre la pared. Uno de ellos tenía un puñado de flores. Aparentemente, el nicho estaba desocupado, pero las flores por alguna razón estaban amontonadas aquí. Extendió la mano izquierda para tocar el fondo del nicho. Gregorio lo hizo con tanto cuidado como si fuese a despertar los cadáveres que hubiese a su alrededor. Descubrió que el fondo del nicho se movía. Razonando que necesitaría ambas manos para manipular el fondo, quiso dejar a un lado la antorcha, pero la dejó caer. Al contacto con la tierra suelta de la bóveda, la luz de la antorcha se extinguió, quedando nuevamente en oscuridad absoluta, sin la capacidad de verse tan siquiera las manos, sabiendo que estaba prácticamente enterrado vivo en esta cripta con apenas el olor de las flores para hacerle compañía. Gregorio cedió a la desesperación y comenzó a gritar a voz en cuello; entre más gritaba, sus propios gritos le causaban más pánico, lo que le provocaba gritar más. Tuvo que llegar hasta un extremo de pánico cuando se agarró los cabellos con fuerza y una vez más trató de recuperar su cordura. Nuevamente se dio cuenta que no había nadie alrededor y el silencio era terriblemente sepulcral. En este punto estaba llorando producto del terror. Ahora no sabía en qué dirección estaba la salida porque esta bóveda era un círculo, y de encontrar la salida de la cripta no sabría cómo encontrar el regreso a la superficie. Seguía tirando de su cabello en la negrura de la oscuridad. El tacto no le ayudaría a encontrar la salida. Era un círculo. La vista le era completamente inútil. Su oído no percibía absolutamente nada ajeno a él mismo. Pero su olfato… aún percibía el olor de las flores del esquisúchil. Guiado por el inconfundible aroma, pero aún llorando, regresó a la tarea que iba a efectuar antes de dejar caer la antorcha. Encontró el nicho gracias al olor acumulado de las flores. Metió ambas manos al nicho, y fácilmente podía sentir que el fondo estaba suelto. Cuando manipuló levemente el fondo del nicho, sus ojos percibieron un pequeño hilo de luz en tanto el fondo comenzó a moverse. Se aferró a este y lo removió, revelando una entrada secreta a otro pasadizo, ampliamente iluminado. Estupefacto por el hallazgo, la luz lo invitó a meterse al nicho por completo y meterse por la puerta recién descubierta a gatas, que era la única forma en que cabía.

Del otro lado, vio que el pasadizo estaba iluminado por una serie de antorchas, de tal suerte que ya no era necesario llevar una consigo. Apenas dio tres pasos cuando sintió una mano por detrás que le tapó la boca con fuerza y la otra le oprimió el torso. Gritó inútilmente porque la mano ahogó todo el sonido de su grito, pero una voz le dijo pacíficamente al oído, desde atrás, calmándolo:

"¿Lloras porque no encontrabas la salida o porque aún estás molesto conmigo?"

Capítulo 13: La Red

El despacho del arzobispo Pedro Cortés y Larraz tenía al final de este día una visita distinguida, de tal envergadura que el séquito y el protocolo de seguridad le intimidaron por su rigurosidad. El Capitán Martín de Mayorga efectuaba una de sus primeras intervenciones oficiales, y aunque básicamente sólo debía recorrer unos cuantos pasos, del Palacio de la Capitanía en el lado sur de la Plaza Real hacia la casa arzobispal en el lado oriente de la Plaza, el movimiento de personal militar y de seguridad impresionaba a todo el pueblo por su vistosidad y presencia. Hasta el propio arzobispo salió al atrio de la Catedral de San José, el edificio contiguo, para presenciar el fastuoso movimiento, inusitado hasta el día de hoy.

Ya en su despacho, se encontraba el Capitán sentado frente al escritorio del arzobispo, y el alférez de pie a su diestra observaba cada movimiento, como si le advirtiese que el Capitán era un hombre intocable e inaccesible. Tres soldados de la Guardia Española vigilaban la entrada, impidiendo el acceso de cualquiera que intentase interrumpir la reunión oficial. El simple hecho que las autoridades de la Corona estuviesen entrevistándose con las autoridades de la

iglesia demostraba que nada podía dejarse al azar. A todo santiagueño le quedó clara la magnitud de este encuentro semi-casual.

Haciendo gala de su caballerosidad, el arzobispo le ofreció algo de
beber al Capitán, y este accedió en tanto el alférez primero verificara
el contenido de la taza con té que le llevaron con cierta dificultad al
pasar por la barricada militar de guardia en su puerta. Anonadado,
el arzobispo inició la conversación oficial:

"¿Acaso el bienaventurado Capitán desconfía de este siervo del
Señor?"

El Capitán Mayorga respondió dando un sorbo de su bebida
frente al arzobispo, y después de saborear lentamente su té y poner la
taza sobre el escritorio del arzobispo, le dijo sin responder la pregunta con la que inició la conversación: "Entiendo, padre, que usted y yo
tenemos mucho trabajo que hacer para gobernar al pueblo de Santiago. La Capitanía es una región grande, Y si el centro de la región,
es decir, esta capital, no es un modelo de orden, ¿qué puede esperarse
del resto del territorio?"

"¿A qué exactamente se refiere, Capitán, cuando usted me incluye
en su plan de 'gobernar' el pueblo de Santiago?" inquirió el arzobispo, evidentemente consternado.

"Padre Cortés, usted bien sabe que la iglesia tiene el poder. Repre-
senta el bastión espiritual al cual fluyen muchedumbres en busca de
guía. Si un hombre acude a usted en busca de consejo, lo que le diga
lo convertirá en mandato. ¿Hay alguna otra forma de ver el poder?".
El Capitán Mayorga no esperó una respuesta del arzobispo, de modo
que siguió de inmediato con su argumento:

"No obstante, su majestad el Rey está hondamente preocupado

por esta situación. La Corona simplemente no puede dejar pasar por alto la usurpación de su autoridad. Tampoco permitirá que esta ciudad se convierta en un resguardo de prófugos, mercenarios y contrabandistas. Por darle tan solo un ejemplo: traigo conmigo un rumor que temo será oficializado tan pronto venga comunicado del Palacio Real, pero cierto individuo, estafador y ladrón, huyó de España junto con su mal habida fortuna aquí, a las Américas. Desde entonces prospera tranquilamente sin contrición alguna. Podría estar divagando las calles de esta misma ciudad. Mi trabajo es evitar que estos contraventores florezcan impunemente. El pueblo debe percibir que la Corona de su majestad está presente, que la autoridad impera, mas no cede. ¿Comprende la trascendencia de su papel, padre?"

–"Yo comprendo perfectamente, Capitán. A decir verdad, lo que he presenciado en estos cinco años en que he fungido como arzobispo de Guatemala, después de apenas dos predecesores en este mismo cargo, me tiene consternado. El mismo clero se entrega a la borrachera y el escándalo. No están preparados académicamente y efectúan negocios ilícitos a costa de los feligreses. Estos abusos me motivaron a presentar mi renuncia, mas no se me aceptó dicho extremo. Estoy consciente que este espíritu está aquí, en el alma y sangre del pueblo. Y si usted es el enviado de Dios para traer orden y progreso, lo acataré" dijo el arzobispo, plenamente consciente de las limitaciones que acababa de reconocer. Satisfecho con el compromiso de colaboración de parte de la autoridad eclesiástica, el Capitán concluyó:

"He de reconocer que usted es un hombre razonable y de principios. Pronto percibirá la presencia de la Corona. Anticipo que juntos lograremos establecer un nuevo hito en la labor de levantar el

Reino de Guatemala al lugar que se merece."

"Chiquillo."

–"¡CELINA!" Fue Gregorio quien primero se abalanzó sobre ella para fundirse en un intenso abrazo producto un poco del alivio de ver a alguien que lo salvaría de esta claustrofobia, pero en definitiva por la culminación de la larga anticipación de tener a Celina entre sus brazos. Celina sintió su fuerza temblorosa y hasta las lágrimas que salieron de sus ojos sin pronunciar palabra, porque aún seguían abrazados. Ella cerró sus ojos y correspondió con la fuerza que le permitió abrazarlo, y escondió su cabeza en su pecho. Finalmente se separaron para verse de frente, y ella tomó su rostro entre sus manos para contemplarlo acariciando las curvas de sus mejillas y su mentón. Gregorio esta vez se sintió con la libertad de retirar por completo la capucha que cubría su cabeza. Ella se lo permitió. También la examinó recorriendo sus manos entre sus cabellos, su rostro, mejillas, labios, frente, orejas y hasta su nariz, recorriendo su mirada para examinarla hasta el último milímetro. Esto le provocó una sonrisa a Celina, lo que motivó a Gregorio a preguntar:

"Celina, ¿qué clase de lugar es este al que me has convocado?"

–"Tu voz. ¡Qué dulce el timbre de tu voz!" respondió Celina ignorando la verdadera pregunta.

–"Tú también. Suenas exactamente como te imaginé mientras leía tus cartas" dijo Gregorio fascinado al escucharla hablar. Sin embargo, aún le inquietaba este lugar: "Pero por favor, dime, ¿qué es este lugar?"

–"Este… es mi secreto. Lo querías conocer, helo aquí" respondió

Celina extendiendo su mano para señalar el pasillo iluminado.

Impávido ante la imposibilidad de conciliar su razonamiento, Celina le ayudó explicándole con una cálida sonrisa para que comprendiese: "Esto, Gregorio, es un secreto que nunca debes revelar. Ante ti tienes las catacumbas de Santiago. Es una red de pasadizos subterráneos que conectan una docena de iglesias y monasterios. Ven conmigo, te mostraré. ¿Estás listo?"

–"Estoy listo" dijo Gregorio respondiendo al guiño de Celina y tomando su mano cuando se la ofreció. Era la sensación más grandiosa que habría de recordar el resto de su vida. Y así fue durante todo el recorrido por las catacumbas: siempre fueron de la mano.

Después de algunos metros caminando, se encontraron con una trifurcación. Celina explicó que el ramal central iba en dirección poniente, pasaba por lo que se conocía como la 'Cámara de Retiro', (un rincón muy singular dedicado al ocio y el entretenimiento), y terminaría en la Catedral de San José, el cual era el centro de todos los ramales. El pasadizo a la derecha iba en dirección nor-occidente, y llegaría eventualmente al Convento e Iglesia de Nuestra Señora del Pilar de Zaragoza, años después conocido como 'Capuchinas'. El ramal izquierdo iba en dirección sur, y pasaba por el Monasterio de la Inmaculada Concepción de María. Celina frecuentaba este lugar porque tenía una sólida conexión con Juana de Maldonado, la monja poetisa que tanto admiraba. Fue esta la ruta que tomaron, y Gregorio no dejaba de admirar la inmensidad y complejidad de esta red. Las paredes tenían una provisión generosa de antorchas que servían para iluminar las oscuras rutas. El camino también contaba con una pequeña acequia que corría a ras del suelo, llevando agua potable a toda la red. Celina lo invitó a refrescarse con sus cristalinas aguas. Muy pronto Gregorio dejó de sentir el encierro de la cripta que dejó atrás en Santo Domingo, porque las catacumbas estaban bien provistas y bien iluminadas. Aún otra ciudad debajo de la ciudad.

Hubieron recorrido unos 250 metros cuando llegaron a un área más iluminada, y había en su extremo una escalera vertical que se perdía dentro del techo del pasadizo. Gregorio no pudo evitar preguntar: "¿Hacia dónde va?" Celina explicó que era la salida hacia la cripta del Monasterio de la Concepción. Dicha entrada se encontraba sellada durante la época lluviosa, dado que el monasterio era proclive a inundaciones debido a su proximidad con el río Pensativo, por lo que de producirse una inundación arriba, la red entera igualmente sufriría la misma suerte. Aprovechó para explicarle su fascinación por la monja renegada, cuyo retrato en una pintura al óleo casi le costó la vida. También su fascinación con la literatura seguía en buena medida el modelo de Juana de Maldonado. No obstante, dejaron esa entrada detrás, y continuaron de la mano caminando por el misterioso pasadizo, hasta que después de unos 180 metros de recorrido, llegaron a un punto medio del camino, el cual se abrió en un gigantesco círculo, extendiéndose hacia arriba en una bóveda que hizo sentir diminuto a Gregorio por sus descomunales proporciones. En el cenit de la bóveda, en el centro del círculo, iluminaba permanentemente un candelabro de quince luminarias, bañando toda la bóveda en una tenue pero clara luz naranja. En toda la orilla del círculo había una serie de lienzos y pinturas a medio terminar. Algún artista, o varios de ellos, venían aquí para dar rienda suelta a su creatividad. El centro del gigantesco disco estaba adornado con una colosal mesa redonda para reuniones. Gregorio contó hasta treinta y cinco sillas dispuestas a espacios idénticos alrededor de la mesa. Debido al uso que se daba a este imponente espacio, se le conocía como la 'Bóveda de Asambleas'. Celina explicó que aquí se celebraban reuniones secretas, de naturaleza extraoficial y también litúrgicas, aunque ella misma jamás había presenciado una. El ramal se bloqueaba cuando una de dichas reuniones se hallaba en curso.

Aquí, bajo esta bóveda a la luz del candelabro, sin mediar palabra Gregorio le dio un beso profundo en los labios. Ella respondió con una tímida sonrisa apenas visible, pero sin perder la entereza de observarlo a los ojos. Ante esto, dijo: "Sabes bien que no debería estar aquí, contigo."

–"Estoy convencido que estoy exactamente con quien debería estar, pero estoy de acuerdo que no deberíamos estar aquí. Preferiría salir", contestó Gregorio sin dilación.

Celina rió y dijo: "Me haces sonreír, es otra de tus cualidades." Y retomando la seriedad, se preguntó: "Eres lo único y lo mejor que me ha ocurrido en mi vida, pero presiento que esto es imposible. ¿Cómo ocurrió esto?"

–"Tropezaste. Cruzamos miradas y para mí, eso fue todo."

–"Tropecé, cierto. Pero no estoy segura si lo hice allá en el puente o si aún sigo tropezando y simplemente no me he incorporado." Por un momento a Gregorio le pareció que Celina se retractaba de haberse encontrado con él, por lo que, contristado, le preguntó:

"¿Por qué lo lamentas? Me has escrito varias notas, has venido aquí y te has encontrado conmigo. Claramente has permitido que tu corazón te dirija hasta aquí, buscando felicidad, y yo estoy resuelto a brindártela del mejor modo como me sea posible."

Cubriéndose el rostro con ambas manos, Celina suspiró y afirmó: "Lo sé, y verte aquí, escucharte y sentirte me llena el alma, pero mi situación es difícil. Eres un alma buena, y no quiero lastimarte."

–"¿Es por tus votos?"

–"Si, pero hay más, mucho más. Es muy complejo… puede que el que sigas conmigo te haga más daño que bien."

–"¿Y no debería yo asumir ese riesgo? Los obstáculos que están frente a nosotros no son insuperables. He visto quienes optan por renunciar a sus votos. La familia, las castas, los niveles sociales, las razas, nuestros orígenes… Todo lo que nos divide puede ser un abismo sobre el cual se tienda un puente, o un muro contra el cual levantemos una escalera. Si vienes conmigo, yo te llevaré siempre de la mano."

Celina aún tenía sus manos sobre su rostro, pero ahora cubriendo solamente sus mejillas. Razonando, sabía que no todo estaba perdido. Sería una lucha cruenta, pero probablemente valdría la pena. Sabía lo que había detrás e imaginaba lo que había delante de su vida, y conocía los desafíos que habría de afrontar. Pero, aunque en su interior sabía que algunos de ellos eran simplemente insuperables, reconoció que no habría nada que no pudiera abandonar y olvidar de ser posible, con tal de buscar la felicidad, que era lo que hoy, justo debajo de esta bóveda, Gregorio le estaba ofreciendo. Sin decir otra cosa, tomó a Gregorio de la mano nuevamente y echaron a correr, sonriendo. Esta era la analogía con la que su corazón podía ilustrar lo que debería hacer con su vida: correr, de la mano con el hombre que llegaría a amar, dejándolo todo atrás.

Su carrera los llevó junto a la salida hacia el convento de Santa Clara, donde hace poco Gregorio fue sorprendido deambulando en sus interiores, para luego descubrir en sus exteriores la sirena que estaba buscando. No se detuvieron. Pasaron por San Francisco, donde también encontró otras dos de las sirenas. La agitación del correr le hizo imposible hacerle ver a Celina lo que había pasado para resolver sus enigmas, pero de todos modos, ella lo sabía. También pasaron rápidamente por la salida a la cripta que conducía hasta la Congregación de San Felipe de Neri, años después conocida como 'Escuela de Cristo'. En total, corrieron casi dos kilómetros desde el complejo de Santo Domingo hasta llegar a otra salida, con el mismo modelo que las anteriores: un espacio ligeramente más amplio y más iluminado, y con una escalera que se perdía en el cielo del pasadizo. Jadeando y riendo al mismo tiempo, ambos se soltaron para recuperar su aliento, inclinados con sus manos en sus rodillas para profundizar la respiración. Gregorio la vio a los ojos, recuperando su aliento aún, pero aún sin incorporarse le dijo:

"Amo tu espíritu espontáneo, Celina..." –titubeó Gregorio al intentar revelarle sus sentimientos.

–"Eres un chiquillo" respondió con un aire vivaz, le dio un rápido beso en los labios y sonriendo, le dijo: "Sube, quiero mostrarte algo."

La escalera conducía a otra cripta, de tamaño mucho menor que la que lo condujo hasta las catacumbas de Santiago. Pero lo suficientemente amplia para acomodarlos a los dos, quienes emergieron por una tumba vacía. Celina removió la tapadera y salieron a la cripta. Gregorio salió de último, y cuando vio la cripta, le dijo a Celina: "¿Sabes que estos lugares son altamente inusuales como destino romántico?" Celina sólo rió, y tras una breve pausa, continuó: "¿Y por qué me preguntaste allá en la cripta de Santo Domingo si estaba molesto contigo?" Celina le recomendó silencio colocando su dedo índice en sus labios, y en voz baja le respondió: "Haces muchas preguntas, joven Gregorio."

La cripta tenía una sencilla puerta que daba hacia un jardín.

Cuando salió Celina, se hizo a un lado para dejar pasar a Gregorio, a quien con su mano le mostró un área muy familiar para él. Sabiendo que Gregorio reaccionaría audiblemente, Celina nuevamente hizo el mismo gesto de silencio e invitó a Gregorio a externar su sorpresa, quien dijo en voz baja: "¡Estamos adentro de la ermita del Calvario!" Caminaron en silencio para no despertar a don Juan Cossio; nuevamente lo tomó de la mano y pasaron contiguo a su dormitorio. La noche había caído, y probablemente era medianoche o alguna hora cercana. Nada de eso les importaba. Llegaron hasta el árbol de esquisúchil, donde había comenzado la búsqueda de Gregorio. Fue ella quien se inclinó, y aún sonriendo, tomó una flor del suelo, lo invitó a olerla, y él dijo: "Las flores blancas de castaño aroma. ¿De dónde sacas esas hermosas palabras?" Celina otra vez no respondió, sólo rió y nuevamente lo tomó de la mano para regresar a la cripta.

Regresaron a las catacumbas, y continuaron recorriendo la red en lo que a Gregorio le pareció fue en dirección norte, porque llegaron hasta la salida que llevaba a la iglesia de San Pedro apóstol, edificación que también serviría como hospital nacional. Celina le hizo subir esta escalera, la cual se extendía por muchísimo más que todas las demás. La razón era que esta salida no daba a una cripta, como las anteriores, sino que daba a la puerta que comunicaba con el campanario de la iglesia, en la cúspide de la fachada. Desde aquí se detuvieron un momento para admirar la vista por todo lo alto de la ciudad, especialmente hacia el norte, desde donde predominaba la imponente fachada y cúpulas de la Catedral de San José, frente a la Plaza Real. Al oriente se erguía la iglesia y convento de Santa Clara. Solamente la luz de la luna y las luminarias que hacía rato había encendido el farolero bañaban suavemente de luz la noble ciudad.

Bajaron la larga escalera y se adentraron nuevamente en las

catacumbas, y pasaron por lo que Celina le indicó era la salida a la Catedral de San José, la cual hacía unos minutos habían visto desde la cúspide del campanario de la iglesia de San Pedro. Finalmente llegaron a una salida más, y volvieron a subir la escalera. Celina siempre iba por delante, y esta vez salieron por un pequeño espacio que abría una puerta escondida detrás de un altar que le pareció nuevamente muy familiar. Estaban dentro de una iglesia, y recorrieron en silencio el costado de su nave central. No se encontraron con nadie. Subieron unas gradas, y al abrir una puerta Celina abrió una ventana. Ya Gregorio había identificado esta iglesia como la de San Agustín, y cuando él mismo asomó por la ventana, vio la cornisa sobre la cual Celina había intercambiado las notas. Tuvo que hacer un esfuerzo considerable para estirarse y alcanzar a ver, hacia abajo, el área donde cayó dormido, antes del altercado con Ignacio en el atrio de la iglesia.

Las catacumbas habían habilitado a Celina a llegar a los puntos de encuentro sin ser detectada por ningún ciudadano santiagueño. Siempre aparecía dentro del recinto, por eso Gregorio nunca se pudo encontrar con ella.

Una última vez se internaron de nuevo en las catacumbas para continuar el recorrido, ahora en dirección nor-oriente, pasando por el oratorio de La Merced. Continuaron su recorrido hasta la siguiente salida. Aquí Celina se detuvo solemnemente para despedirse:

"Gregorio, me has obsequiado una fantástica noche. No recuerdo haberme sentido tan feliz en toda mi vida, y solo te tengo a ti para agradecértelo. Esta salida que ves aquí es la que corresponde al convento de Santa Catalina, donde vivo. Debes continuar tú mismo tu camino, tomando este ramal izquierdo, en dirección oriente. Pasarás por el Convento de Nuestra Señora del Pilar, y en el siguiente llegarás de nuevo a donde comenzamos, en Santo Domingo. Es de madrugada, y si la madre Dávalos me sorprende contigo en el claustro me castigará. Es muy severa. Además, pasarás inadvertido cuando emerjas en la cripta mayor de Santo Domingo porque ya llevas un hábito dominico, con el cual te ves muy apuesto, por cierto." Ambos rieron juntos ante el cumplido. No obstante, Gregorio solamente tenía una pregunta en mente:

"¿Cuándo te veré de nuevo?"

Faltaba poco para amanecer. Gregorio llegó a Santo Domingo, y esta vez tuvo el cuidado de llevarse consigo una antorcha para alumbrar el entorno de la cripta más oscura y grande de todas. Felizmente, no le costó trabajo regresar tanto como había imaginado. Salió a la superficie junto con los primeros destellos del sol del primer día de julio. Salir del complejo de Santo Domingo con otros dominicos que se disponían a iniciar su rutina del día le hizo sentir como si estuviera despertando de un dulce sueño. Pero lo que acababa de vivir le había robado el sueño por completo.

Capítulo 14: El Vuelo

Producto de una mezcla de sarcasmo, buen humor y disgusto, don Gilberto saludó a Gregorio: "El noble caballero nos honra con su presencia esta mañana. ¿A qué debo el magno privilegio?"

Gregorio reconoció la magnitud de su imprudencia y contestó respetuosamente: "Perdón padre por causarle angustias."

–"No dormiste anoche en esta casa. Déjame adivinar... ¡Una mujer! ¡Desde un inicio siempre fue una mujer! ¿No es cierto?" El tono sarcástico-juguetón se convirtió instantáneamente en una potente mirada como las que no aceptan ambages ni mentiras:

–"Sí padre" respondió Gregorio viendo hacia el suelo.

–"¿Quién es?"

Gregorio enmudeció, lo que provocó a don Gilberto a continuar: "Hijo, bien sabes que no comparto la costumbre de arreglar tu matrimonio. Quiero que disfrutes del placer de compartir tu vida, tu felicidad y tus logros con alguien, tal como yo tuve el placer de hacerlo con tu madre. Y siempre te he hecho la concesión que decidas quién será aquella que se adueñe de tu corazón. No me importa el color de su piel, su posición social ni el círculo de la ciudad en donde viva. Pero debes honrarla. No puedes acostarte con ella aún si no te has comprometido ante el mundo que responderás por ella. Sería un escándalo."

–"Lo sé padre. La he honrado. Atesoro los principios que usted y mi madre me inculcaron. Sólo que sus circunstancias son singulares. Pero me aseguraré que venga aquí y le conozca. Quiero que cuente con su bendición." Y dejando asomar una sonrisa, Gregorio continuó: "Cuando logre traerla aquí a presentársela, se enamorará de ella tanto como yo, padre."

–"Confiaré en tu buen juicio, muchacho. Sólo quiero que te quede claro que no debes jugar con ella. ¿Entiendes?" concluyó solemnemente don Gilberto.

Habiéndolo jurado, Gregorio continuó visitando a Celina en las catacumbas. Tal como el primer día, el martes a la misma hora se hizo presente y Celina también. Se saludaron con un cálido abrazo a ojos cerrados, y con este, comenzaron a perderse como dos auténticos enamorados recorriendo las catacumbas, emergiendo por las tardes y por las noches, deambulando por los jardines, estanques, terrenos y propiedades que estaban conectados a la intrincada red. Era el lugar perfecto para contemplar sus rostros, escuchar sus voces y sentir sus besos y caricias sin que nadie les molestara. Celina explicaba que existía una especie de ley no escrita en que los votos, credos y reglas de cada convento, orden e iglesia quedaban en suspenso en tanto utilizaran la maravilla del anonimato que las catacumbas proporcionaban; por eso nadie reparó en su presencia. Eso sí: Gregorio debía llevar siempre su hábito dominico y Celina por supuesto el que usaba de novicia.

Paseándose de la mano, en la hora del atardecer, hablaron extensamente. Gregorio hablaba sobre su deseo de estudiar las leyes de la Corona, sobre su trayectoria como relojero, de don Andrés Peñalver, su iniciación y sobre don Eusebio, su mentor. Celina hablaba sobre Juana de Maldonado, su inspiración, sus obras y su arte. Pero sobre todo hablaron sobre sus familias. Lo que tenían en común al haber perdido ambos a sus madres y lo mucho que les había impactado en su vida. Como resultado de su deceso, Gregorio se apegó profundamente a su padre, y Celina honraba la memoria de su madre al recitar los últimos versos del poema de Rafael Landívar que ella pronunció justo antes de morir:

> *Salud, salud, ó dulce Guatemala,*
> *Origen y delicia de mi vida!*
> *Deja, hermosa, que traiga á la memoria*
> *Las dotes las ofrendas que convidas:*
> *Tus fuentes agradables, tus mercados,*
> *Tus templos, tus hogares y tu clima.*
> *Ya me parece que tus altos montes*
> *A lo lejos mi vista determina,*
> *Y las praderas y campiñas verdes*
> *Que eterna primavera fertilizan.*

–"¿Compartes el sentimiento del poeta, Gregorio?"

–"Sí, lo comparto. Me encanta la frase 'la eterna primavera'; creo que podría aplicarse a este lugar, justo aquí donde vivimos, ¿no crees?" concluyó Gregorio.

Por una semana continuaron frecuentándose y viéndose con toda libertad y constancia. Pero fue en el atardecer del miércoles siete de Julio, navegando en el bote de pesca cuando Gregorio sorprendió a Celina con una guitarra y la deleitó con la hermosa melodía que había compuesto el día que Celina le dejó su primera nota. Después de ejecutar su melodía desdobló la nota para mostrársela. Ella no mostró sorpresa alguna, porque también conservaba todas las notas que Gregorio le había escrito.

"¿Pero no le has compuesto una letra? ¿Acaso no te inspiro lo suficiente como para no tener una letra que le acompañe?" preguntó Celina persuasivamente con una sonrisa amartelada dibujada en su rostro.

Gregorio sonrió de vuelta y respondió: "Quiero que sea perfecta, tal como te veo a ti. La melodía tiene aún un par de defectos, pero cuando la haya perfeccionado, le escribiré sus versos, para que sea un auténtico reflejo de lo que siento por ti, y para que siempre me recuerdes."

Regresando a una expresión meditativa y serena, Celina confesó: "No soy una persona perfecta. Gregorio, por favor. Llévate siempre la mejor imagen que tienes de mí. Pero la verdad es que disto de merecerte."

Nuevamente Gregorio se contristó y volvió a increpar: "¿Por qué siempre terminas lamentando el día que nos conocimos? Somos felices ahora, y eso es lo que cuenta."

–"Pero, ¿y mañana?"

–"Mañana lo resolveremos" y continuó tocando su guitarra. Celina recostó su cabeza sobre su hombro mientras tocaba, y así terminó el día.

En la entrada subterránea de su convento, antes de despedirse, Celina dijo: "Chiquillo, no creas que he olvidado que tú también tienes un secreto que revelarme." Debajo de su hábito llevaba las notas que conservaba de Gregorio, y sacó de entre ellas la primera que obtuvo de él, y la desdobló. "¿Cómo la pusiste en mi mesa, entre mis documentos, tan escurridizo como un fantasma? Estábamos en el comedor, está claro que aprovechaste nuestra ausencia para entrar a mi recámara, pero la cuestión que nunca encajó con explicación alguna fue: ¿cómo sabías cuál era mi recámara y cuáles eran mis pertenencias, entre las de todas las internas que viven aquí? ¿Acaso llevas algún tiempo espiándome?"

Gregorio sabía que tarde o temprano tendría que enfrentar este momento. No había olvidado, a diferencia del resto de santiagueños, que el reloj estaba retrasado aún veinte minutos. Los demás simplemente habían aprendido a añadir esos veinte minutos al tiempo que el reloj dictaba, sin que a nadie le preocupase, ni siquiera a don Emilio, quien en primera instancia encargó la instalación del reloj en el puente. Ya tenía preparada esta respuesta, sólo que al sorprenderlo Celina con la pregunta justo ahora, no pudo evitar cambiar de bruces su expresión facial. Solemnemente comenzó a explicarle:

"No te estoy espiando, Celina. Descubrí algo inaudito que no he divulgado a ser vivo alguno. Pero no puedo explicarlo sin ganarme tu incredulidad. Por eso debo mostrártelo, y he estado buscando el mejor momento para revelártelo. Supongo que ahora es cuando. Mañana, juntémonos en el puente, junto al reloj. Justo al mediodía según *el reloj del puente*, durante tu almuerzo. Nadie notará tu ausencia porque te tomará sólo unos cuantos segundos."

–"¿Segundos? No comprendo."

–"Comprenderás cuando lo experimentes mañana"

"¿Te estás viendo con él?" preguntó bienintencionadamente Beatriz.

–"¿Por qué me lo preguntas?" respondió Celina.

–"No me tomes por tonta, niña. ¿En verdad crees que me trago tu historia que te la pasas leyendo en la biblioteca por horas todas las noches? Te he visto deambulando por la entrada a las catacumbas, no me extrañaría que las estés usando para facilitarte tus encuentros. Hasta sé que se llama Gregorio." Celina intentó no reaccionar al no emitir sonido alguno, pero el tamaño de sus ojos delató que Beatriz tenía razón. Continuó: "No preguntes cómo descubrí su nombre, a menos que también quieras saber las cosas que dices mientras duermes."

Ambas continuaban arrodilladas ante el reclinatorio. Doña Ileana Dávalos, ocupando la primera fila frente al altar fue quien se levantó primero. Esta era la señal que todas obedecían para concluir sus rezos y proseguir hacia el claustro principal para comer el almuerzo. La madre superiora caminó por el centro de la nave principal de la iglesia, lentamente con las palmas de las manos juntas delante de su pecho en ademán de reverencia religiosa. Detrás de ella le seguían todas las monjas y novicias ordenadamente, una fila detrás de la siguiente, y juntas atravesaron la puerta y la entrada del puente. Subieron las gradas y comenzaron a cruzar el puente. Mientras caminaban, Celina no pudo menos que ver por la esquina de su ojo el reloj del cual le habló Gregorio cuando pasaron por allí. Aquí debían juntarse en unos instantes, pero naturalmente el joven aún no estaba allí. Pero le inquietaba en gran manera lo que su gran revelación le tendría reservado. Aquí Celina decidió continuar la conversación con Beatriz:

"Por favor, te suplico que no lo comentes con nadie. Aún no es el momento de revelarlo. Yo asumiré mi responsabilidad y hablaré a mi padre de mi decisión."

Sorprendida, Beatriz movió un poco su velo para poder observarla, y le dijo: "¿Tu decisión? ¿Y cuál es tu decisión, si se puede saber? ¿Irte con él?"

– "Precisamente" dijo Celina con total convicción.

Beatriz rió desdeñosamente pero aún en silencio para evitar ser oída por doña Ileana. Le planteó lo siguiente a Celina con la nueva esperanza de hacerla razonar: "¿Crees que simplemente puedes decir que renuncias a continuar la vida que habías jurado llevar para irte con un hombre que apenas conoces? Creo que no conoces a tu padre tanto como crees. Es el único que le ha revelado a la madre superiora a cuánto asciende tu dote ante cualquiera que se le cruce la idea de sacarte de este convento." Dado que Celina no respondió, parecía que Beatriz había acertado en las palabras que lograran traer a Celina de vuelta a la razón.

El grupo de monjas y novicias estaba sentado a la mesa, cuatro de ellas para acomodar a todas las internas. Se turnaban para cocinar y para servir, se requerían ocho para cada merienda. Cuatro cocinaban y cuatro servían. Cada una debía hacer una fila para pasar al área de servicio, y llenaban sus recipientes con el alimento del almuerzo. De regreso, cada interna sabía qué lugar debía ocupar en la mesa. Celina y Beatriz pasaron a servirse juntas, llevaron su plato con comida caliente a la mesa y cada una ocupó su lugar. Celina puso su plato en la mesa y Beatriz se sentó. Se persignó y ni siquiera percibió que Celina había dejado su plato mas no estaba sentada. Pero nada inusual. Podría haber ido a lavarse sus manos, o había ido a traer pan para acompañar su almuerzo. De hecho, en dos minutos estaba de regreso. Beatriz jamás reparó que algo extraordinario acababa de experimentar Celina, a no ser por el detalle que venía con su rostro bañado en un mar de lágrimas. Alarmada, preguntó:

"¡Celina! ¿Qué ha pasado?"

Un minuto le tomó llegar al reloj, luego que dejó su plato caliente en su puesto en la mesa. Se percató que nadie la seguía y efectivamente, venía sola. Todas las demás estaban ya sea sirviéndose su almuerzo, o bien comiendo. Apenas hubo terminado de subir las gradas del puente, vio a Gregorio, inclinado examinando el reloj, esta vez no con su atuendo de dominico sino con su indumentaria de trabajo. Se acercó a él, quien no volteó a verla a pesar que ya había percibido su presencia, y cuando estuvo a la distancia precisa para ser escuchada, le dijo:

"¡Gregorio! ¿Qué te propones ahora? Esto es un error. No debería estar aquí. De hecho, debo regresar. Perdóname, pero esto no..."

Ignorando el estado agitado en que encontró a Celina y todo lo que objetó, Gregorio simplemente se levantó, la vio, extendió su mano y le dijo: "Dame tu mano. Esto no lo he probado antes, espero que funcione. Si no funciona, regresa a tu almuerzo y finge que no nos hemos visto. Pero si funciona, igual regresarás a tu comida aún caliente y fingirás que no nos hemos visto."

–"¿Qué dices?"

Gregorio tenía un cincel en su mano izquierda, la derecha se la ofreció firmemente a Celina. Ella, en un confuso estado de agitación, preguntó otra vez: "¿Qué harás con ese cincel?"

–"No tengas miedo. Sentirás la necesidad de sujetarte de algo; sujétate de mi. Te explicaré en el camino."

–"¿Camino? ¿Cuál camino?"

Gregorio tomó firmemente de la mano a Celina y con fuerza insertó el cincel dentro del reloj para atorarlo. La aguja minutera se encontró con el cincel y detuvo su avance. Y ocurrió el tercer evento. Gregorio ya estaba sujeto al borde de la pared del puente, y lo apretó con fuerza hacia él para ganar soporte. Lo necesitaría porque Celina entraría en un estado de pánico como mínimo igual al que Gregorio experimentó durante el primer evento. Y eso fue exactamente lo que ocurrió. Celina pronto se dio cuenta que estaba flotando a centímetros del suelo, e instintivamente intentó reposar sus pies. La reacción natural del cuerpo al no poder lograr esta sencilla tarea producto de la gravedad, es patalear incontrolablemente con la esperanza de tocar fondo en algún momento, de encontrarse desorientado. Y así hizo Celina. Sus cuatro extremidades las agitó sin control, pero respondió al grito que Gregorio emitió con convicción y firmeza:

"¡SUJÉTATE DE MÍ!" Se aferró con fuerza al brazo de Gregorio con un brazo e inmediatamente después con ambos. Trepó a Gregorio hasta que finalmente lo terminó abrazando con una fuerza capaz de asfixiarlo. Pero Gregorio ya se había preparado para esta reacción. Cuando Celina finalmente se vio a salvo preguntó histérica:

"¿¡QUÉ ESTÁ PASANDO!?"

–"Por favor intenta tranquilizarte. Estamos flotando en el aire porque el tiempo está detenido. Te acostumbrarás pronto."

–"¿¡Qué dices!?"

–"Este es *mi* secreto. Lo querías conocer, helo aquí. Te explicaré lo que está ocurriendo; solo necesito que no me sueltes. Después intentaremos movilizarnos un poco, pero por ahora, solo escucha lo que tengo que decirte. ¿Estás lista?"

Gregorio sentía a Celina temblar del miedo; no lograba incorporarse porque esta sensación sobrenatural se lo impedía. Todavía abrazando fuertemente a Gregorio apenas juntó el aliento necesario para decir: "Si. Pero, ¿por qué siento que me ahogo?"

–"Todo está detenido: el tiempo, el movimiento, la gravedad, el sonido, incluso el aire está detenido. Por alguna razón el sonido que emitimos sí responde al tiempo. Por eso, cada aliento que respiras consume todo el aire que tenías al contacto de tu boca y tu nariz. Simplemente mueve ligeramente tu cabeza un par de centímetros para respirar otro bocadito de aire disponible."

–"¡Esto es una locura, Gregorio! ¿Qué ocurre?"

–"Lo es. Y te contaré lo que ocurre. El mismo día que nos conocimos, si lo recuerdas, en aquella última grada, vinimos a instalar este reloj junto con don Máximo. Cuando tropezaste, doña Ileana se irritó porque te vi, cosa que está prohibida. Por esa misma razón don Máximo también se molestó y se fue, dejándome solo aquí, instalando el reloj por mi propia cuenta. Estaba atrasado treinta minutos, así que además de la instalación, mi tarea era ajustarlo a la hora correcta. Ese día descubrí que eso no era posible porque las agujas no permiten que se les mueva. Lo único que pude hacer es lo que me viste hacer hace unos segundos: inserté un cincel dentro del reloj para que la aguja minutera dejara de correr. Pero cuando hice eso, ocurrió lo que estás experimentando ahora."

–"¿El tiempo está detenido? ¿Cómo es eso posible? ¿Cuánto

tiempo dura esto?"

–"No lo he medido, pero la duración es variable; no por mucho, pero cambia. Lo único que sé es que por alguna razón, desde algún lugar proviene el sonido del clickeo de lo que parece ser una aguja segundera. Por alguna razón que no tengo claro ese es el único sonido que puedo percibir fuera de mí mismo, o en este caso, nosotros. Marca diez 'segundos', para que después el tiempo retome su curso normal. Por eso, es importante estar cerca del suelo para cuando suene el último 'segundo', porque al retomar su curso la gravedad, caeremos desde donde nos encontremos.

–"¿Y por qué ocurre?"

–"Esa, amor mío, es una pregunta a la que no conozco respuesta. Ahora, intentaremos separarnos y procuraremos movernos. Ese también será otro desafío. Simplemente déjame guiarte, y flotaremos como dos plumas en un ventarrón."

Poco a poco, Gregorio se separó de Celina, quien suavizó la fuerza con la que estaba aferrada a él. Sin embargo, no le soltó la mano; era importante para mantener el control de sus movimientos. Le instruyó a que no lo soltara. Con esto, Gregorio ligeramente se empujó con los pies desde el suelo, y comenzó a levitar hacia arriba. Con la otra mano sujetó el borde de la pared del puente, y le mostró a Celina que podía flotar sobre la calle. No la soltó, aunque Celina aún estaba resguardada dentro del puente. Regresó al puente y esta vez le sujetó ambas manos, y la trajo consigo para que se moviera hacia él, como cuando los bebés empiezan a caminar hacia sus padres. Seguía instruyéndole a mantener la calma, porque claramente ella estaba sufriendo aún con la primera impresión de la tenuidad del tiempo estático.

Delicadamente tiró de ella para dirigirla hacia adentro del claustro. La seguridad con que Gregorio se desplazaba por el espacio le ayudaba a Celina a ganar confianza con más rapidez que Gregorio en su primer evento. Así, entraron al claustro sin poner un pie sobre el suelo, y Gregorio se ayudaba de las columnas para avanzar, detenerse y girar a discreción. Llegaron hasta el cuarto donde estaban todas las monjas comiendo su almuerzo, y allí estaban todas ellas: inertes como esculturas. Sus ocho compañeras afanadas en la cocina, y el resto de internas comiendo en las mesas; le hizo una seña a Gregorio para que se dirigiera hacia su lugar, y allí estaba su plato, con el humo procedente del calor de la comida congelado en el espacio. Allí próxima estaba Beatriz, con un bocado a medio masticar. Esto le pareció gracioso a Celina, quien al fin dejó asomar una sonrisa, demostrando con eso que ya estaba asumiendo el evento.

Otra vez la dirigió, esta vez hacia su recámara, y le mostró su mesa, naturalmente con otros documentos y pinturas sobre ella. Ante esto, Gregorio explicó:

"Mientras duró el evento, busqué en varias recámaras, y te confieso que registré varios objetos personales. No indagué en ninguno, por supuesto, sólo estaba buscando alguno que me indicara dónde dormías. Hasta que encontré tus aposentos. Ahora, ven. Abrázame de la cintura y sujétate fuerte porque quiero mostrarte algo."

Gregorio se dirigió al centro del jardín, donde estaba la fuente. Jamás imaginó Celina que saldrían del claustro por *arriba* del edificio, en lugar de usar el puente o una puerta. Nuevamente con delicadeza, para no elevarse precipitadamente hacia el cielo, Gregorio se impulsó y salieron del recinto, para encontrarse con una espectacular vista aérea del claustro. Mientras iban subiendo, Gregorio usó el borde del tejado para avanzar hacia adelante, dirigiéndose hacia la entrada de la ciudad. Celina seguía fuertemente adherida a Gregorio a través de su fuerte abrazo a su cintura, pero veía maravillada la estupenda vista de la ciudad de Santiago de los Caballeros desde una perspectiva completamente nueva: desde los aires. Veía acercarse el inmenso campanario del majestuoso complejo de Santo Domingo: Gregorio se aseguraba de tener siempre un objetivo físico para mantener el control de su levitación, de otro modo podrían salir flotando sin control hacia el infinito y el fin del evento supondría el fin de sus vidas.

Alcanzaron la cima del campanario sin esfuerzo, y se aferraron a él. Desde allí Gregorio le mostró esta nueva vista, completamente opuesta a la que Celina conocía: las catacumbas. Esta vez fue ella quien resultó fascinada con el espectáculo. Todo a sus pies estaba inerte. Había peatones que caminaban por las calles pero quietos como juguetitos abandonados por un instante por un niño a quien su madre llamó.

"¡Llévame allá!" exclamó Celina apuntando con su dedo hacia un cerro ubicado al norte de la ciudad. Quiso ver el espectáculo desde todo punto de vista posible. Gregorio accedió y se impulsaron por encima de los tejados rojizos y las múltiples cúpulas predominantes de las iglesias y edificios grandes. Todo era fascinante: la vista aérea siempre era una majestuosa experiencia muy difícil de repetir, muy complicada para explicar, imposible de olvidar.

Al llegar al cerro se toparon con un árbol que detuvo su avance, pero les permitió aferrarse a algo que les serviría para impulsarse cuando decidieran reanudar su vuelo. Desde allí, flotando plácidamente, se dedicaron a examinar toda la ciudad. Aunque Celina aún estaba algo incómoda con la sensación de levitación por el evento del tiempo, también resultó en una oportunidad para continuar conversando de lo que vendría por delante:

"¿Revelarás esto a alguien más?" preguntó Celina.

–"Aún no lo sé. No puedo imaginar la reacción de la gente. Además, no sé si esto durará mucho tiempo. Sabes, el reloj no puede ajustarse a menos que ocurran estos eventos. Verás que cuando termine, el reloj se habrá movido hacia adelante otros cinco minutos. Estará retrasado sólo quince minutos. Presiento que cuando se ajuste a la hora en punto, estos eventos ya no serán posibles."

Reconociendo que este era un momento trascendental, Celina quiso sacar a luz algo que también sería trascendental para sus vidas: "Gregorio, esto es mágico. Y vivirlo contigo, tan cerca de ti, es la culminación de un sueño. Aún no sé si despertaré mañana y sabré si todo esto que hemos vivido, esta experiencia incluida, sea sólo eso: un sueño. Por eso necesito que comprendas lo que tenemos por delante, y tú mismo decidirás qué camino tomar. Sea cual sea tu decisión, la respetaré y atesoraré el resto de mi vida estos momentos mágicos que he vivido junto a ti." Gregorio percibió el cambio en su tono de voz, y se mostró atento a sus palabras, pero con el estupor anticipado atrapado en la boca del estómago, el que se siente cuando uno sabe que lo que viene será demasiado bueno o demasiado malo. Celina continuó:

"Mi padre y yo somos los sobrevivientes de mi familia, luego que mi madre y mi hermano murieron en España. Mi madre a causa de una enfermedad y mi hermano a causa de un accidente. Salimos de España dejando atrás lo que parecía ser una maldición, pero desde entonces mi padre ya no es el mismo. Cayó en la obsesión que yo podría ser la siguiente en su lista de infortunios. Por eso, para protegerme, ha trabajado incansablemente para evitar una nueva tragedia y me recluyó en este convento de Santa Catalina. Y para garantizarle que nadie se acercará a mi, estableció una dote descomunal que aún desconozco para obtenerme, de la cual solo las arras ascienden a veinte mil pesos. Su petición es legal y válida debido a la estirpe de su ascendencia española, por eso lo ha anunciado casi públicamente, probablemente para desmotivar a cualquier noble que insista sacarme del convento."

Visiblemente acongojado por la revelación, Gregorio dijo: "Escucha, no sé por qué me dices todo eso. No soy precisamente de sangre noble, pero pienso que si tu padre te ama, será un hombre razonable. Si hablo con él puedo convencerlo que soy capaz de hacer el pago de las arras, si es preciso trabajando el resto de mi vida para él."

"No, Gregorio. Lamentablemente mi padre se ha vuelto terco e irrazonable. Recuerda que las arras sólo son un anticipo. Mi padre no aceptará términos que no sean los suyos. Por eso desde un principio no quise que nos hiciéramos de ilusiones, porque él no aceptará, y sólo sufriremos más. Es mejor..."

–"¿Que terminemos aquí? ¿Ahora que he descubierto que mi vida te pertenece simplemente debería darme la vuelta e imaginar que todo esto fue un sueño? ¿Qué es todo esto, Celina? Si tu padre se ha convertido en un avaro insensato, ¡vámonos! Usemos otro evento de tiempo que nos permita huir hasta donde su duración lo permita. No dejaremos rastro alguno. Para cuando el tiempo se reanude, estaremos tan lejos que nadie tendrá idea a dónde nos fuimos. Sólo hace falta que nos encontremos de nuevo en el reloj, probablemente mañana..."

–"Amo a mi padre Gregorio. No puedo hacerle esto. Lo estaría enviando al sepulcro si se entera que he desaparecido." Celina aún se estaba lamentando, con lágrimas en sus ojos, cuando el clickeo de la temible 'segundera' comenzó a sonar. Dado que estaban lejos del convento, Gregorio tomó rápidamente a Celina de la mano y se impulsó fuertemente desde la rama más gruesa del árbol en dirección al convento. Usó algunos postes, columnas y tejados para corregir su rumbo, hasta que llegaron al puente de Santa Catalina cuando a la segundera le faltaban dos de los segundos fantasma. A un par de metros del suelo, el tiempo retomó su curso. Celina perdió el equilibrio y se desplomó. Gregorio cayó con sus pies firmes sobre el suelo, y sujetó fuertemente a Celina de la mano, casi como la primera vez que él evitó que Celina cayera en las gradas del puente. Y nuevamente cruzaron miradas, pero esta vez, la mirada de Gregorio tenía otro matiz. El tiempo ya corría con normalidad, y Gregorio le dijo con un tono de voz áspero:

"Tal parece que no quedan opciones. ¿Qué puedo hacer yo, dime? ¿Por qué dimos inicio a esto? No me digas que fue por insistencia mía, porque esto de tu dote y las arras lo reservaste para este momento un tanto tardío para mi gusto, ahora que había descubierto que me había enamorado de ti. ¡Qué estúpido fui! Bien me hubiese ahorrado todas estas notas y acertijos y mejor hubiese entrado por la puerta de tu recámara a decirte de frente: 'Hola, ¿quieres conocerme?' A lo mejor así simplemente me hubieses negado de una buena vez en lugar de pasar por todo esto. No es justo, Celina. ¡No es justo!" y se fue, dejándola en el puente mientras él bajó apresuradamente las gradas y salía por la puerta principal, de la cual él llevaba una llave.

Viéndose solitaria y sin rumbo, Celina rompió a llorar y regresó al claustro, consciente que no podía retirarse a su recámara. Optó por regresar al comedor, y en un minuto estaba de regreso en su puesto. Allí estaba esperándola su plato, con la comida aún caliente y humeante. Al verla empapada en lágrimas, Beatriz se alarmó y preguntó:

"¡Celina! ¿Qué ha pasado?"

Capítulo 15: La Colección

Hacía dos días que no se veían. Sobre la mesa, la colección de notas de Celina, un cincel y una llave. De frente y de pie, con los puños sobre la mesa y con los ojos cerrados, Gregorio reflexionaba respirando fuertemente con los orificios nasales ampliamente abiertos. Lo que meditaba le irritaba y le robaba la paz.

Deseaba entender a Celina, pero el peso de su decepción se lo impedía tras cada intento. Recordó la primera vez que cruzaron miradas, la emoción de leer sus palabras después de auténticos esfuerzos por resolver sus enigmas, el día que la vio, la examinó y la sintió por primera vez en las catacumbas, su voz, sus facciones, sus besos, caricias y la exhortación de don Gilberto para honrarla siempre. Ni siquiera pudo traerla una vez a casa para que su padre la conociera. Ahora tendría que explicar que todo fue una falsa alarma y todos tendrían que regresar a sus rutinas porque nada había ocurrido. Todo recuerdo comenzaba a difuminarse lentamente con el paso del tiempo. El tiempo. Las remembranzas finalmente le sacaron lágrimas, pero las lloró agrias, con olor a desengaño. No quería llegar a la conclusión que todo esto había sido una pérdida de tiempo. El tiempo.

Ordenó sus ideas para no perder la cordura y lograr encontrar una ruta de salida. No obstante, su instinto ya se la había mostrado. Por eso tenía estos artefactos frente a él, sobre la mesa. En realidad, eran otros pensamientos los que merodeaban dentro de su alma: los que anidaban profundo en su conciencia, su habilidad para juzgar lo correcto de lo incorrecto. Lo que necesitaba era dinero. Una gran cantidad de dinero para pagar las arras que correspondían a la inmensa dote de Celina. De este monto no disponía nada, ni siquiera una fracción. Pero sabía dónde encontrarlo. Había un hombre que tenía esta cantidad de dinero y su arrogancia le perturbaba hasta la médula. También sabía cómo conseguirlo. El tiempo. Tenía el control del tiempo, lo cual le permitiría superar esta pequeña contrariedad. Pero aún no decidía si *debía* obtenerlo. Pero probablemente debido a la presión de su iniquidad insistiendo sobre su razonamiento, se descarrió a un terreno escabroso. Después de todo, sólo era dinero, un objeto reemplazable. Por otro lado, Celina era irreemplazable.

El golpe tendría que efectuarlo este día, domingo, ya que sabría dónde encontrar a don Cristóbal. Además, ¿por qué perder más tiempo? Muy probablemente estaría en su habitación en la posada de Micaela Medrano, un par de propiedades al sur de donde él vivía con su padre. Sin pensárselo más, tomó el cincel y la llave del claustro y salió de su cuarto plenamente decidido. En su camino, se encontró con su padre, quien intentó interrumpirle su paso inadvertidamente con una buena noticia:

"¡Hijo! Don Máximo tiene un poco de trabajo para nosotros la próxima semana…"

–"Ahora no padre" arremetió Gregorio sin verlo y sin detenerse, y salió sin tampoco despedirse y sin indicar hacia dónde se dirigía, como había acostumbrado estos últimos días.

Mientras lo veía desaparecer por la calle, don Gilberto cerró los ojos y dijo: "Elisa, perdóname si me puse igual de insoportable. ¿Cómo me aguantaste? ¿Qué pasa con mi muchacho estos días que no parece ser él?"

Los negocios iban bien. Don Cristóbal había repasado mentalmente en su día de descanso los resultados financieros de sus conquistas económicas durante la semana. Bebía una copa de vino español, de pie delante de la ventana a través del balcón que la protegía y veía hacia la calle. Le agradaba la exclusiva vista que tenía de la Iglesia de Nuestra Señora del Carmen, un ángulo muy privilegiado desde donde podía ver las veinticuatro columnas salomónicas que adornaban las inmensas torres de su fachada. A don Cristóbal le gustaba vivir bien. Su encanto sibarita había pasado de ser una mera fachada para facilitarse los negocios a un estilo de vida que perseguía afanosamente.

Como era su costumbre, todas las mañanas le daba un vistazo a su preciado tesoro. Sacó la llave que abría la caja de su jubón azul y operó el cerrojo. La caja era de un metal grueso, pero portátil para poder transportarla y hacer sus negocios. Adentro, asomaban los costosos relojes como saludándolo al abrir la caja. Siempre los contaba como si tuvieran vida propia y procuraran escaparse. Le gustaba el olor del interior, producto de la mezcla de los diversos materiales finos con los cuales estaban fabricados, y acariciaba los que le quedaban a la mano. Quedaba claro que valoraba muchísimo su colección. Como este día no tenía prisas, abrió uno de ellos para examinar en su interior algunas piedras centelleantes, y siempre sonreía como recordando algún evento que le venía a la mente con el destello.

Cerró la caja, la ubicó en la esquina opuesta de la ventana exterior, junto a su cama, y guardó la llave en su jubón, como siempre. En el otro extremo de la cabecera de su cama había una mesa pequeña, con una lámpara bien provista de aceite. La mesa contaba con una silla, lo cual le facilitaba operar su contabilidad y organizar su semana allí mismo en su habitación, lo cual la convertía más o menos en su centro de operaciones. Finalmente, junto a la lámpara, siempre había una botella del mismo vino fino que estaba tomando para reabastecerse en tanto le surgiese el deseo.

Sirviéndose vino, durante un momento de relajamiento, libre de planes y pensamientos inquietantes, ocurrió algo inexplicable que jamás lograría descifrar y que cambiaría el rumbo y el resto de su vida. La caja que contenía sus relojes, se tumbó y cayó acostada sin ninguna razón. Extrañado, don Cristóbal se levantó a examinar su caja, porque de todo el mobiliario en esta habitación, la caja era el artefacto que menos caería al suelo dado el peso de su material sumado al peso de su contenido. Bordeó la cama para recoger la caja del suelo, y cuando la levantó, advirtió que pesaba apenas lo mismo que una caja de bajareque. Se puso de pie, y al pulsar el peso de la caja, empezó a sentir su sangre convertirse en atol negro. Con el pensamiento nublado y desenfocado, buscó desesperadamente la llave en su jubón, y para su sorpresa, no estaba allí. Ahora sentía que el color de su piel lo abandonaba para revelar sus músculos estriados todos en retracción conjunta. Temblando, comenzó a moverse tan rápido como el escaso razonamiento que le quedaba le permitiese, pero un ínfimo destello que apenas percibió con la esquina de sus ojos le informó que la llave estaba en un lugar inusitado: en el centro de la cama. Helado igual que un muñeco de nieve, se quedó observando la llave, como queriéndole preguntar qué hacía allí. Lentamente se acercó con una buena medida de terror hacia la cama.

Tomó la llave, y la examinó detenidamente como si nunca hubiese visto una llave antes. Era la llave de su caja. ¿Qué hacía fuera de su jubón? ¿Acaso no la devolvió a su lugar prescrito por la mañana cuando examinó la caja? Tomó la llave, operó el cerrojo, verificó que lo abría suavemente, y cuando la destapó, culminó su pesadilla con el azote de realidad más violento que jamás habría de recibir: la caja estaba vacía.

Dejó caer la caja y gritó a voz en cuello: "¡DÓNDE ESTÁN!"

En la sala de estar de la posada, estaba Micaela Medrano observando en dirección a la habitación de don Cristóbal, examinando el área porque juraba que había escuchado un grito proveniente de allí. En un auténtico gesto de espanto, vio horrorizada cuando el corpulento comayagüense caminó con paso agigantado hacia ella, con los ojos desorbitados y respiración fuera de control. Hasta retrocedió unos pasos y terminó sentada en el sofá, con una mano defendiéndose por si el forastero arremetía contra ella. Ciertamente lo que tenía era algo que preguntar:

"¡MIS RELOJES, MICAELA! ¿¡DÓNDE ESTÁN?!"

−"¿Sus relojes, don Cristóbal?"

−"¡Mis relojes, mi colección completa! ¡Ha desaparecido!"

−"¿Cómo que han desaparecido? ¿No los habrá cambiado de lugar?"

−"¡Los han sacado de mi caja, Micaela! ¡La caja está vacía!"

−"Pero ¿cómo? ¿Quién? Usted ha estado aquí toda la mañana, y nadie ha entrado a esta posada en lo que va del día."

−"¡No están Micaela! ¡Ya le di vuelta a toda la habitación y no hay ni rastros de ellos!"

Don Cristóbal y Micaela fueron a la habitación a examinar los alrededores, pero la exaltación no le ayudaba a enfocar su búsqueda. Micaela buscó por todos lados, bajo la cama, sobre el ropero y hasta en el sanitario comunitario. Buscaron huellas y evidencias que les dirigiesen en algún sentido, pero no encontraron absolutamente nada. Lo único fuera de lugar que habían encontrado, por parte de don Cristóbal, era la llave sobre la cama. Fuera de eso, habían desaparecido como por arte de magia.

Como a mediodía de ese domingo se presentó don Cristóbal en el despacho auxiliar del vice alcalde a poner la denuncia del robo. No obstante, cuando explicó las circunstancias de la desaparición, el vice alcalde sonrió y desestimó la historia, ya que no tenía sentido que estando él dentro de la habitación cerrada, junto a su caja fuerte y sin nadie que hubiese ingresado a la posada, aún así los relojes hubiesen desaparecido. Don Cristóbal se ofuscó y levantó la voz para demandar una investigación. De espaldas a él, interrumpió el exabrupto el Capitán Mayorga:

"Mi estimado forastero, sírvase tener claro dos cosas:" cuando don Cristóbal volteó a ver que se trataba de tan importante figura, se irguió en señal de respeto, pero no vaciló en verlo a los ojos directamente, a diferencia de la actitud reverente de la mayoría de bajar la mirada al suelo. El Capitán continuó: "Sea testigo de la debacle moral de esta ciudad. Este tipo de excesos continuarán de no haber una incisiva intervención de parte de la corona. El pueblo lleva una pesada carga de responsabilidad al ignorar la obediencia que le debe a su autoridad, y la primera acción de este servidor público es devolver el sentido de seguridad cuando vaya por las calles, cuando haga negocios y cuando conviva con su vecino."

"Primero, intervendremos. Y recuperaremos el objeto perdido. Cuando eso ocurra, alguien tendrá que pagar ya sea por el robo o por el engaño, así que medite bien si está resuelto a seguir adelante con esta denuncia. Y segundo, para que operemos con flexibilidad y eficacia, es necesario que se mantenga al margen de nuestra investigación. Tomaremos su declaración y tomaremos el control del lugar de los hechos. Eso significa que tendrá que mudarse de su lugar de habitación hasta que se haya esclarecido el crimen. ¿Entiende estos términos, forastero?"

Don Cristóbal accedió. El Capitán tenía una férrea personalidad e imponía su estatura política simplemente con intercambiar palabras. Redujo al comayagüense a la sumisión y acordaron que solamente extraería sus pertenencias estrictamente personales para permitir al equipo de Guardas Españoles, liderados por el alférez, a efectuar su meticulosa investigación en la posada de Micaela Medrano y acudiendo a los contactos comerciales que don Cristóbal había mencionado en su declaración. Muchos terratenientes pudientes y otros santiagueños tendrían que brindar su versión de los hechos pese a su inconformidad y malestar.

A partir del lunes Gregorio buscaba contactarse con Celina. Como primer intento, quiso preguntar por ella personal y frontalmente en el convento de Santa Catalina, pero una monja asistente le sacó del lugar sin siquiera darle la oportunidad de preguntar por Celina. Su objetivo era localizar al padre de Celina primero y comunicarle que tenía todo el dinero que pedía para el pago de las arras, y probablemente suficiente también para el pago de la dote completa.

Naturalmente no le comunicó todo esto a don Gilberto, porque tendría que entrar en el avieso detalle que había recurrido al hurto de los relojes de don Cristóbal. Luego hubiera afrontado la pregunta obligada y proceder a explicar la fantasiosa metodología de cómo detener el tiempo para facilitarle entrar a la habitación de don Cristóbal sin ser visto, sin ser escuchado y sin dejar tan siquiera una huella de sus pisadas. Luego, explicar que sabía dónde tenía guardada su llave porque el día que don Cristóbal los salvó en el río a él y al Grillo observó dónde guardaba la llave, y luego que dejaría la llave sobre la cama para que pareciera un descuido de parte de don Cristóbal que le valdría la pérdida de sus preciados relojes. De hecho, no tendría que mencionar el precio de las arras a nadie porque el padre de Celina aceptaría entregársela sabiendo que tenía su fortuna asegurada, o cualesquier motivos que él tuviese para establecer tan exorbitante suma. Hasta tendría lo suficiente para mudarse a otra ciudad, con el beneplácito de ambas familias y olvidarse de su conciencia y de don Cristóbal, donde nadie dudase de dónde sacó tan descomunal fortuna. Su intención era mantener el más bajo perfil y dedicarse a la venta de los relojes en otro lugar que no fuera Santiago, donde las familias acaudaladas seguramente ya habían sido abordadas por don Cristóbal. Tan absorto estaba en su plan que no reparó que el reloj del arco ya estaba retrasado sólo diez minutos.

Por ahora, sin embargo, su prioridad era encontrar a Celina y comunicarle la solución a su dilema económico. No en detalle, por supuesto. No obstante, no la encontraba. Ni en las catacumbas, ni en el complejo de Santo Domingo, ni en ningún lugar que para ellos fuese significativo. Gradualmente crecía su desesperación por encontrarla. Conociendo sus horarios, se atrevió a entrar en el convento de Santa Catalina después de la hora del almuerzo, cuando las monjas efectuaban sus actividades religiosas en la iglesia al otro lado de la calle. Se dirigió directamente a la recámara de Celina y Beatriz, y dejó una nota en su mesa, la cual esta vez no acomodaba ningún objeto. Tampoco reparó que su ropero estaba vacío.

Llegó el martes. Recorrió nuevamente las catacumbas, tuvo la esperanza de encontrarla en la Bóveda de las Asambleas, pero seguía sin aparecer. Buscó al pie del esquisúchil, en la cornisa del templo de San Agustín y en la fuente de La Merced. No pudo encontrar ni la presencia ni nota alguna de Celina. Regresó al convento después del almuerzo, y usando nuevamente su privilegiada llave de acceso, entró a su recámara y en la mesa ya no estaba su nota, pero tampoco había nota de respuesta de Celina. Dejó otra nota en la misma mesa, aún vacía, y siguió esperando.

El miércoles repitió de nuevo su rutina de búsqueda, en el mismo orden que el día anterior. Nuevamente después de mediodía entró a la recámara y otra vez estaba la mesa vacía, sin respuesta de Celina. Gregorio estaba gradualmente perdiendo las esperanzas, pero antes necesitaba aunque fuese una explicación de su paradero, e intentó una vez más dejar una nota en su mesa. Salió del recinto, pero estaba llegando a una penosa conclusión: Celina se había ido.

Capítulo 16: La Búsqueda

Arremetió contra la hoja en su mesa con una poderosa palmada, ocasionando un sonoro estrépito, tras el cual empuñó su mano con todo y el papel, reduciéndolo a un manojo retorcido. Furioso, el Capitán Mayorga gritó hacia la puerta de su despacho:

"¡GUARDIA!"

Entró más rápido que un parpadeo, pero el alférez no podía esconder su expresión de asombro. El Capitán era un hombre recio, pero nunca lo había oído en este estado.

"¿Capitán?"

–"¡Ordena al sargento mayor de la Guardia Española que arreste al comayagüense! ¡AHORA!"

–"¿El comayagüense, señor?"

–"¡EL ARQUITECTO! ¡Cristóbal Zamora y Obregón! ¡¿Quién más?!" y lanzó el manojo al pecho del alférez, quien lo tomó con sus manos y lo desdobló. Era una orden de captura que recién habían recibido junto con otra correspondencia proveniente directamente de España a todas sus colonias, provincias y capitanías. Don Cristóbal era buscado por la justicia española después que concluyó una investigación que se había iniciado en su contra por el robo de un lote de treinta diamantes en España.

–"Escúchame cuidadosamente: dedica mañana, tarde y noche en buscar a este forastero. Invade la posada de Micaela Medrano y entrevista a cuanto ser humano con quien este hombre haya cruzado palabra. Vigila los accesos. Quiero que le des vuelta a esta ciudad y la pases por un colador hasta que aparezca este embustero, ¿entiendes?"

–"¡Sí, señor!"

–"Ningún forastero, noble, indígena, plebeyo o soldado se va a burlar de esta capitanía y encima piense que puede exigir que yo dedique personal militar y recursos para buscar los relojitos que se llevó el hada madrina. ¡MUÉVETE!" tras lo cual el alférez salió a toda prisa dando órdenes.

Era jueves 15. Llamó a la puerta pacíficamente como cualquier otro ciudadano, y solicitó respetuosamente entrevistarse con la madre superiora Dávalos. Esta recibió cordialmente a Gregorio en su despacho, ya que no lo reconoció del día que le ordenó que le quitara las manos de encima a Celina, después que esta casi cayó al pie de las gradas del puente. Sin embargo, esto cambió abruptamente en el instante que Gregorio preguntó por Celina y su padre.

"Yo te conozco. Eres el relojero" dijo doña Ileana a Gregorio cruzando los brazos, terminando de examinarlo.

–"Si, señora. Soy yo. He venido porque tengo un asunto muy importante que hablar ya sea con Celina o con su padre.

Lamentablemente no conozco su nombre, ¿tendría usted la bondad de informármelo?" explicó Gregorio.

–"En primer lugar, concederte hablar con Celina violaría sus votos. En segundo lugar, no estoy autorizada para revelarte información personal de ninguna de mis internas. Y en tercer lugar, no están. Así que creo que estás perdiendo tu tiempo aquí, muchacho" concluyó doña Ileana tajantemente.

Gregorio suplicó que por lo menos le explicase a lo que se refería con que no estaban, pero tras cada palabra suya doña Ileana se cerraba más a brindarle una sílaba más de información. Terminó despidiéndolo y llevándolo en dirección a la puerta. No esperó que se fuera, sino que se retiró y dejó a Gregorio en el umbral. No obstante, este no salió de inmediato porque vio en el extremo del pasillo una silueta arropada con una oscura túnica con capucha, imposible de reconocer. Verificando que doña Ileana no estuviese viéndolo, se dirigió al final del pasillo, con la esperanza que aquella figura fuese Celina vestida en un atuendo irreconocible. Para su sorpresa, fue otra voz la que le preguntó:

"¿En verdad vas a pagar la dote de Celina?"

–"Disculpa, ¿quién eres tú?" preguntó Gregorio.

La desconocida figura no se quitó la capucha de su cabeza, sino que sacó de un bolsillo las notas que Gregorio le había dejado a Celina en su mesa, y se presentó:

"Soy Beatriz de la Rosa, compañera de cuarto de Celina. Y tú eres Gregorio, no hace falta que te introduzcas. Sólo quiero saber qué hiciste para que se fueran. ¿Esa era tu intención? ¿Por qué ofreciste pagar la dote?" inquirió Beatriz, dejándolo estupefacto. Apenas reuniendo con esfuerzo los trocitos de información con los que contaba, intentó responder, un tanto inseguro:

"Tengo… el dinero para pagar las arras. Mi intención es desposarla. Por eso debo hablar con ella y con su padre."

–"Celina y su padre se fueron, y es posible que nunca regresen. De algún modo estoy segura que esto tiene que ver contigo y tu oferta."

–"¿Se fueron? ¿A dónde? ¿Cuándo?"

–"El martes, pero no dijeron a dónde. Simplemente se fueron. Apenas le dio tiempo a reunir sus pertenencias para salir con su padre.

–"¿Pero por qué se fueron? Necesitaba hablarles de este asunto…"

–"Dijo que el domingo pasado su padre había sido víctima de un robo que lo dejó en la bancarrota, y que no creía que el nuevo Capitán pudiese ayudar en nada. Dijo que sin sus relojes, ya nada tenían que hacer aquí en Santiago, y por eso se fueron. Tú sabes algo sobre esto…"

Víctima de un estupor que le robó la capacidad del habla, pensamiento y habilidad para retener la quijada inferior en su lugar, logró después de unos segundos articular palabras para preguntar:

"¿Su… padre? ¿Don Cristóbal Zamora es… SU PADRE?"

–"Así es" Esta respuesta abatió a Gregorio como si una manada de caballos salvajes le pasaran encima. Sin embargo, inmediatamente vino a su memoria:

CelinaZ.

Desde un principio podría haber deducido que el apellido de Celina era Zamora, pero el detalle lo pasó completamente por alto por la emoción de descubrir su recámara y su firma en los dibujos en la mesa al examinar el convento durante el segundo evento de tiempo. Incapaz de recuperar la cordura, giraba la cabeza viendo en todas direcciones, tratando de atar cabos que nunca tuvieron sentido y que ahora caían como yunques sobre su cabeza. Se llevó las manos a la cabeza y tiró de sus cabellos. Beatriz sabía que este comportamiento podría llamar la atención y meterla en problemas, por lo que dijo:

"Por favor, vete y no regreses. Pero sobre todo, no la busques. Se fue llorando inconsolablemente. Si vas en busca de ella la lastimarás más aún."

–"Pero… Celina es de España y su padre de Comayagua. ¿Era su madre de España entonces?"

–"Toda la familia era de España. Don Cristóbal tenía esta obsesión con los relojes desde pequeño, e invirtió toda su fortuna en conseguir su colección, aún a costa de las necesidades de su esposa e hijos. Pero por alguna razón salieron de España y se establecieron en Comayagua. Allí fue donde Celina perdió a su madre y a su hermano."

Gregorio se secó las lágrimas que le habían brotado, y tomó la mano de Beatriz con ambas manos y le dijo:

"Beatriz, eres un alma de Dios. Que él te bendiga abundantemente el resto de tu vida", se dio media vuelta y salió por la puerta. Ella no pudo evitar sentir lástima por él mientras se iba cabizbajo y arrastrando los pies. Aún así deseó que no la buscara, porque presentía que todo podría acabar mal de continuar insistiendo.

Gregorio se detuvo exactamente debajo del arco del puente. Algunos transeúntes pasaban caminando junto a él, pero estaba de pie, inmóvil bajo el puente. Buscaba encontrarle sentido a este enredo. Vio hacia arriba y divisó el reloj. Gradualmente comenzó a hervirle la sangre, y de inmediato buscó algunas piedras en la calle y las aventó con furia hacia el reloj. Luego de esto, salió corriendo con rumbo indefinido.

Iría tras ellos. Su responsabilidad era devolverle a don Cristóbal sus relojes, aunque tuviese que afrontar la vergüenza de revelar ante Celina que no era más que un ladronzuelo. No sabía, claro está, que traer a don Cristóbal de vuelta a la ciudad podría significar su inmediata captura, dejando la apariencia que los relojes serían una carnada para lograrlo. Pero se enfiló en su búsqueda. No contaba con un caballo, por lo que dependería de la velocidad de sus pies y el aguante de sus pulmones para alcanzarlos. Ni siquiera sabía en qué dirección iban, pero estaba resuelto a buscarlos de ser posible hasta exhalar su último aliento. Solamente pasó rápidamente por su casa para recoger un odre para agua y algo de comida. No estaba don Gilberto en casa, por lo que no pudo despedirse de él.

Salió por el acceso oriental de la ciudad, y le extrañó encontrarse con una guarnición de la Guardia Española, la cual lo detuvo para registrarlo e identificarlo. Caminó junto al acueducto de Las Cañas, la cual llevaba el agua potable a la ciudad. Esto lo aprovechó para abastecer su odre y beber el agua que tanto necesitaría para su largo viaje. Un día y medio le tomó llegar hasta el valle de la Ermita, localidad que tiempo después serviría de asiento para la nueva capital de Guatemala. Dormía en el suelo, al aire libre, sin importarle el frío de la noche ni el calor del sol. No encontró aquí a nadie, a excepción de unos campesinos que le indicaron que en cierta bifurcación encontraría un camino que lo llevaría al norte y el otro al poniente de la capitanía.

El sábado 17 de julio se presentó de nuevo el alférez en casa de don Gilberto. Este salió temeroso, ya que el día anterior lo había interrogado, y su presencia era cuando menos, intimidante. Con firmeza, preguntó:

"¿Gregorio del Cid, el relojero? ¿Ya ha regresado?"

–"No, mi alférez. No se encuentra aquí desde hace varios días. Ha estado saliendo y entrando y le he perdido la pista. Pero el que no se haya asomado por las noches sólo me hace asumir que ha salido de viaje. Lamento no poder ser de más ayuda" respondió lo más apacible don Gilberto. Llevarle la contraria a un militar de este rango era un suicidio, y no quería atraer hacia sí problemas ni para él, ni para Gregorio. Aún así, el alférez le ordenó:

"Tenemos órdenes de entrevistar a todo aquel con quien el arquitecto Cristóbal Zamora y Obregón tuvo contacto o hiciese negocios. Su hijo fue uno de ellos, ya que es de nuestro conocimiento que le hizo un trabajo al arquitecto. Pero en vista que no está presente, no tenemos más opción que registrar su domicilio y su negocio. Acceda a nuestra investigación o conseguiré una orden de cateo, la cual traeré en términos menos amigables que estos." El alférez se impuso a don Gilberto y comprendió que resistirse era una receta para encontrarse con la ira de las autoridades, así que accedió de inmediato.

Entraron los soldados de la compañía de pardos, mientras el alférez supervisaba desde fuera, examinando sus movimientos y señalando con el dedo las áreas que deseaba se registrasen meticulosamente.

Don Gilberto estaba extrañamente agitado, permanecía viendo al suelo, y sudaba, detalle que el alférez notó de inmediato. Al juzgarlo como conducta sospechosa, él mismo entró al recinto y se sumó al registro. El área de Gregorio fue la que más concienzudamente registraron, pero no encontraron nada. El alférez se encontraba en la mesa de Gregorio, y descubrió las notas que Celina le había escrito. Luego de eso se acercó un soldado que había estado registrando las pertenencias de don Gilberto, quien estaba de pie junto a él, con los ojos cerrados.

Le entregó una bolsa de cuero, la cual el alférez examinó y se dirigió lentamente hacia don Gilberto, diciéndole:

"¿Cómo explica esto?"

Gregorio continuó su búsqueda por espacio de un día más, sin éxito. Iba en dirección norte, y las indicaciones que recibió de los viajeros que transitaban por esa ruta le indicaban que estaba aún lejos de la frontera con Honduras. No perdía oportunidad de preguntarles por don Cristóbal y Celina tras brindar una descripción específica de ambos. No obstante, nadie le daba razón de ellos. No fue sino hasta avanzado el día domingo, cuando empezó a preguntar también a los viajeros que iban en su misma dirección. Al final del día encontró a un cortesano que manejaba una berlina con algunos nobles de importancia en su interior:

"¿Un español corpulento de barba espesa que viaja con una jovencita? Conversamos en el valle de la Ermita hace dos días. Pero te espera un largo viaje si quieres alcanzarlo. No va en esta dirección, sino en dirección opuesta, hacia México."

Gregorio ya se encontraba exhausto, pero el escuchar que alguien hubiese visto a Celina le llenaba de nuevo de esperanzas y de energías para levantarse de nuevo y emprender un viaje dos veces más largo y agotador. Dio vuelta y continuó su camino. Sus zapatos ya se le habían desgastado, y su semblante ya reflejaba el cansancio producto del sol, el calor y la falta de agua y alimento, los cuales ya hacía tiempo le habían escaseado. Algunas almas caritativas compartieron con él algo de lo que llevaban, pero Gregorio no se dio por vencido en su búsqueda.

Alcanzó nuevamente el valle de la Ermita el lunes temprano, y continuó su viaje en dirección poniente en busca de don Cristóbal y Celina, preguntando a todo viajero que encontró a su paso. No fue sino hasta el miércoles 21 cuando finalmente logró divisar a don Cristóbal y a Celina, a pesar que parecía que caminaban lentamente como a media legua de distancia. Don Cristóbal caminaba, tirando de un mulo que llevaba a Celina, además de las pocas pertenencias que lograron reunir.

"¡DON CRISTÓBAL!" gritó enérgicamente Gregorio, a lo cual el arquitecto reaccionó con asombro y extrañeza al mismo tiempo.

–"¿Qué haces aquí, muchacho? ¿Acaso me estás siguiendo? ¿Cómo supiste que abandoné Santiago?"

–"Con todo respeto, obviamente no frecuenta los lavaderos de la ciudad. Tiene poca idea de la cantidad de información valiosa que se obtiene de gratis con los plebeyos." Don Cristóbal reconoció la referencia, y sonriendo, le preguntó:

–"¿Por qué me estás siguiendo?"

Gregorio cayó a sus pies y le dijo inclinado con la cabeza al suelo:

"Tengo una confesión que hacerle. Mi conciencia no me dejará dormir el resto de mi vida de no revelárselo." Levantó la vista para lanzarle una rápida mirada a Celina, quien en expectación se encontraba con los ojos y la boca abiertos, esperando lo que ella pensó sería una confesión de su romance. No obstante, no imaginó el giro de la conversación. Volvió a ver a don Cristóbal, quien esperaba impaciente la revelación:

–"Yo… perdóneme don Cristóbal… Yo he robado sus relojes."

Los ojos de don Cristóbal comenzaron a llenarse de sangre y su ceño a fruncirse, lo mismo que sus labios. Empuñó fuertemente sus manos y se abalanzó sobre Gregorio, quien aún se encontraba inclinado en la tierra ante el corpulento español. Lo sacudió a golpes interminablemente, mientras él sólo se defendía con su brazo, sin responder en su defensa y mientras Celina gritaba en horror. Al continuar don Cristóbal golpeándolo con fuerza, comenzaron a reventar las heridas producto de puñetazos anteriores, y su sangre comenzó a saltar en múltiples direcciones. Celina finalmente bajó de un salto del mulo y gritó:

"¡BASTA, PADRE! ¡YA DÉJALO, POR AMOR A DIOS!" y lo separó de Gregorio, quien estaba tendido en el suelo, con hematomas y contusiones en todo su rostro. Celina lo vio con ternura, pero su imagen abatida por su padre le causó honda aflicción. Cerró los ojos y rompió a llorar. Don Cristóbal jadeaba envuelto en ira junto al mulo con los puños aún cerrados y sólo veía a Celina llorar acariciando el rostro del muchacho. Ella se dirigió al mulo, retiró a su padre a un lado y sacó un paño de uno de los paquetes que llevaban amarrados al mulo. Lo mojó con algo de agua que llevaban, y limpió suavemente las heridas que Gregorio tenía en su rostro. Aún llorando y atendiendo sus heridas, lo único que añadió fue:

"¿Qué pasa con ustedes?" Tanto don Cristóbal como Gregorio entendieron la reprensión que para cada uno de ellos significaban estas palabras. Luego que finalmente Celina lograse que Gregorio se incorporara, comenzaron su viaje de vuelta a Santiago.

Gregorio había prometido no solamente devolver los relojes, sino que también prometió entregarse a las autoridades, ya que don Cristóbal había interpuesto una denuncia penal por el robo de sus relojes. El español le preguntó lo que le había asaltado en la duda desde que salió de Santiago:

"¿Cómo lo hiciste?"

Celina lo podía imaginar, pero desde que emprendieron su viaje de regreso ella no pronunció palabra alguna. Ni siquiera le dirigió una sola mirada a Gregorio, como símbolo de su indignación contra él.

Avergonzado, respondió: "Prometo revelárselo cuando lleguemos, don Cristóbal. No tiene caso que se lo explique aquí porque no me entendería, ni tampoco me creería. Se lo revelaré a usted y a las autoridades, así quedará usted satisfecho porque se habrá hecho justicia y sus relojes le habrán sido devueltos." Luego de eso, por la semana entera que duró el viaje, no se dirigieron palabra alguna, a excepción de lo estrictamente necesario.

Capítulo 17: La Ejecución

No parecía haber explicación sobre por qué la Calle de los Carros, que inicia luego de cruzar el Puente de las Monjas de la Concepción justo a la entrada de la ciudad, se encontraba desierta. Normalmente albergaba actividad al ser la intersección de la ruta principal de acceso y la ruta sur-oriente, la Calle de la Chipilapa.

–"¿Se trata de alguna festividad?" inquirió don Cristóbal.

–"Absolutamente, no" aseguró Gregorio. "Esto es anormal. Algo está ocurriendo." El silencio tétrico y la soledad sepulcral de la ciudad pintaban un mal augurio, el cual Gregorio percibió el segundo que cruzó el Puente del Matasano. Tomó la Calle de la Concepción y le pareció aún más alarmante el ver a un grupo de soldados de las compañías de pardos a la entrada del Monasterio de la Inmaculada Concepción de María. El hedor de los acontecimientos le agregó peso a su conciencia, por lo que podía percibir de inmediato que esto acabaría mal. Apuró sus pasos y dejó atrás a don Cristóbal y a Celina, quienes no podían andar más rápido al ir caminando al paso del mulo que llevaba sus cargas.

Gregorio ya iba corriendo cuando llegó a la Plaza Central. Aún antes de poder ver toda la longitud del Palacio de la Capitanía General, se encontró con una espesa muchedumbre que llenaba cada centímetro de la plaza. Murmuraban y miraban en dirección al palacio, donde ya se encontraban los alcaldes y el Capitán General, Martín de Mayorga. Pero el espectáculo más ominoso que lo palideció y enmudeció fue la enorme tarima que estaba instalada al frente justo a la entrada del palacio, sobre la calle. Era la misma tarima que tiempo antes habían construido con don Máximo para la toma de posesión del Capitán a su llegada a la ciudad. Sobresalía por encima de las cabezas de la muchedumbre, y ostentaba un travesaño, desde el cual caían tres sogas atadas al cuello de tres individuos. Su impresión se tornó en pánico cuando identificó a uno de esos tres hombres como su padre, don Gilberto. ¡Don Gilberto tenía la soga atada al cuello y parecía que estaba a punto de ser ejecutado!

Abriéndose camino a empujones, Gregorio logró avanzar hasta llegar a pocos metros de la tarima. Fue entonces cuando unas fuertes manos lo detuvieron y lo asieron de su camisa. Era don Máximo, quien además de tener una expresión facial similar, también tenía los ojos cargados por haber llorado y los pómulos casi negros por el desvelo de dos noches sin dormir. No cabía en su mente que su amigo de toda la vida estuviera afrontando una potencial ejecución como si de un delincuente común y corriente se tratase.

–"¿Dónde, en el nombre de Cristo, te has metido muchacho?" fue su desesperada pregunta al ver a Gregorio después de tanto tiempo, un santiamén durante el cual diversos acontecimientos ocurrieron que eventualmente llevaron a don Gilberto ante la horca.

–"¡Don Máximo, Dios mío, ¿qué está pasando aquí? ¿Qué hace mi padre allá arriba?!" Dijo a gritos en medio del tumulto de la muchedumbre que por sus lamentos le dificultaban a Gregorio hablar sin elevar la voz. Evidentemente estaba tan estupefacto como don Máximo.

–"¡Dímelo tú, jovencito! Han acusado a tu padre de hurto agravado al robarse una fortuna descomunal, después que descubrieron que estaba escondiendo los relojes del comayagüense en el taller. Tú sabes algo de esto, ¿verdad muchacho?" Don Máximo estaba tan abrumado e intrigado que no tenía ni idea de las preguntas correctas que debía plantear para hallar las respuestas que necesitaba su amigo.

El alférez, quien sería el encargado de ejecutar las sentencias, se puso de pie en la tarima. No era difícil imaginarlo llevando a cabo la labor de verdugo, siendo un personaje notablemente esquivo, mordaz e indiferente. Gritó a todo pulmón dirigiéndose a toda la muchedumbre congregada:

"¡SILENCIO! El Capitán General Martín de Mayorga se dirigirá ahora a vosotros. No aceptaré desórdenes de ninguna clase. Mis hombres de la Guardia Española tienen órdenes de usar la plenitud de su fuerza en contra de los que intenten interrumpir al capitán, o las ejecuciones que sobrevendrán después. Estáis advertidos." El alférez se bajó e hizo una seña al capitán para que procediera con su discurso de sentencia. El Capitán tomó su posición, y dijo:

Ciudadanos de la Muy Noble y Muy Leal Ciudad de Santiago de los Caballeros de Guatemala. Vosotros tenéis el grandioso privilegio de vivir en una de las más laureadas ciudades de las Indias Españolas. La pulcritud de vuestras calles y colorido de las tradiciones engalanan la ciudad, como la celebración que concluyó anteayer. Esto la convierte en destino de rigor para comerciantes, religiosos y foráneos que admiran las majestuosas obras de famosos artistas, ingenieros y arquitectos criollos y españoles, verdadero adorno del arte y del buen gusto y atractivo medular del comercio e inversión.

No obstante, he identificado numerosos errores y omisiones en la autoridad de la ciudad, las cuales en su momento motivaron al arzobispo Cortéz y Larraz a presentar su renuncia ante la corona. Sin embargo, tal petición fue denegada por Su Majestad, quien considera que la presencia del virrey Antonio María de Bucareli y Ursúa necesita de más peso, por lo que se hace necesario retomar el control de la autoridad política en la ciudad. Hasta hoy, toda la carga del comando de vuestra ciudad ha recaído en el arzobispo y las autoridades eclesiásticas. No obstante, su majestad Carlos III envió comunicado porque ha resuelto que se estableciese vuestro servidor como Capitán General con el firme propósito de restablecer el orden púbico.

Como una de mis primeras observaciones ha llamado mi atención la falta de disciplina cívica de los ciudadanos, llegando a cometerse faltas nefandas a la ley de comunidad, tras lo cual hemos entrado en una fase de investigación metódica para dar con los instigadores del desorden público. Sabed que las medidas que tomaremos contra los desaforados tienen en mira el bien común, con tal que finalmente podáis percibir que la autoridad delegada por la corona de Su Majestad aún tiene la firme convicción de devolver al ciudadano la tranquilidad de vivir en una de las ciudades más disciplinadas de todo el virreinato.

Por lo tanto, vuestro Capitán General os da a conocer

que las acusaciones de crímenes se atenderán con rapidez en lugar de la usual demora que irresponsablemente se extienden por años en algunos casos. En consecuencia, estoy dictando sentencia el día de hoy en contra de los ciudadanos aquí de pie frente a vosotros. Se les ha celebrado audiencia y han sido encontrados culpables, por lo que serán avergonzados públicamente o ejecutados en la horca, instalada temporalmente en esta plaza al término de esta lectura, como disuasivo a todo aquel que tenga en su corazón el sublevarse en contra de la ley ordenada por la Corona.

Estas son las sentencias a ejecutarse: permanencia en la argolla en esta misma plaza por la duración de una semana, con anuncio de trompeta y voz de pregonero que manifieste su delito de indecencia pública al ciudadano conocido como "El Grillo" y que responde al nombre de Ignacio Vallejo. Y además condeno a la horca que está en esta plaza pública, para hacer justicia, y allí sean colgados con una soga de exparto hasta que mueran naturalmente; y ninguna persona sea osada a quitarle sin mi licencia so la misma pena a los siguientes ciudadanos: por el delito de hurto agravado al ciudadano Gilberto Poncio Del Cid y Cuéllar. Por el delito de alta traición a la corona a los ciudadanos Rómulo Mariano García de Pineda y Roberto Eusebio González y Batres.

La muchedumbre congregada en la plaza prorrumpió en un engrudo de lágrimas, llantos, quejidos y gritos de protesta, los cuales fueron prontamente ahogados por las lanzas de las compañías de pardos, quienes hoy estaban bajo el mando de la guardia española.

Los casos que el Capitán señaló tenían ya varios meses o incluso años de ventilarse, y los acusados habían guardado prisión preventiva todo este tiempo en la cárcel de Cadenas del Cabildo, ubicada dentro del mismo Palacio de la Capitanía General. Quien estaba pagando el precio más alto era don Gilberto, porque su caso apenas se había abierto un par de días atrás, y la obstinación del Capitán Mayorga en sentar un dechado intimidatorio coaccionó al juez para que pasara por alto cualquier beneficio que don Gilberto pudiera usar para demostrar su inocencia y evitar, o por lo menos aplazar su ejecución.

–"Si fuiste tú, confiésalo, Gregorio." El tono acusador de don Máximo apabulló a Gregorio, pero aún no podía entender lo que estaba pasando. "No es justo que tu padre pague el precio de algo que tú hiciste. La noche del viernes antepasado se presentó el alférez en tu casa para interrogar a tu padre porque don Cristóbal Zamora había presentado una queja ante el alcalde por el robo de sus relojes. Mencionó las razones por las que creía que tú eras el principal sospechoso, por eso llegaron al taller a esa hora. Me dijo con lágrimas que por la mañana había encontrado en tu habitación los relojes del comayagüense. Pero tu padre es un viejo obstinado y los escondió. Tuvo la esperanza de que cuando regresaras pudieras explicar tus razones. Quería darte la oportunidad que demostraras tu honradez. Pero quien regresó temprano por la mañana del sábado fue el alférez con una guarnición de la compañía de pardos para catear el taller, y los encontraron. Tu padre se atribuyó el hurto de los relojes. ¡Eres un *traidor y cobarde*, Gregorio!"

El alférez se puso de pie a la siniestra del Capitán. Tomó a Ignacio Vallejo del brazo y lo bajó de la tarima. En la esquina del Palacio estaba instalado un rudimentario poste, y puso a Vallejo viendo hacia al frente, con la espalda recostada contra el poste. Luego lo amarró con cadenas por el cuello, los pies y las manos, éstas por detrás del poste. Ésa era la tortura conocida como la argolla, y la larga sentencia de una semana ante la vergüenza pública tampoco tenía precedentes.

Cuando el alférez comenzó a caminar de regreso a la tarima, resuelto a ejecutar a los otros tres, Gregorio no pudo pensar en otra cosa que en detener el reloj. Nadie le creería la historia del evento del tiempo, pero sí podría recurrir a alguna argucia en el candor del momento para intentar salvar a su padre. Corrió desenfrenadamente hacia el puente, dejando a todo el mundo atrás, ante lo cual don Máximo le gritó: "¿A dónde vas? ¡ERES UN COBARDE, GREGO-RIO! ¡Vuelve aquí y afronta la justicia como un hombre!" Esto lo oyó don Gilberto, quien no dijo nada ni volteó a ver hacia dónde iba Gregorio, sino que vio al suelo y cerró los ojos, derramando una lágrima en decepción.

Gregorio corrió hacia el norte por la Calle de los Mercaderes y pronto divisó el puente. Los soldados de la compañía de pardos estaban apostados frente a la entrada de la iglesia de Santa Catalina y vieron venir corriendo a Gregorio. Presentaron armas y se prepararon para recibirlo, pero Gregorio se dirigió a la puerta del otro lado de la calle. Por un segundo los soldados titubearon, pensando que no tendría intenciones de entrar en la iglesia y pedir asilo, pero justo cuando Gregorio estaba introduciendo la llave en la puerta del claustro, al otro lado de la calle, uno de los soldados gritó: "¡Usará el puente para entrar a la iglesia!". Cuando Gregorio abrió la puerta los soldados se abalanzaron hacia él, pero logró entrar primero y cerró la puerta tras de sí. Todavía uno de los soldados aventó su lanza y la incrustó en la puerta ya cerrada, asomando la punta por el otro lado. Al encontrarse a salvo, Gregorio siguió corriendo hacia el puente mientras los soldados pateaban y golpeaban la puerta, urgiéndolo a salir por su cuenta.

Gregorio apenas había llegado a las gradas cuando el alférez, en la plaza, ya tenía sus manos en la palanca que abriría el piso para que los condenados cayeran y se ahorcaran por su peso. El capitán dio la orden levantando su mano, y el alférez operó la palanca. El piso se abrió y los tres condenados cayeron y se suspendieron por sus cuellos, inmediatamente comenzando a retorcerse. Algunos de los presentes se voltearon para no presenciar el aberrante espectáculo, pero al unísono, un lamento multitudinario se escuchó en toda la plaza. Dos segundos después, todo se detuvo.

Gregorio había logrado con éxito detener el reloj justo a tiempo, y todos se quedaron inmóviles en sus posiciones, como en las veces anteriores. Don Gilberto y los otros condenados quedaron suspendidos con sus vidas también en vilo. Como las otras veces también, Gregorio no sabía exactamente cuánto duraría este evento, por lo que se apresuró a flotar hasta el taller, y tomó de allí un cuchillo. Era lo más obvio que podía que hacer para salvar a su padre y se impulsó con fuerza hacia la plaza con el cuchillo en la mano. Llegó a la plaza y todos estaban inmóviles con un rostro de pánico. Procedió a cortar la soga de los tres condenados, no sólo la de su padre, aprovechando que ya estaba allí. Más o menos intentó hacer un corte imperfecto, usando también sus manos y dientes, para que no pareciera un sabotaje y simplemente repitieran la ejecución minutos después. Sin embargo, para evitar quedar permanentemente como prófugos (lo cual habría sido una salida fácil con sólo llevarse a su padre cual maniquí de escaparate), tenía algo que argumentar para intentar convencer al Capitán. Después de todo, además de salvar a su padre también tenía el deseo de volver a conquistar el corazón de Celina, hoy destrozado y lleno de dudas sobre las verdaderas intenciones de Gregorio. Se dirigió al interior del palacio y empezó a buscar los relojes de don Cristóbal. Esto le tomó casi todo el resto del evento. Encontró el despacho del Capitán y una hoja arrugada en su mesa que desdobló y leyó. Luego escribió algo en un papel, y para cuando empezó a escuchar la acostumbrada cuenta de la "segundera", ya había encontrado los relojes. Prontamente se dirigió a la plaza en los escasos 5 tics que le quedaban y se acurrucó en la primera fila, justo al tiempo del último retumbante tic. Al reanudarse el correr del tiempo, las sogas se rompieron y los cuerpos cayeron estrepitosamente al suelo; Gregorio saltó de un brinco de su posición, gritando como los demás, fingiendo sorpresa. Nadie se percató que simplemente había aparecido allí porque la impresión de ver a los condenados salvarse de una muerte segura fue, como mínimo, increíble.

El Capitán Mayorga gritó algo inaudible al alférez, obviamente algún tipo de reclamo por la ejecución fallida, pero éste respondió con una expresión de incredulidad, imposibilitado para explicar. Fue inaudible porque la entera muchedumbre lanzó un grito de una mezcla de todo tipo de emociones. Algunos, incluyendo Gregorio, se abalanzaron a la tarima, y fueron detenidos por los guardias españoles. Gregorio clamaba justicia. El primero en enmudecer entre toda la muchedumbre fue, en efecto, don Máximo, porque lo había visto huir en dirección al norte, y ahora simplemente estaba al frente de la tarima. El siguiente fue don Gilberto, quien acababa de derramar una lágrima por su hijo quien había huido cobardemente y ahora estaba, pues… al frente de la tarima.

De inmediato, el alférez, el Capitán y los dos alcaldes gritaron desde la tarima a la muchedumbre casi convertida en turba para pedir calma. Al ver que sus voces simplemente no tenían eco alguno, sino que el tumulto se excitaba cada vez más para apoderarse de la situación, el alférez se acurrucó en la tarima para alcanzar a uno de los soldados y le arrebató el arcabuz. Rápidamente revisó si estaba cargado e hizo un disparo al aire. Esto disipó los ánimos caldeados y el Capitán exclamó: "¡Señores, calma! Os recomiendo que no insistan en convertir esto en una turba, porque usaremos la fuerza sin dudarlo un segundo. Proseguiremos con las ejecuciones en un momento." El silencio de la muchedumbre pareció acceder a esta nueva sentencia. Aprovechándolo, Gregorio gritó a voz en cuello:

"¡NO PUEDE!". El Capitán volteó para buscar la procedencia de la voz del individuo que osaba antagonizarle.

–"¿Quién me desafía?" retó el Capitán. Sin miedo alguno, Gregorio aseveró:

"La ley de la monarquía española, mi señor el Capitán".

–"¿De qué diantres hablas, miserable rufián? ¿Quieres unírtele a estos malandrines para que te instalemos otra soga?" exclamó el Capitán Mayorga.

–"Soy Gregorio del Cid, hijo de don Gilberto del Cid. Soy relojero, pero he estudiado leyes por mi cuenta, es lo que me ha llevado a proponerme estudiar en la casa de estudios aquí contigua las leyes de la Corona, para proteger a los ciudadanos inocentes de déspotas como usted."

–"Estás a una sílaba de terminar ahorcado junto a tu padre, muchacho" amenazó el Capitán Mayorga. Pero Gregorio ignoró la amenaza y continuó:

"La Constitución de la Monarquía Española prohíbe sentenciar a una persona dos veces por un mismo delito. Eso también incluye la prohibición de ejecutar a una persona más de una vez. Y en lo que a toda esta muchedumbre aquí presente y a mí concierne, estos tres hombres ya fueron ejecutados. De 'proseguir con las ejecuciones en un momento', usted estaría traicionando a su majestad Carlos III frente a toda esta multitud de testigos, y yo, por mi parte, estoy dispuesto a declarar en contra suya." Don Gilberto una vez más tenía la boca abierta y volteó a ver a su compañero de condena con la soga aún al cuello, pero de pie sobre el suelo. Éste lo sintió y cruzaron miradas; don Gilberto señaló con sus dos manos atadas a Gregorio y se encogió de hombros como diciéndole: *Míralo...*

–"Yo también" exclamó alguien.

–"Yo también declararé" gritó aún alguien más.

–"¡Y YO!", y alguien más, y alguien más, hasta que toda la muchedumbre casi al unísono exclamó audiblemente que declararían en contra del Capitán Mayorga.

–"¡Basta!" gritó a la muchedumbre el Capitán. Y a Gregorio, le dijo: "Te concedo esta pequeña victoria, muchacho. Pero los relojes fueron robados y alguien debe responder por su error" aseguró el Capitán Mayorga.

"No fue mi padre, Capitán. Alguien más los ha tomado y quiso inculpar a mi padre por el robo. Lo sé, porque los relojes están justo allí a los pies del alcalde Rubio y Morales. Esa persona también tiene acceso a su despacho y extrajo los relojes de allí. Pero no imaginó que yo reconocería la bolsa de mi padre." Gregorio señaló con el dedo una bolsa de cuero grande que nadie había notado ni antes ni durante las ejecuciones. El Capitán Mayorga dio la orden con un gesto de su mano y el alférez fue a recoger la bolsa. La tomó, la abrió, vio su interior y vertió su contenido en el suelo a la vista de todos. Era la colección de finos relojes que se desparramaron sobre la tarima.

El Capitán exclamó muy sorprendido: "En el nombre de… ¿qué es esto?" y tomando uno de los relojes, preguntó a la multitud: "¿Me están jugando una broma? ¿A QUIÉN PERTENECEN ESTOS?"

Justo después del momento en que los condenados cayeron al suelo después que "milagrosamente" se rompieron las sogas de la horca, atrás de toda la multitud Celina y su padre ya habían llegado a la Plaza. Ella descubrió que en su mano estaba sosteniendo un papel. Inmediatamente supo cómo llegó a su poder, ya que ella nunca lo había tomado. En algún momento Gregorio había detenido el tiempo y comprendió que el fracaso de la horca fue obra suya. Abrió el papel, que estaba escrito con grafito, y leyó:

> *Celina, amor de mi vida. Por favor no descartes esta nota ahora. La vida de tu padre peligra. Haz con urgencia lo que te pido: ve a la iglesia de Santa Catalina a pedir asilo en santuario, pero no vayas allá por la Calle de los Mercaderes, sino rodea la iglesia por la calle de La Inquisición hasta el Oratorio de La Merced. Todas las iglesias estarán vigiladas con soldados en la puerta. Cuida que no te vean, y espera en la esquina de la iglesia de Santa Catalina hasta que los soldados se retiren de la puerta y entra. Luego iré a la iglesia para encontrarte allí.*

> *Por favor, perdóname. Cometí un error y debo compensarlo a tu padre, pero no quiero que me alejen de ti. Arreglaré esto. Te lo prometo.*

> *Te ama un alma dolida por el peso de su error.*

Gregorio.

La nota no tenía mucho sentido para Celina, pero asumió que podría tenerlo pronto. Don Cristóbal estaba, naturalmente, estupefacto por el fracaso de la ejecución. Pero la mano de su hija lo tomó suavemente del brazo y Celina le dijo: "Padre, debemos irnos. Ven conmigo."

Don Cristóbal hizo la pregunta obligada: "¿Irnos? ¿A dónde?" Celina no tenía tiempo para explicar algo que don Cristóbal de todos modos no entendería:

"Por favor, confía en mí. Vamos." Le costó hacer que don Cristóbal se moviera, ya que los alaridos del pueblo, el tumulto, y sobre todo, los gritos de Gregorio apenas ininteligibles por la distancia le llamaban fuertemente la atención. Aún así, se movieron entre la muchedumbre poco a poco. Luego, oyeron un disparo y se agacharon, como todo el mundo. Alcanzaron a ver al alférez sosteniendo un arcabuz y al Capitán Mayorga clamando por calma. Alcanzó a ver que Gregorio seguía discutiendo algo con el Capitán y don Cristóbal no se movía, trataba de dilucidar cuál era el argumento. Celina continuaba intentando enfocarlo en su escape y ya casi habían logrado salir de la multitud. La esquina se encontraba cerca y al pasarla los edificios les brindarían escondrijo. Pero el Capitán Mayorga gritó algo que sacudió a don Cristóbal:

"¿A QUIÉN PERTENECEN ESTOS?", lo que lo motivó a exclamar en voz alta:

"¡MIS RELOJES!" Los que les rodeaban los voltearon a ver con sospecha, pero desde la tarima se oyó a don Miguel de Eguizábal, el alcalde que lo despidió en su visita al Ayuntamiento, quien gritó señalándolo con el dedo desde allá:

"¡El comayagüense, eeel arquitecto! ¡Allá está! ¡El que viste con jubón azul!" Celina comprendió que ahora era el momento de correr, por lo que tomó a su padre de la mano y echaron a correr por la calle de La Inquisición, que va paralela a la Calle de los Mercaderes, tal como Gregorio le había instruido. El Capitán Mayorga dijo al alférez:

"¡Cristóbal Zamora y Obregón! ¡Ha aparecido! ¡Tráiganmelo!" Gregorio aprovechó esta minúscula distracción para esconderse detrás de la tarima, buscando los pilares del Palacio de la Capitanía, y ya había cruzado la esquina cuando el Capitán Mayorga dijo al alférez:

"¿Y el muchacho Del Cid? También lo quiero aquí presente, y no permitan que se mueva de aquí su padre, Gilberto." El alférez ya no lo encontró en el lugar donde Gregorio estaba discutiendo con el Capitán, y buscó por todos lados. Dio la orden a los soldados, y uno de ellos gritó:

"¡Va en dirección a la iglesia de Santa Catalina!"

–"Van a pedir asilo. ¡Impidan que lleguen a la iglesia!" ordenó el Capitán. Gregorio iba corriendo en dirección a la iglesia por la Calle de los Mercaderes, del lado opuesto de la calle. Sabía que los soldados que encontró hacía un rato lo reconocerían. Corrió hasta que lograron verlo y reconocerlo, y efectivamente uno de ellos gritó:

"¡Allí está otra vez! ¡Deténganlo!", tras lo cual el grupo de cinco soldados corrió tras Gregorio, quien se detuvo y empezó a correr de regreso. Estaba funcionando. Celina y don Cristóbal estaban viendo por la esquina de la iglesia cómo los soldados se retiraban, despejándoles el paso para dirigirse sin obstáculos hacia la iglesia, de modo que aprovecharon que los soldados abandonaron su puesto para avanzar. Desesperadamente, Celina llamó a la puerta. El último soldado escuchó el golpe de la puerta y volteó a ver a Celina y a don Cristóbal entrar después que alguien les abriera. Ya no podían hacer nada para detenerlos. También, se encontró con los soldados que venían en persecución de Celina y don Cristóbal por la calle de la Inquisición, y sólo les señaló que ya era muy tarde: habían entrado a solicitar asilo.

Gregorio quiso burlar a los soldados que venían a su encuentro desde la Plaza Central cruzando por la calle de Los Carros, pero no contó con que el alférez había despachado una guarnición de soldados por esa calle y otra por la Calle de los Mercaderes. Más los soldados que ya venían persiguiéndolo, Gregorio se vio irremediablemente acorralado, lo capturaron y lo llevaron ante el Capitán Mayorga. Lo arrojaron a sus pies, y dijo:

"El abogado relojero. Inusual mezcla de talentos. Pero tendrás que explicarme lo que sabes y qué tienes que ver con todo esto. Después te llevaré ante el juez para tu juicio. No te preocupes. Los juicios ahora son rápidos y efectivos." Y al alférez le dijo: "Deja una columna de Guardias Españoles en la puerta de la iglesia de Santa Catalina y frente a la puerta del claustro al otro lado del puente. Quiero al comayagüense… español… ¡al arquitecto! aunque eso implique sitiar el convento cien años."

El reloj estaba atrasado ahora sólo cinco minutos.

Capítulo 18: El Juicio

Lanzaron a Gregorio en el calabozo de la cárcel de Cadenas del Cabildo, muy dentro del Palacio de la Capitanía General. Contrario a lo que había previsto, no había podido llegar a la iglesia de Santa Catalina para estar con Celina. Tenía mucho que explicarle.

Pero ahora se encontraba tumbado en el suelo, recostado contra la mohosa pared de un calabozo y con la cabeza entre las rodillas. Gregorio lamentaba no haber podido explicarle a Celina el estado de su conciencia. No podía justificar sus acciones, ya que aunque les cambiara de ángulo una y otra vez, siempre terminaba siendo él un victimario. Un oportunista que quiso sacar ventaja a costa de los demás, pero trayendo a sus seres amados amargura y mucha decepción.

Su padre tampoco estaba a la mano, pero reconoció que le debía una explicación al haberle hecho pasar por una terrible experiencia al ser arrestado, juzgado, condenado y hasta ejecutado. Gracias a la codicia de querer usar el poder del reloj para llevar a cabo actos desaforados y egoístas, y todavía querer salirse con la suya, arruinó en el proceso las vidas de las personas inocentes que confiaron en él y que ahora estaban todas pagando un alto precio de un impuesto que no les correspondía pagar.

Y aún faltaba limpiar uno de los cabos sueltos que el Capitán Mayorga estaba decidido a desatar. Aunque su padre estaba libre y los relojes de don Cristóbal estaban a salvo, tanto don Cristóbal como Celina se encontraban presos en la iglesia clamando asilo, ya que el Capitán buscaba a don Cristóbal, prófugo de la justicia española por el robo de los diamantes escondidos dentro de los relojes. Ahora don Cristóbal se sumaba a Gregorio al estar ambos en la lista de los objetivos del Capitán.

Sí pasó por la mente de Gregorio hacer uso del reloj una última vez, ya que sabía que ahora estaba atrasado sólo cinco minutos. El próximo evento adelantaría el reloj los cinco minutos restantes, con lo que quedaría perfectamente ajustado a la hora en punto. Lo que pasaría después de eso era de pronóstico reservado. Pero no podía salir del calabozo. Y para hacer uso del reloj una última vez tendría que estar físicamente presente en el puente para poder manipularlo. Pero estaba cansado. Ya no podía seguir jugando con el tiempo y hacer ajustes y desbarajustes a espaldas del mundo entero porque eso estaría alimentando la bola de nieve en que se había convertido su irresponsabilidad. El efecto de sus actos llevó a golpear con efecto de carambola a muchas personas y circunstancias, a tal extremo que ya no podía resolver todas las inconveniencias que había provocado manipulando el tiempo una última vez. La única vía que le quedaba era la vía de la honradez. La honradez de la cual don Máximo le hizo ver que carecía al irse de la escena sin afrontar la justicia como hombre. La expresión le había calado hondo, y ninguna otra cosa más que decir la verdad callarían el eco de las palabras de don Máximo cuando salió corriendo a detener el reloj a la mitad de la ejecución de su padre.

Tenía ante sí solamente dos opciones: manipular el tiempo una vez más, acusando a otra persona (potencialmente inocente) a que pagase por sus errores y decepcionar a Celina una vez más, o decir la verdad de sus actos, la verdad de la operación de los eventos de tiempo y afrontar la justicia. Seguramente ésta le impediría volver a ver a Celina por encontrarse preso de por vida o muerto. Pero dejaría el recuerdo, bien de un hombre que optó hablar con la verdad y sufrir como tal sus propias consecuencias, o bien el recuerdo de un cobarde y oportunista que abusó del poder y construyó una decepción que se convirtió eventualmente en un monstruo demasiado salvaje para domar.

Oyó pasos que se aproximaron, y llaves que manipularon el cerrojo. Al abrirse la puerta, apareció el alférez en primer plano, y el Capitán Mayorga detrás de él con las manos abrochadas por detrás. El Capitán dio dos pasos para situarse al frente, y dijo: "¿Listo para hablar?"

Don Emilio de Garay intentaba calmar la inquietud de don Cristóbal, quien estaba desesperado por encontrarse enclaustrado, según él, sin explicación alguna. Soldados vigilaban celosamente las puertas de la iglesia y del claustro del convento. Aunque don Cristóbal estaba impaciente, don Emilio tenía buenas razones para abstenerse de abogar por don Cristóbal y su hija en este preciso momento. Temía una nueva confrontación con el Capitán Mayorga. Ya había ocurrido un altercado entre el Capitán y el arzobispo Cortés y Larraz sobre un asunto de vital importancia, durante el cual don Emilio también estuvo pronunciándose por supuesto a favor de la iglesia. El

Capitán Mayorga estaba resuelto a imponer el peso de la presencia real en la ciudad, después del abandono político que a ojos del pueblo ocurría dada la demora en el nombramiento de un nuevo capitán. Además, subyugar a esta ciudad le facilitaría el ascenso a virrey a lo cual el Capitán aspiraba, por lo que su primera medida propuesta ante la mesa de negociaciones con la iglesia fue la suspensión de la celebración del día patronal de Santiago ese 25 de julio y su sustitución por las ejecuciones de los recién condenados. Naturalmente se encontró con una férrea oposición por parte de las autoridades eclesiásticas, encabezadas por el arzobispo y el prelado, advirtiendo de la peligrosa reacción de la población al proscribir una de sus principales celebraciones. A duras penas el Capitán accedió a conservar el feriado ese año, pero con la condición que las ejecuciones se efectuaran dos días después. Por eso la celebración del día patronal de Santiago ese año fue deslucida, como si estuviesen guardando un luto anticipado de la tragedia por venir.

"Son paredes distintas, pero siempre es una prisión. ¿Puede decirme exactamente qué hacemos aquí?" Preguntó genuinamente consternado don Cristóbal a don Emilio estando juntos dentro de la iglesia donde se encontraban asilados. Don Emilio procedió a explicarle:

"Don Cristóbal, el Capitán Mayorga es un hombre arrogante, conocido por carecer de mucha compasión, y sobre todo es peligrosamente codicioso. Movido por sus ansias de poder es capaz de reclamar la vida de quien se encuentre a su paso. La iglesia es su principal obstáculo para lograr imponer su autoridad mediante el miedo, porque nos hemos opuesto a múltiples iniciativas francamente aterradoras de su parte. Lamentablemente, estos juicios sumarios no los hemos podido evitar porque también conoce la amplitud de los límites que la corona le ha concedido, y se ha valido de ellos para usarlos con presteza, como usted pudo constatar. En respuesta a su pregunta, el Capitán Mayorga dice que existe una orden de captura en su contra. Aduce que usted robó un lote de diamantes en España y que ha huido a América estableciéndose en Comayagua. Como yo fui uno de los primeros contactos con quienes usted se entrevistó, el alférez y su guarnición vinieron a interrogarme. Sólo expuse la naturaleza de nuestras conversaciones y negocios, pero las acusaciones persisten en contra suya, don Cristóbal. Por eso, de salir de este recinto, se expone tanto usted como su hija a una aprehensión segura. Terminaría probablemente en el mismo calabozo donde Gregorio del Cid se encuentra en este momento esperando se celebre su juicio el día de mañana." La expresión en el rostro de don Cristóbal se suavizó para convertirse en una de aprensión.

–"Yo… no puedo dejar sola a mi hija. El Capitán me ejecutaría en esa misma horca. Pero el muchacho, el relojero… ¿Quién es este hombre? Me disponía a buscar nuevos horizontes en México, con la esperanza perdida de que recuperaría algún día mi fortuna. Fue entonces cuando vino a mí este muchacho Gregorio y me confesó que fue él quien me había robado. Cómo lo hizo, no tengo ni remota idea, porque no me quiso responder frontalmente. Pero me trajo de regreso a la ciudad, probablemente para entregarme; seguramente su revelación fue una carnada para hacerme regresar. Nos encontramos de pie entre una muchedumbre que presenciaba unas ejecuciones, entre quienes estaba el herrero, ¡su padre! acusado de haber sido quien robó mis pertenencias. Tal parece que las cosas no salieron como lo planeó. Luego, en un abrir y cerrar de ojos me convierto en un prófugo de la corona española huyendo de su fuerza militar y finalmente termino enclaustrado tal como lo estaba mi hija, pero en contra de nuestra voluntad y bajo la amenaza de que al poner pie afuera seremos arrestados con toda seguridad por las fuerzas del Capitán. ¡Quien urdió este plan fue Gregorio del Cid! ¡Él también tiene que pagar con su libertad o bien con su vida por sus transgresiones que buena molestia han causado a muchos, incluyendo a su propio padre, ¡de quien contemplaba su ejecución sin ser culpable! ¿Qué más puedo esperar de este engendro? Es un peligro para esta ciudad y para la Capitanía" terminó don Cristóbal elevando la voz, fingiendo indignación, pero impotente ante el peso de las acusaciones en su contra.

–"No puedo darle ni quitarle la razón, pero después de todo, debe reconocer que quien lo envió hacia este recinto fue el mismo Gregorio. De alguna manera, él anticipó que este lugar era el único rincón seguro en toda la ciudad. De no ser por ello, se le habría capturado junto a Celina. Pero lo comprendo, don Cristóbal. Yo también deseo que esto termine de una buena vez. Pero por ahora, su mejor opción es permanecer aquí bajo nuestro amparo. Le aseguro que para mañana en la tarde esto habrá terminado" dijo don Emilio, sus palabras sonando lúgubremente proféticas. Celina estuvo sentada junto a su padre durante toda la conversación, pero no pronunció palabra. Su mirada permaneció perdida en el suelo del recinto, sin derramar lágrimas, pero con un peso nostálgico reflejado en su rostro ya que estaban hablando de la misma persona a quien había entregado confiadamente su corazón. Sería una ofensa para don Cristóbal saber que Celina no solamente albergaba sentimientos hacia Gregorio, sino que por un par de maravillosos meses se frecuentaron por medio de cartas y también a escondidas del mundo físico: fuera en los pasadizos subterráneos o en la dimensión del tiempo inerte. Sin embargo, su mirada repentinamente saltó para clavarse de lleno en don Emilio, quien les notificó:

"Mañana, Gregorio hará una declaración completa. Escuché que usará el juicio no sólo para confesar el robo, sino que explicará cómo lo hizo y explicará la extracción de los relojes sin dejar rastro. Pero el misterio más notable que resolverá es cómo hizo para sabotear las ejecuciones, porque para nadie es un secreto que las sogas fueron cortadas. Cómo y en qué momento, es precisamente lo que esperamos él aclare mañana. De más está decirle que me intriga de sobremanera esta declaración, por lo que estaré presente en la corte del Palacio. Me temo que estará todo menos vacío. Espero genuinamente que pueda recuperar su solvencia, don Cristóbal. Pero recuerde que lo más importante es el perdón de Dios, por lo que le exhorto a que use lo mejor que pueda el tiempo que permanezca en esta casa espiritual."

Don Cristóbal sabía que carecía de tal esperanza de recuperar su solvencia. Le bastaba con salir del recinto sin ser descubierto o aprehendido. Celina, por el contrario, volvió a perder su mirada en el suelo. Esta vez, consternada por el inevitable resultado de la declaración de Gregorio y la próxima revelación de los eventos que le habían permitido experimentar el sueño más inaudito y cálido que cualquier mortal podría haber vivido. Era muy probable que también revelara su romance, lo que le dejaría la pesada responsabilidad de explicárselo a su padre.

En ese momento recordó lo difícil que le parecía hace tan poco tiempo el perdonar a Gregorio. Pero al parecer, todos tenemos secretos polizones en nuestro corazón, y aquel renegado de ellos que sale a la luz es señalado y juzgado de inmediato. ¡Qué rápido cambia la percepción de una persona cuando logramos verla con el reflejo de nuestra propia imperfección! Gregorio había cometido un error de los que hieren el espíritu y la confianza. Uno que llevó a otros. Lamentablemente no podría intercambiar palabra alguna con él probablemente el resto de su vida, por lo que fue allí cuando finalmente permitió que asomara una lágrima. No pudo evitar doblegarse ante el recuerdo de Gregorio, con quien había vivido uno de los capítulos más pintorescos que en su vida pudo haber imaginado. No obstante, hoy él estaba en el fondo de un calabozo, listo para ofrecer una declaración, después de todo, valiente, porque la presentaría ante un auditorio potencialmente hostil. El resultado de esta audiencia no le permitiría abrigar esperanza alguna de poder volver a ver a Gregorio, decirle que estaba dispuesta a perdonarlo y que estaba lista para verlo a sus ojos una vez más y sentir en sus labios el candor de tan sólo un beso más.

La mañana siguiente estaba ya don Gilberto esperando en los arcos del Palacio de la Capitanía el cortejo que encabezaba la berlina que hoy día traía al Capitán en solitario, siempre conducida por el alférez, y en una carroza secundaria, los alcaldes. El séquito intentó impedirle el acceso al Capitán, pero se lanzó de rodillas frente a este, y le suplicó: "Mi Señor Capitán Martín de Mayorga. Le suplico por la compasión de nuestro Señor Dios que por favor considere que mi hijo no tiene ningún antecedente en los registros de esta ciudad o de ninguna otra del virreinato. Le ruego que por favor le conceda misericordia en vista que ha decidido confesar abiertamente su desafuero. En el plano personal, se lo ruego porque es mi único hijo y es todo lo que me queda de mi amada esposa que murió hace más de una década. Capitán…" fueron las palabras de un padre en angustia que no tenía soborno ni privilegio que ofrecer más que el sombrero que apretaba entre sus manos a la altura de su pecho, de rodillas, con un collar rojo pintado en su piel a causa de la excoriación que sufrió por la horca y hablando con la cabeza inclinada. El Capitán lo interrumpió abruptamente: "Su querido unigénito lo abandonó cuando su cuello pendía de un lazo, junto con su vida. ¿Está pidiendo la misericordia que su hijo no le tuvo a usted, su propio padre?"

–"Mi Capitán, mi hijo estaba al pie de la tarima en el momento de mi ejecución. No había huido como los rumores que su Excelencia ha escuchado" intentó don Gilberto apelar sin éxito a la humanidad del Capitán, quien solamente le ofreció una mirada por encima del hombro, junto con la sentencia:

"Muchas cosas son inexplicables en el caso que concierne a su hijo. Varios detalles son cabos sueltos que no pueden explicarse con la razón. Probablemente lo que su hijo tenga que decir aclare algunas de estas incógnitas. De todos modos, aún de salvarse de la justicia terrenal, aún tendrá que rendir cuenta ante la justicia eclesiástica. Hay vecinos que ya lo tildan de brujo y hereje, por las hazañas aparentemente sobrenaturales que ha llevado a cabo. Esas acusaciones no me competen, pero no se sorprenda si de la corte lo reclaman ante la Inquisición. Lo lamento por usted, don Gilberto. No veo muchas puertas abiertas. Aténgase a lo que su hijo se merece. Él debe enfrentar la justicia, pero siéntase con la libertad de acudir a la audiencia y ser testigo de su sentencia." El Capitán Mayorga le dio la espalda y se perdió dentro del Palacio de la Capitanía cuando el alférez se interpuso entre él y don Gilberto con los brazos cruzados por delante. Don Gilberto cayó sollozando sobre su rostro en el suelo, desconsolado ante la inviabilidad de una solución humanitaria en el caso de Gregorio.

Pasado el mediodía, la sala estaba abarrotada. Todas las almas presentes serían testigos del augurio que le esperaba a Gregorio después de esta audiencia. El día era brillante y el peso del calor se mezclaba con la humedad del ambiente encerrado de la sala de audiencia. Sólo se disipaba ligeramente por la altura de la estructura, la cual se llevaba hasta el techo el exceso de calor, humedad, los suspiros que exhalaban con preocupación los testigos presentes ese día y sus murmullos suaves e ininteligibles. Al fondo de la sala había una mesa larga, de pared a pared, viendo hacia el auditorio. Allí se sentaba el juez, Gaspar Carvajal Pardo, los alcaldes don Felipe Rubio y Morales y don Miguel de Eguizábal. Al extremo de la mesa estaba de pie el alférez, y al centro, el Capitán Martín de Mayorga. Quien presidiría la audiencia sería el Capitán, dejando al juez casi como espectador y simple pregonero del anuncio de la sentencia.

De frente a la mesa, sólo y con las manos atadas por delante se encontraba Gregorio, sudoroso, con el pelo húmedo y de pie con las piernas abiertas. Inmediatamente detrás de Gregorio había un lazo que dividía el proceso de la audiencia. En primera fila detrás del lazo estaban don Gilberto y don Máximo. Don Gilberto aún tenía las cuencas de los ojos negras tras otra noche sin dormir y don Máximo como siempre se encontraba a su lado para ofrecerle apoyo emocional durante este difícil proceso. Fiel a su anuncio y a su curiosidad, también estaba don Emilio, y el arzobispo Pedro Cortés y Larraz también había acudido a esta audiencia como espectador. Más al fondo, entre los asistentes también estaba Micaela Medrano, la dueña de la posada donde se hospedó don Cristóbal, Ileana Dávalos, la madre superiora y hasta doña Amanda la costurera y don Justo, quien se tomó la molestia de atar a su rebaño de cabras en algunos postes en las afueras de la plaza.

Del otro lado de la Plaza Central, en la iglesia de Santa Catalina, estaba Celina perturbada por desconocer el paradero de Gregorio. A don Cristóbal, por razones obviamente distintas, también le interesaba conocer el desarrollo de los acontecimientos que se estaban gestando en el Palacio. Celina salió al aire libre por la puerta que da al puente y llevó consigo un trozo de madera para pararse de puntillas sobre este y asomarse por las paredes del puente y conocer la situación de sus alrededores. Pensó que podría salir y correr hacia el palacio, pero vio que esta vez el alférez había dejado bien custodiadas ambas salidas del convento y la iglesia. No podía salir sin ser vista por alguno de los soldados. Asomó por la otra pared e intentó ver hacia el sur, en dirección a la Plaza Central, pero no vio mucho movimiento. La ciudad estaba casi desierta, solamente algunos mercaderes y transeúntes daban un poco de vida a las calles de Santiago ese día. Lo único que alcanzaba a ver de la Plaza era a Ignacio Vallejo pendiendo del poste en cumplimiento de su condena, y el farolero que a esta hora del día le ofrecía algo de beber. Las almas restantes estaban absortas en la audiencia judicial de Gregorio.

Estando en el puente, Celina sintió como si el reloj instalado allí la llamase, y volteó a ver y allí estaba, esperando la secuencia de rigor necesaria para detener el tiempo y moverse a su antojo sin ser vista ni detectada. Cruzó medio puente, se dirigió al reloj, se inclinó y vio el mecanismo. Inmediatamente reconoció el punto exacto en que Gregorio introdujo aquel día el cincel para detener las agujas y buscó a su alrededor algún objeto que pudiera usar para insertarlo entre las agujas o entre los engranajes. Probó con un par de objetos que no eran más que basura dispersa por el puente, por lo que cedieron fácilmente ante el avance de las agujas. Pensó que dentro del claustro podría obtener algo que funcionara. Probablemente don Máximo habría dejado herramienta para concluir los muebles del convento, y por eso apuró sus pasos hacia el otro extremo. Apenas terminó de bajar las gradas antes de introducirse en el claustro, cuando se encontró de frente con un soldado de la Guardia Española. Ahogó un leve grito de susto porque jamás esperó ver un hombre, menos aún un soldado dentro del claustro. El hombre le dijo:

"Tú estás asilada en la iglesia. Por el hecho de reclamar asilo no puedo arrestarte dentro de la iglesia, pero estás en el puente. Técnicamente estás aún dentro de la propiedad de la iglesia, pero en la práctica estás en sus afueras. Podría detenerte e incluso usarte de carnada para atraer a tu padre hasta aquí y arrestarlos a ambos. Así que esta es mi única advertencia: Regresa a la iglesia y enciérrate allí con tu padre si no quieres que te aprehenda y te lleve al calabozo para que te presentes ante el Capitán después de la audiencia que se lleva a cabo ahora mismo. ¡ANDA, VETE!"

Celina estaba tan asustada ante las palabras del hombre y ante su presencia que enmudeció. Dio marcha atrás y corrió hacia la iglesia. Cerró la puerta tras de sí, y su padre la recibió:

"Hija, ¿qué hacías allá afuera? ¿No ves que corremos peligro hasta que haya terminado la audiencia?" dijo calmadamente don Cristóbal a Celina, quien lo abrazó fuertemente. Con su rostro contra su pecho, apretó los ojos y prorrumpió en llanto. Don Cristóbal pensó saber por qué, así que la abrazó y la consoló con ternura.

Capítulo 19: La Hora En Punto

29 de julio de 1773, 15:00

"¡ES SUFICIENTE!" –gritaba el Capitán Mayorga procurando mantener el orden. Sin embargo, entre murmullos y voces elevadas, muchos de los asistentes caldearon sus ánimos protestando porque este juicio era una total arbitrariedad. Nunca en la Muy Noble y Muy Leal ciudad se habían dado juicios tan precipitados y con sentencias tan severas. El único acusado era Gregorio, pero la audiencia llenó toda la sala porque este veredicto podría tener implicaciones mayores en el futuro al permitir que la ciudad cayera en manos de un déspota, y la ciudad deseaba por lo menos externar su desacuerdo en caer bajo tal tiránica opresión. Mientras algunos alzaban la voz, otros intentaban aproximarse a la mesa del juez, y se produjeron algunos forcejeos cuando éstos se encontraron con los soldados de la Guardia Española, quienes no estaban cediendo ni un centímetro más allá de las fronteras de los espectadores. Sólo el alférez continuaba inmóvil en su puesto, con las manos abrazadas por detrás, observando a sus soldados que no perdieran el control de la multitud.

Hastiado, el Capitán Mayorga hizo una mueca al alférez, y como si hubiese recibido una instrucción telepática, el alférez reaccionó de inmediato y se subió a la mesa, a la vista de todos. Desenfundó su arcabuz y a diferencia del gesto que hizo con el arma durante las ejecuciones, esta vez apuntó su arma directamente en contra de los asistentes. No hizo ningún disparo esta vez, por supuesto, pero la amenaza fue clara y contundente. La muchedumbre quedó boquiabierta y se sumió en un repentino silencio, mientras el alférez ondeaba el arma de un lado a otro de la sala, apuntando siempre indiscriminadamente a los asistentes. Aprovechando el silencio, el Capitán exclamó:

"Mucho mejor. Comenzamos de inmediato. Levanta el acta de la presente audiencia el escribano de cámara Manuel Villalba y Jerez, e impartido por el juez Gaspar Carvajal Pardo. Preside su servidor y representante de su majestad el Rey, Capitán Martín de Mayorga y sirven como testigos procesales los alcaldes primero y segundo: Felipe Rubio y Morales y don Miguel de Eguizábal, respectivamente. El acusado, Gregorio Felipe Del Cid Cuevas hará declaración jurada ante este tribunal, conociendo las consecuencias del testimonio falso e inexacto. En este día 29 de julio de 1773 queda visto este proceso que, por querella iniciada por el ciudadano extranjero de origen comayagüense, el arquitecto Cristóbal Zamora y Obregón que se ha seguido en contra del ciudadano Gregorio Felipe Del Cid Cuevas por haber hurtado la propiedad del extranjero Zamora, produciendo daños materiales y emocionales al arquitecto demandante. Antes de proceder al fallo correspondiente, el estrado exige el pronunciamiento del acusado. Señor Gregorio Felipe Del Cid Cuevas, ¿cómo se declara usted?" fue la intervención del Capitán Mayorga.

Gregorio procedió a explicar: "Culpable, Capitán."

–"Explique sus acciones ante este tribunal. ¿Qué fue el objeto u objetos que hurtó?" siguió su interrogatorio el Capitán Mayorga.

–"La colección de relojes franceses, suizos y alemanes que pertenecen al arquitecto Cristóbal Zamora y Obregón. El valor del conjunto podría comprar media ciudad" contestó Gregorio.

–"Explique su primordial motivo para ejecutar este robo" – continuó el Capitán.

–"Confieso que mi avaricia me impulsó acariciar la intención de obtener una cuantiosa suma por la venta de las piezas. Aunque la venta se consumase poco a poco, me hubiese sido suficiente para vivir cómodamente sin preocuparme por trabajar por años. Comprendo que mis acciones fueron reprensibles, por lo que pido…" explicó Gregorio hasta que el Capitán lo interrumpió abruptamente.

–"Eh, un momento. Deténgase allí. Continúe con el resto de la historia, no intente divagar pidiendo perdón. Aún es muy temprano para eso" fue la sorpresiva intervención del Capitán.

–"¿Disculpe, Capitán?"

–"La historia. Está incompleta. Alguien más estuvo involucrado" dijo el Capitán Mayorga sorprendiendo a Gregorio completamente fuera de balance.

–"Capitán, ehm… no hay otro involucrado" intentó contradecir Gregorio.

–"Involucrado no. Involucrada. Háblenos de su interés amoroso, Gregorio. Ella debería estar en este estrado junto con usted."

–"Capitán, no…"

–"Si usted no confiesa abiertamente asumiremos que la está ocultando, convirtiéndola a los ojos de este jurado en cómplice del robo" –el Capitán Mayorga había acorralado en un instante a Gregorio, tanto que la elocuencia que demostró al momento que salvó a su padre de la horca parecía habérsele escapado por completo. "La gravedad de su sentencia podría superar la suya por cuanto está queriendo ocultarse. Adelante, el destino de ella está en sus manos, señor Del Cid."

–"No, Capitán. Por favor, no la involucre. Ella no tiene nada que ver en esto."

–"¿Entonces sí hubo una implicada?" Entre la espada y la pared, Gregorio reconoció que estaba entregando a Celina en los grilletes del Capitán Mayorga de continuar guardando silencio sobre su relación. Justamente en ese momento, sintió una mirada. Aparte de la generalidad de los asistentes, esta mirada en particular penetró directo en su cráneo y sintió el impulso de voltear en esa dirección. Era Beatriz de la Rosa escondiéndose dentro una espesa túnica oscura. Cuando se vio descubierta por Gregorio desvió su mirada al suelo.

–"Podemos hacer esto tan largo como usted quiera, señor Del Cid. El tormento es suyo."

–"Celina. Celina Zamora. La hija del arquitecto." Se levantó un murmullo entre el auditorio, y don Máximo también reaccionó, perplejo. Don Gilberto, por su lado, tenía la boca abierta y los ojos casi fuera de sus cuencas. Cuando vio a don Máximo para intentar buscar una explicación, Gregorio continuó: "¡Pero al momento yo no tenía idea que fuera su hija! No planificamos esto juntos, Capitán. Le aseguro que esto fue idea exclusivamente mía. Le suplico que la deje fuera de esto."

Entre el murmullo del auditorio que se hizo más sonoro, don Gilberto se puso de pie, y al extender la mano para pronunciar una palabra, el suelo tembló. Al principio, don Gilberto pensó que se trataba de él, que levantarse abruptamente le habría provocado un mareo. Por eso se detuvo un segundo para constatarlo, pero el murmullo de la muchedumbre fue superado por gritos de terror de parte de algunos. Todo el mundo se puso de pie y no pocos buscaron la puerta de salida. También el Capitán Mayorga se puso de pie, pero señaló con fuerza a Gregorio y al alférez le gritó: "¡El acusado! ¡No permita que salga de aquí!" Como felino atacando su presa, el alférez tenía en menos de dos segundos sosteniendo con su fuerte puño el brazo de Gregorio. Algunas lámparas que estaban en lo alto del recinto cayeron o dejaron caer ya sea el aceite o la brea que se usaba para mantenerlos encendidos. El temblor cedió pronto, pero unos pocos asistentes no regresaron al recinto, sino que quedaron afuera. Los demás que quedaron dentro ya no se sentaron, ni siquiera el Capitán Mayorga, quien continuó con el control de la audiencia diciendo:

"¡Este juicio lo concluiremos, aunque sea en las puertas del infierno! ¡Seguimos!" Hubo una pausa en lo que el Capitán recogió algunos documentos que estaba utilizando para llevar la secuencia de su interrogatorio. También, el alférez ordenó a sus soldados que se reubicaran a lo largo del recinto para continuar manteniendo el control de la multitud. Pero de allí en adelante continuó al lado de Gregorio. Después de unos seis o siete minutos, el Capitán Mayorga nuevamente asumió la palabra y dijo con voz fuerte:

–"Señor Del Cid, luego regresaremos al tema de la novicia Zamora. Por el momento, pasamos a lo siguiente: la colección a la que usted hizo referencia se encontraba a resguardo en la caja fuerte del arquitecto Zamora. Explique ante este estrado cómo los sustrajo sin dejar rastro" inquirió el Capitán.

Gregorio sintió como si el Capitán lo estaba desnudando frente a todo el auditorio. Tardó varios segundos en volver a articular palabras. Por más que intentara explicar los eventos de tiempo de una manera creíble, sencilla y congruente, la historia era demasiado extraordinaria para que cualquiera de los presentes le creyese. Ni siquiera su padre. Sin embargo, se aventuró a decir la verdad: "Capitán, esta historia sin duda les parecerá increíble, pero la voy a exponer. No obstante, solicito que se me permita demostrarla una vez haya concluido para que quienes puedan constatarla den fe de su veracidad."

–"Será simultáneamente ante mí, ante el juez, los alcaldes, el arzobispo y ante el prelado. Es todo lo que puedo ofrecerle. Adelante con su testimonio."

Gregorio no tenía en mente a tantas personas para hacer su demostración, la cual podría ser solamente una, en su opinión, ya que el reloj quedaría perfectamente ajustado una vez utilizado un evento más. Podría ser que luego de agotado dicho evento el reloj perdiera su singular poder. Tampoco tenía idea de qué ocurriría al intentar reproducir un evento habiendo tantas personas en cadena; podría no funcionar, y Gregorio quedaría en una situación como mínimo penosa, al poner en ridículo a todos estos personajes de alto perfil todos ellos tomados de la mano sin que nada absolutamente sucediese. Pero ya que no se encontraba en posición de hacer demandas ni contradecir al Capitán, se tomó otros segundos para ordenar sus ideas y prosiguió:

"El reloj que don Máximo Cubillas trajo para instalar en el puente que une el convento de Santa Catalina, tiene un poder especial."

Gregorio notó que toda la sala se encontraba en un silencio total, escuchándolo atentamente.

"Tiene el poder de detener el tiempo." Predeciblemente, ocurrió una agitación en la sala dada la naturaleza insólita del reclamo. Pese al creciente murmullo, Gregorio logró silenciar a la sala al elevar la voz y continuar su relato: "Como resultado, también puede destruir corazones. Demoler sueños. Arruinar vidas…"

Estando aún en silencio la sala, lentamente comenzó a moverse el suelo. Uno o dos segundos bastaron para distraer la atención de la concurrencia, pero en ese poco tiempo la intensidad del temblor creció impetuosamente. Los asistentes que estaban aún dentro de la sala intentaron salir. Algunos lo lograron, pero la mayoría quedó dentro de la sala del gran Palacio de la Capitanía. El gran terremoto estaba ocurriendo. Los gritos de histeria ante el terror del virulento terremoto fueron completamente ahogados por la destrucción del vaivén. El alférez, que aún tenía firmemente asido del brazo a Gregorio, ya no pudo mantenerse de pie y cayó, soltando a Gregorio. En el acto se derrumbó sobre él una de las vigas que sostenían la terraza española de la sala. Dos paredes del recinto cayeron hacia adentro, sepultando instantáneamente a la concurrencia reunida en ese extremo de la sala. El otro extremo vio caer las otras dos paredes hacia afuera, permitiendo la salida de algunos. Sin embargo, nadie lograba permanecer de pie, mucho menos caminar o correr a causa del desequilibrio causado por el hamaqueo del suelo. Algunos alcanzaron la calle, y notaron cómo las piedras que conformaban el empedrado de su ciudad saltaron por los aires como las canicas de la bolsa del pantalón del niño que acaba de ganar su partida. El violento temblor impidió que los que ya se encontraban en el suelo pudieran incorporarse, ni siquiera podían gatear o mantenerse de rodillas, porque la fuerza de la sacudida les arrebataba el equilibrio. Parecía no terminar nunca. Algunos se ahogaban por la nube espesa de polvo que se levantó cuando cayeron las estructuras. Hasta la vista era difícil de enfocar, ya que todo lo que era aún visible se mecía vertiginosamente y era difícil concentrar la mirada en un solo punto. Sólo Ignacio Vallejo, "el Grillo", pudo dar gracias por el terremoto porque la descomunal fuerza desencajó el poste que lo mantenía clavado al suelo, liberándolo en el acto. Y al estar en la Plaza Central al descubierto, pudo arrastrarse, aunque aún amarrado por detrás, a resguardo de los trozos de edificios que caían delante de él. Aunque el terremoto cedió muy lentamente, el movimiento seguía arrancando pedazos de estructuras, haciendo peligroso el tránsito a lo largo de las calles.

El peso de una de las paredes interiores había caído sobre Gregorio, pero gracias a que el borde exterior de la pared se rompió primero, sólo piedras sueltas lo enterraron. Pero había terminado boca abajo, con el peso a su espalda y el arcabuz del alférez hundido en su costado. Con mucha dificultad logró mover sus brazos para notar que conservaba un poco de espacio para maniobrar, y utilizó la piedra sobre la que había caído como abrasivo para desgastar la soga que lo tenía atado de manos. Manipuló sus manos sólo lo suficiente para liberarse y retirar de un golpe la roca que lo cubría. Esto liberó su cabeza y le permitió respirar más cómodamente. Aún tenía que desenterrarse por completo, o lo suficiente para poder salir, y batalló con la tierra y grava que lo tenía inmovilizado, hasta que le fue posible recuperar el movimiento, y se incorporó. Gimió audiblemente cuando sintió que la presión del cañón contra su costado le había provocado un gran hematoma, pero logró ponerse de pie.

Su primer instinto fue buscar a su padre, quien hace un momento estaba justo detrás de él. Estaba vivo y a salvo, no así don Máximo, sobre quien don Gilberto lloraba al ver un hilo grueso de sangre bajar de su cráneo, con medio cuerpo aún enterrado. Apenas constató que su padre se encontraba con vida, recobró el juicio para reaccionar de inmediato porque debía dirigirse a la iglesia de Santa Catalina dado que Celina había quedado allá atrapada. Se movió con más rapidez, pero los escombros desparramados en el suelo se lo dificultaban. Lo mismo la nube de polvo que aún no se dispersaba le dificultaba tanto la visibilidad como la respiración. Antes de salir del Palacio, se encontró con el arzobispo Cortés y Larraz, quien, aunque había sobrevivido, estaba mal herido. Aún así, elevaba una plegaria sobre el cuerpo de doña Ileana Dávalos, tendida bajo dos gigantescas columnas del Palacio que colapsaron sobre ella. Al salir, alcanzó a ver a don Emilio y don Juan Cossio, aún con vida, corriendo juntos delante de él en la misma dirección. Pero un bocado del edificio contiguo se desprendió y acabó soterrándolos frente a sus ojos.

Ya en plena calle, Gregorio decidió permanecer lejos de las paredes; mejor todavía, atravesar la Plaza Real. En el camino sólo se encontró con Ignacio Vallejo, sumido en sollozos e intentando inútilmente resucitar a doña Amanda, la piadosa costurera que le fabricó su hábito con el que se aventuró a perderse en la red de catacumbas que no sabía existían bajo sus pies. Su alma fascinante había terminado, pero Gregorio lamentó no poder detenerse para llorar su pérdida, como la de tantos otros. También pasó junto a las únicas dos sobrevivientes de las cabras de don Justo que corrían despavoridas sin rumbo. Su pastor había muerto bajo un trozo de la catedral.

Enfilado hacia la iglesia de Santa Catalina, Gregorio pudo ver desde la distancia que el panorama prometía ser sombrío. Parecía que todo el techo de la estructura había colapsado. Ya sobre la Calle de los Mercaderes, piedras y escombros continuaban cayendo, y al pasar debajo del puente ya iba corriendo cuando percibió que a la vuelta de la esquina Celina gritaba por ayuda. Le costó trabajo continuar su marcha, porque los escombros mal puestos le hicieron tropezar varias veces. Al fin dio la vuelta y alcanzó a ver a Celina detrás de una ventana del edificio adyacente a la iglesia. Estaba viva, pero su vida peligraba.

–"¡CELINA!" gritó Gregorio apenas se acercó a toda prisa.

–"¡Gregorio, por favor ayúdanos! ¡Estamos encerrados sin salida!" gritaba histéricamente Celina. Todo el techo de la bóveda estaba pendiendo de un hilo, y la tierra y grava que caía de las fracturas del techo anunciaba que estaba a segundos de desplomarse sobre Celina y su padre, quien también estaba atrapado en esa habitación.

Sacudir el balcón de la ventana parecía debilitar los pocos puntos de inflexión que aún sostenían el techo. Celina le hizo ver que esa era una mala idea. Habían salido de la iglesia después que todo el techo se hubiese derrumbado, alcanzando a algunos de los soldados apostados afuera, aplastándolos. Pero el colapso terminó por abrir un boquete en el edificio contiguo y don Cristóbal y Celina se apresuraron a entrar allí. Pero el techo se derrumbó tras de ellos y les cerró la única salida, quedando una parte de la bóveda apenas balanceándose sobre ellos.

Gregorio tuvo una idea: "Celina, usaré el reloj. Tal vez puedo ganar un poco de tiempo mientras este se detenga; intentaré subir por arriba del techo para buscar o hacer una salida. ¡Regresaré!" No esperó que Celina respondiera, y sin darle un beso de despedida, se fue corriendo. Ella lo siguió con la mirada, con la certeza que podría verlo de nuevo. Don Cristóbal se asomó a la ventana y le preguntó:

"¿De qué está hablando? ¿Ya conocías al muchacho? No intercambiaste palabra con él en todo el camino de regreso". Celina, viéndose expuesta por su padre, le respondió:

"Padre, prometo explicarte tan pronto salgamos vivos de ésta."

Gregorio continuó corriendo pese al dolor en su abdomen, y los restos esparcidos en el piso le dificultaban seriamente el paso. Continuamente tropezaba, o se veía esquivando los bocados que seguían cayendo. Con el puente a la vista, tomó la llave del claustro que había tenido en su pantalón desde el día que salió en persecución de don Cristóbal y Celina. Sin embargo, luego de pasar el puente, constató que una buena parte de la pared frontal se había derrumbado. La puerta seguía cerrada, pero ya no necesitaría la llave. Simplemente treparía la pared para buscar el puente. Esto tampoco sería una tarea sencilla. Con casi cada paso que daba, resbalaba por el enlucido suelto del puente, dañado por el sismo. También, al llegar al puente, le costó trabajo avanzar porque gigantescos trozos del suelo por donde andaban las monjas estaban fracturados, por lo que tuvo que arrastrarse para avanzar. Finalmente, alcanzó la ubicación del reloj. Se inclinó para tener acceso al mecanismo, y comprobó que aún funcionaba correctamente, atrasado sólo cinco minutos. Buscó a su alrededor algo sólido, y abundaban restos de material. Tomó una piedra como del tamaño de su puño, y sin pensarlo mucho pero cuidadosamente, la insertó en el reloj, justo entre la aguja minutera y el número diez. La acomodó a modo de hacer presión, y al fin logró que el mecanismo se detuviera. El tiempo se detuvo.

El regreso habría de ser más sencillo, porque simplemente flotaría por encima de todos los restos desparramados en el suelo, y estaría a salvo de material debilitado. Un fuerte impulso desde el borde del puente hacia abajo lo dirigió en línea recta hasta el edificio que aún conservaba la vida de Celina. Por desgracia, lo que encontró fue tristemente desolador. El techo ya había colapsado y en el instante que el reloj se detuvo el grotesco y pesado trozo se abstuvo a medio camino de caer sobre Celina, y don Cristóbal ya estaba tumbado en el suelo intentando inútilmente defenderse del peso de la bóveda con su brazo. Celina, cerca del extremo que daba a la calle, se aferraba al balcón de la ventana con ambas manos. La expresión de terror que tenía Celina en su rostro era demasiado desgarradora para contemplar. Don Cristóbal ya había quedado fuera de toda posibilidad de rescate, y para salvar a Celina tendría que ingeniárselas para abrir algún espacio para sacarla, pero eso implicaba tener que mover el techo con sus propias manos. Claro, en esta dimensión todo carecía de peso, pero tampoco podría mover nada sin un punto de apoyo. Estando afuera, la situación estaba perdida, porque la única fuerza que podía ejercer era cuando mucho, hacia adentro, no hacia afuera. Intentó sacudiendo el balcón de la ventana sin éxito. Intentó remover piedra tras piedra del techo pero no le permitía abrir un boquete de no más de unos pocos centímetros de diámetro. Intentó moverlo, levantarlo, halarlo, empujarlo, todo sin éxito. Buscó en los alrededores alguna varilla que pudiera usar de palanca, pero carecía de punto de apoyo y de todas maneras terminaba quebrándose. De lejos, Gregorio parecía una mosca volando de acá para allá, de arriba hacia abajo, tirando y empujando, golpeando y martillando. Pero nada de lo que hizo mejoró la situación de la bóveda sobre Celina.

Cansado y abatido, se detuvo y echó a llorar sosteniendo ambas manos de Celina entre las suyas, con el balcón entre los dos, y dijo:

"Amor, no puedo. No puedo moverlo. No sé qué hacer y el tiempo se me acaba." Jadeando, extendió su mano hacia adentro de la ventana, a través del balcón y acarició su mejilla. El rostro de Celina no cambiaría del terror en que quedó congelado, pero Gregorio sabía que no había nada que hacer más que aprovechar estos pocos segundos que le quedaban con Celina. Dijo en la negrura del silencio:

"Nunca pude cantarte la canción que te prometí. No hice muchas cosas que debí haber hecho, e hice cosas que no debí haber hecho. Debí besarte más, abrazarte más, reír más contigo, cantarte, dibujarte, amarte. Pero pensé más de la cuenta y en lugar de todo eso cometí la estupidez que te costaría la vida. Ahora no me podrás perdonar, y me iré con el peso de mi conciencia asaltándome el resto de mi vida. Déjame cantarte mi canción, y dame la esperanza de volver a verte algún día en algún otro lugar." Gregorio ahora le cantó a capela a Celina estos versos:

> *Celina mía*
> *Mi mente tu rostro siempre imagina*
> *Sonríes ahora y brilla mi día*
>
> *Amada mía*
> *Tu velo nunca ocultó tu corazón*
> *Tropezar contigo mi vida cambiaría*

Diez… La impetuosa marcha atrás había comenzado. Y Gregorio sabía lo que ocurriría pasado el último segundo del tiempo inerte. No obstante, continuó:

> *Novicia mía*
> *Tus letras hoy tienen castaño aroma…* **Nueve**
> *En la negrura mi mano en ti confía…* **Ocho**
>
> *Querida mía…* **Siete**

El tiempo inerte contigo vive... **Seis**
Hacia tu voz mi oído siempre corría... **Cinco**

Gregorio observó después de este verso algo extraño en el rostro de Celina. Había una lágrima corriendo por su mejilla. Inexplicablemente, aunque su rostro seguía inmóvil y aún conservaba esa expresión de terror, había saltado de sus ojos una lágrima desafiando el tiempo estático. Sin buscar explicaciones, metió la mano por el balcón para secar la lágrima con su pulgar, y cerró la mano para conservarla. Sin perder más valiosos segundos, concluyó su canción:

Celina mía... **Cuatro**
No me obligues hoy a despedirme... **Tres**
Porque sin ti mi alma abriga cobardía... **Dos**

Observó por última vez la mirada acaramelada de Celina y cerró los ojos fuertemente y se volteó, retirando su rostro hacia el suelo, y soltó sus manos del balcón.

Uno

El tiempo retomó su avance con un ensordecedor estruendo, y la gigantesca bóveda terminó de derrumbarse. Una espesa nube de polvo que provenía del edificio cubrió a Gregorio por completo. Gritó en desolación con toda su fuerza un alarido que no se escuchó por el estruendoso desplome de la bóveda, mientras seguía viendo al suelo y de espaldas a Celina. Lloraba a gritos y sollozos, y oprimía firmemente su puño cerrado contra su rostro, porque esa mano, además de haber sostenido la de Celina por primera vez cuando tropezó, ahora albergaba su lágrima renegada. Comenzó a caminar de espaldas a la bóveda colapsada, paso a paso retirándose sobre los escombros sin tropezarse, hacia el norte. Sin detenerse, sin voltear a ver. Para cuando la nube de polvo se disipó, Gregorio ya había desaparecido en el horizonte.

Entonces el asta de la bandera que estaba sobre la ventana más próxima al puente de Santa Catalina se desmoronó cuando su base se pulverizó. Se inclinó en dirección al puente y cayó: no sobre la aguja, sino de lleno sobre el reloj, destruyéndolo en pedazos, justamente ahora que había quedado ajustado perfectamente a la hora en punto.

Epílogo

Nunca se supo más sobre Gregorio. Don Gilberto lo dio por muerto. Pero tal como luego del terremoto el Capitán Mayorga aprendió sobre la compasión humana al grado de convertirse en uno de los virreyes mejor recordados, la leyenda prefiere pensar que Gregorio reconstruyó su vida, aprendiendo de las lecciones que le enseñó el haber ostentado demasiado poder en sus manos.

Ese poder se desintegró cuando el tiempo alcanzó finalmente al reloj, quien por alguna razón se había obstinado en dejar atrás a su amo. Pero ahora que ambos caminan juntos, bien te pueden guiñar su ojo desde donde están. ¿Quién sabe? Probablemente cuando mires el reloj sobre la torre del arco, éste te dé una pista de que algún día tuvo el dominio sobre la humanidad, el tiempo y los deseos de un muchacho que aprendería por los medios más inverosímiles cuál es el valor de la responsabilidad y el mérito de la veracidad.

El reloj quedó inservible cuando el mástil lo impactó el día que el tiempo lo alcanzó. Se hizo trizas, pero sus piezas y engranajes quedaron dispersados entre el polvo y los escombros sobre el puente.

Alguien, algún tiempo después, recogió todas las piezas y reconoció el valor del mecanismo. Alguien, algún tiempo después se tomaría la molestia de fabricar otro calibre y dos carátulas, con otras manecillas y otro sistema de cuerda para darle una nueva vida al viejo Lamy Amp Lacroix. Alguien, algún tiempo después decidió que el puente debía ser remodelado de los daños de su estructura y pensó que el arquitecto, don Diego de Porres, bien tenía razón en diseñar una hermosa torrecilla sobre el puente e instalar el reloj allí. Alguien, algún tiempo después decidió que tanto el arco como la iglesia de los mercedarios que lo escolta hacia el sur, opuesto al Volcán de Agua, se verían bien pintados de amarillo, aprovechando que tal sustancia ahora estaba disponible en la era moderna para engalanar de colores cual piñata en día de fiesta la vieja ciudad.

De modo que allí está. Escondido en plena vista, el reloj que tiene mucho que decir a quien lo entreviste, particularmente de las razones del por qué esta ciudad ahora llamada Antigua Guatemala tiene esa extraña sensación que se ha detenido en el tiempo. Aaah, si ese reloj te contara las precariedades que por el pasillo sobre el cual descansa su torre (hoy sellado con hormigón) experimentaron dos ingenuos enamorados que quisieron apoderarse del mundo y el uno del otro. Si pudieras abrir nuevamente sus puertas, si tuvieras la llave que Gregorio usaba para entrar al claustro, y si pudieras reproducir aquella magia al detener la minutera. Con su reconstrucción, las agujas perdieron su extraño poder, pero son las mismas que aquellas que sí lo tuvieron en su momento y son testigos de la ambición de un joven por tenerlo todo, movido por el orgullo de demostrarle a un hombre arrogante que tenía un enemigo invencible en las manos del único ser que tenía el control del tiempo y lo más parecido a un superpoder. Lástima que pasó por alto que también era su propio enemigo, cuando inadvertidamente arruinó su vida, la de su amada novicia, la de su padre, sus vecinos y otros de quienes nunca se enteró. Esas vidas arruinadas que de todos modos se perderían unos momentos después cuando el violento terremoto le despejó el camino al tiempo, ese rufián tan haragán, para que al fin lograra aferrarse al reloj que se le había adelantado.

Por hoy, anda y disfruta de la romántica ciudad. Ve a la calle del arco y tómate una selfie en compañía del amor de tu vida. Asegúrate que el reloj esté observando el lente de tu cámara. Tal vez se distraiga y pose contigo y se le vuelva a escapar el tiempo para quedarse rezagado de nuevo. Así, tu momento tal vez pueda perpetuarse tan solo un ratito más; tal vez hasta te permita flotar con tu propia inercia como un astronauta en gravedad cero, y quizá nosotros podamos averiguar a dónde se fue Gregorio y dónde quedaron enterrados los relojes de don Cristóbal. Hazlo antes que el tiempo camine de nuevo sus seis pasos hasta alcanzar el reloj. Y durante ese lapso piensa responsablemente qué vas a hacer mientras el tiempo se detenga.

Fin